全民阅读精品文库

当代中国最具实力中青年作家作品选

弋舟中短篇小说选

金枝夫人

弋舟 著

中国言实出版社

图书在版编目（CIP）数据

金枝夫人：弋舟中短篇小说选 / 弋舟著 . -- 北京：
中国言实出版社，2016.10（2019.1重印）
ISBN 978-7-5171-2019-3

Ⅰ . ①金… Ⅱ . ①弋… Ⅲ . ①中篇小说—小说集—中
国—当代②短篇小说—小说集—中国—当代 Ⅳ .
① I247.7

中国版本图书馆 CIP 数据核字 (2016) 第 248192 号

出 版 人：王昕朋
责任编辑：胡　明
文字编辑：张凯琳
封面设计：水岸风创意文化

出版发行　中国言实出版社
　　地　　址：北京市朝阳区北苑路 180 号加利大厦 5 号楼 105 室
　　邮　　编：100101
　　编辑部：北京市海淀区北太平庄路甲 1 号
　　邮　　编：100088
　　电　　话：64924853（总编室）　64924716（发行部）
　　网　　址：www.zgyscbs.cn
　　E-mail：zgyscbs@263.net
经　　销　新华书店
印　　刷　三河市华晨印务有限公司
版　　次　2017 年 1 月第 1 版　　2019 年 1 月第 2 次印刷
规　　格　710 毫米 ×1000 毫米　1/16　14.5 印张
字　　数　200 千字
定　　价　42.00 元　ISBN 978-7-5171-2019-3

以写作成全

（代　序）

张　莉

　　弋舟是 70 后小说家，生活在甘肃兰州。与我们通常印象中的"西部作家"不同，他的作品里地域风貌并不显著。他那些广受关注的优秀小说多集中表现人的生活和生存样态。作为新锐小说家，弋舟的不凡在于他对于人物的辨识能力。他能敏锐捕捉到生活中那些有独特气质的人，并为他们在小说里重塑肉身。在他的笔下，生活中那些婆婆妈妈，那些鸡零狗碎突然间就消失了，尘埃纷纷掉落，浮沫终会蒸发。一些纯粹的、类似结晶体的东西呈现在我们眼前。那是外表之后的真相，那是人在夜深人静时对精神境遇的思索。

　　弋舟有拂去生活表象而直抵核心的能力，他寻找到了属于他的透视方法。——我们为什么活，我们为什么爱，我们为什么难以入睡，我们为什么不能抵达理想的终点？终极意义上，如何升迁、如何发财、如何恋爱、如何分手都只是生活的表象，重要的是写出生活的内面，写下我们精神上遇到的困惑，写下我们如何渴望保有心灵的整全。

　　当我们讨论一部小说好或不好时，是基于它对现实生活的忠诚，是基于小说家描摹人物如何活灵活现，还是基于小说家如何把故事讲得跌宕起伏？恐怕都不是。好小说最重要的标准在于它是否有穿透表象的能力，在于写作者的思考能力。"小说里最重要的是什么？我以为是思想。是作家自己的思想，不是别人的思想。作家和常人的不同，无非是对生活想得更多一点，看得更深一点。"汪曾祺先生说得多好。在我看来，弋舟是比常人想得多、想得深的小说家，从他的作品里，读者能发现生活的内面。

这个世界上，许多读书人都有做戏的欲望，他们把多变的和不成熟的观念吐给大众，以赢得一时的喝彩。作为小说家，弋舟几乎本能地意识到，一个好作家关心的必然是这个时代的"失落者"，而非这个时代的"得意者"。写作是面镜子。面对镜子，写作者首先要做的恐怕是要看清楚，这个作品里哪里有"我"，哪里是"我"，哪里歪曲了"我"，哪里躲藏了"我"——为什么要歪曲，为什么要躲藏，这些问题对于每一位写作者都有意义。最初这些问题和回答都是不清晰的、含混的。需要回视，需要反省，需要反躬自身。这是艰难的认知过程。但是，我想，正是在这一过程中，一个成熟的作家才能真正面对"我"，找到"我"的痛苦，找到"我"的语言，找到"我"的气息。

是的，语言是一个作家最重要的标识。这个世界上，有一种小说家，可以把语言去魅，尽可能丢弃语词身上的历史性、地域性；而另一种小说家，则将简单的词语增魅，赋它们以历史意义及隐喻色彩。弋舟是后一种小说家。从汉语言的基金中，他尤其擅长提取具有精神性意义的语词，比如羞耻、罪恶、孤独、痛苦出现频率极高。这些词语有精神性色彩。事实上，他的文本里还常常有诗歌、理想主义以及爱情这些分明"落伍"的词语。要知道，这些词语连接过去，也连接现在，它们深具历史含义。它们深具精神能量。

我们时代是对语言极为敏感的时代，但也是语言环境极为粗糙的时代。一些词慢慢死去，被我们无情抛弃；一些词突然出现，我们不得不接受它们，即使它们看起来很恶俗；还有一些词我们避免说起，即使我们内心确实渴望使用，但我们也主动遮掩，以此来确认不落伍。

使用哪些词语表达，用这个而不用那个，用这种方式而不是那种方式言说都是面对世界的态度。作为汉语写作者，弋舟的独特性在于他坚持使用一些现在我们不愿使用的语词，他以此来表达自己对潮流的不认同、不苟且。他使用孤独、罪恶、理想、赎罪……这些语词在他的文本中使用频率很高，以至于我们都觉得是不是太多了。并不是太多，很可能是我们遗忘太久，以至于我们忘记了这些词在这个时代本该有存在的必要。语言即是内容，语言与内容不可剥离。当流行小说中绝迹的词语越来越多地出现在弋舟作品中时，那不仅仅是他对某一类词语的偏好，更是其写作态度的彰显。

弋舟的语言追求优美、雅正，讲究节奏感，读者能清晰地感受到他的文学理想，当然，也会想到其小说风格的来处。作为新一代小说家，弋舟并没有从九十年代写实主义那里充分获取营养，迂回辗转，他从八十年代先锋写作财富中寻找到了写作资源。在我看来，这是他常年寻找"自我"的一个结果，看重小说思想、看重小说语言、看重小说形式、关注我们时代人的精神困惑与疑难，这样的追求注定使他与当下追求好看故事的写作潮流格格不入，注定他的写作将带有强烈的个人标识，也注定他将会从同龄作家中脱颖而出。

作家确立艺术风格的标志是建立"自我"，自我的语言，自我的理解力，自我认识世界的方法。"自我"是深井，那里有无数关于人的宝藏和秘密。对自我的探索需要经年累月的劳动，需要作者沉思冥想，需要向更深更暗的无人至访处探进。这种痛苦的探索是有重量、有质量的，是切肤的；对于作家而言，它不是一种损耗，而是对写作生命的另一种滋养。我猜，弋舟和他的"刘晓东"一样，都有过痛苦和倍受熬煎的时期。一定有种种问题困扰过他。但是，他终究明白了，世上没有人能真的帮助另一个人解开难局，除非他能够真的深入挖掘"自我"，对着写作那面镜子披肝沥胆，直见性命。

是从哪一篇开始的？我不能准确说出来。但熟悉弋舟创作的人深知，他变了。他从许多人中走了出来，面容越来越清晰，他作品的声音、腔调、气质都越来越有标识性，越来越让人过目难忘。换言之，他越来越开始成为"弋舟"，而不只是70后写作者中的一个。

　　当然，这并不意味着弋舟以前的文本里没有自我。但以前那个"自我"跟他后来文本中的"自我"不同。后来的那个"自我"不躲闪，坦然，那是忠直无欺地面对这个世界，那是坦诚地毫不畏惧地承认，对，这就是我。是的，就是。好的、坏的；健康的，病态的；痛苦的，忧虑的；所有文本里的一切，都有"我"。

　　尽管要从认识"自我"开始。但作家也要意识到，文本中的那个人是"我"，但又不可能全是"我"——先从化身为"我"开始，最终化身为他，化身为与"我"相类的人群。"懂得怎样写作的人，会在文学中利用自我的"，伍尔芙说，但是，她又说，"这个自我虽然是文学的要素，却也是最危险的敌手。永远不是你自己而又永远是你自己——问题就在这里。"的确如此。

　　很难说清楚，这位作家是从哪一天起开始直面镜子里的那个人。这个人不惮于承认自己病了；他不惮于面对自己残破的内心；他不惮于承认自己是弱者。作为写作者，他看到了潜伏在"自我"身上的疾病与灰暗，尽管他本人不一定是病人。好作者不只是病人还得是医生。"他是医生，他自己的医生，世界的医生。世界是所有症状的总和，而疾病与人混同起来。"德勒兹说。这句话用在弋舟的写作上非常适合。

　　重要的是，弋舟深知"我"身上是有疾病的，但这疾病不是孤本。他逐渐意识到那些灰暗的情感、那些扯心扯肺的病痛、那些无有表达的愤懑都不是个案。他逐渐懂得，那些在黑夜里辗转难眠的中年人，那些在情欲伦理间徘徊的人，那些在现实与理想之间苦苦挣扎的人，那些活得像狗一样趴在地上苟延残喘又摇摇晃晃爬起来想和虚空世界放手一搏的人，那些与疾病和衰老搏斗无法自拔的人……他们身上都有一个

"我"。要勇敢地面对自己的内心，这是成为自己的第一步。而至为重要的是，从自我出发，认识到"无穷的远方，无数的人们都与我有关"（鲁迅语），只有从此开始，带有个人风格标识但又不拘泥于个人的作品才闪耀光泽。

就是从此刻开始。弋舟的作品开始耀眼鲜明，具有了吸引力。越来越多的读者开始被那里显现的光泽吸引：他们渴望了解潜藏在那里的秘密；他们情不自禁地想和这位作者站在一起肩并肩看世界；他们与他感同身受；他们开始以他为同类，开始向他掏心掏肺；他们愿意和他目不转睛地对视……最后读者们不得不感叹说，正是从这个作者那里，我们照出了自己，我们找到了同类。

（张莉：毕业于北京师范大学文学院，文学博士。现为天津师范大学文学院副教授，中国现代文学馆客座研究员。）

2016 年 5 月 2 日

目录

天上的眼睛

那只鸡一直藏在我家冰箱里。它被冻得硬邦邦的，爪子竖起来，脖子和头笔直地昂着，二目圆睁，冰霜给它的眼珠蒙上了一层白翳。它翘首以盼的样子，就像我一样。我想，它要是在被宰杀之前，聪明地闭上眼睛，一定就不会是这副死不瞑目的难看样子——那个卖鸡的人手艺非常好，刀子一抹，就干掉了它。所以说，死并不会给它带来痛苦，让它魂飞魄散的，只是它的眼睛。它看到了刀子，看到了自己喷溅的血，而一只注定了要死的鸡，是不该看到这些的，它看了不该看到的，就活该它痛苦。

不是吗，我要是懂得闭上眼睛，一切就不会是这样的。

可那时候，我并不懂得这个道理。

下岗后我做了许多活计。我去超市做过送货员，在街边摆过旧书摊，还在自己家里办过"小饭桌"，但做得都不成功。我所说的成功，当然不是指那种大富大贵的成功，我对成功的理解是：只要每月挣回来政府发给我的"最低保障"就行，那样我就等于有了双份的"最低保障"，我家的日子就会真的比较有保障了。可是我做了这么多活计，居然没有一次挣到那个数目。后来政府照顾我，把我安置在街道的"综治办"里。"综治办"里都是一些和我一样的人，大家在进来之前都做过一些五花八门的活计，而且做得都不成功，所以就都有着一颗自卑的心。在"综治办"，我们穿上了统一的制服，袖子上绣着很威风的标志，每人还配发了警棍，你不仔细看，就会把我们当成公安。戴着袖标拎着警棍的我们一下子挺直了腰杆，觉得自己重新站立了起来，心又重新回到了以前的位置。而心若在，梦就在，有了梦，我们就生活得有滋味了。我们干得很欢实，风雨无阻地巡逻在大街小巷，目光炯炯地注视着一切可疑分子。在我们的守望下，街道上的治安一下子大为改观了，我们震慑了那些想做坏事的人，为社会做出了贡献。这是多么好的事情，我们不但找回了自己存在的价值，而且每个月还有五百块钱的工资可以领！

这样好的事情我当然是懂得珍惜的。我负责一个菜市场，说实话，那里真的是比较乱，有一群贼混在里面，他们把大钳子伸向买菜人的口袋里，夹走钱包，夹走手机，有时候被发现了，就干脆公然抢劫。我家金蔓就被他们偷过。那天她提着一把芹菜回家，菜还没放下就开始摸自己的口袋，她摸了摸左边的口袋，又摸了摸右边的口袋，来回摸了几遍后就叫起来：完蛋了完蛋了，钱被夹走了，钱被夹走了。

当她又摸了几个来回，确定真的是被人把钱夹走了后，就诅咒说：这帮天杀的，要是被我发现了，一定掐碎他们的卵子！

可我说：千万不要，这帮人恶得很，郭婆的事你忘记啦？

郭婆是我家邻居，她在菜市场被人夹走了钱，发现后迅速追上去讨要，结果被那个人的同伙用刀子捅在了屁股上。

我这么说，当然是为了金蔓好。我怕她吃亏，真的被刀子捅了屁股或者其他地方，可怎么好？而且我也知道，金蔓被夹走的也不会是很多钱。金蔓口袋里的钱是不会超过二十块的，我们夫妻俩的钱有时候加在一起，也不会超过二十块。我是在心里算过账的，我认为万不得已的时候，损失掉那二十块钱还是比较明智的。金蔓却不理解我的苦心，她吃惊地看着我，眼睛里就有了火苗。

金蔓说：那你说怎么办？我就眼睁睁地看着他把我的钱夹走？

我说：也只能这样吧。

我教她：最好的办法是你捂紧自己的口袋，让他们夹不走。

你说得容易！我一只手要提菜，一只手要付钱，难道还能再长出一只手来捂口袋？金蔓火了。

我看出来了，她是把对于贼的愤怒转移在了我的身上。

我说：我这不是为你好嘛，最多就是丢掉二十块钱，你和他们拼命，划不来嘛。

我还想说：难道你的命只值二十块钱？

但金蔓吼起来：二十块钱！二十块钱！你一个月才挣几个二十块钱！

她这么一说，我的脑袋就耷拉下去了。我想金蔓没有错，换了我，为了二十块钱，说不定我也是会和人拼命的。

所以，当我成为一名综治员后，对于自己巡逻下的这个菜市场就格外负责。我知道那些贼偷走的不只是一些钱，有时候他们偷走的就是人的命。

但那帮贼根本不拿我当回事，他们无视我的袖标和警棍。我在第一天就捉住了一个长头发的贼。这个贼聚精会神地用钳子夹一个女人的口袋，我在他身后拍了他一把，他不耐烦地扫过来一只手赶我走。我又拍了一下，他居然火了，回过头来瞪着我。这太令我吃惊了。我的性子是有些懦弱，尤其在下岗后，做什么都不成功，就更是有些胆小怕事。所以当这个贼瞪住我时，我一下子真的有些不知所措。我被他瞪得发毛。我抬了抬自己的胳膊，为的是让他能够看清楚我胳膊上的袖标。他果然也看到了，凶巴巴的眼神和缓了不少。这就让我长了志气，我一把揪在他的领口上，想把他拖回"综治办"去。我手上一用力，就觉得这家伙根本不是我的对手。我做了那么多年的工人，力气是一点也不缺乏的，我们工人有力量嘛。这个时候有人在身后拍我的肩膀。我也不耐烦地向后扫手。我的这只手里是拎着根警棍的，所以扫出去就很威风。但是我扫出去警棍后，依然是又被人拍了一下。我只有回过头去了。我刚刚回过头，眼睛上就被揍了一拳，直揍得我眼冒金星。然后就有人劈头盖脸地打我。我能感觉出来，围着我打的不是一个人两个人，是一群人，那些拳头和脚像雨点一样落在我身上。我被打懵掉了。即使懵掉了，我也没有松开那个已经被我揪住了的贼。我一直揪着他的领口，把他揪到我的怀里，抱着他的脑袋，让他同我一道挨打。他的同伙看出来我是下了蛮力了，如果我不死，我就会一直抱着那个脑袋不放的。所以我就吃了一刀。

那把刀捅进我的肚子，拔出来时我觉得自己身体里的气都漏掉了。

这件事情我一点也不后悔。

因为我被送进了医院，一切费用都是公家出的。我还得到了奖励，"综治办"一下子就发给我三千块钱的奖金！所以我虽然也挨了刀，但比起郭老太屁股上挨的那一刀，显然要划算得多。我挨的这一刀引起了相当的重视，公安采取了行动，当我重新回到菜市场时，这块地方就干干净净的了。那群蟊贼荡然无存，天知道他们躲到哪儿去了。我巡视在这块自己流过血的地方，像一个国王一样地神气。菜贩们都对我很友好，有些经常来买菜的妇女知道我的事迹，也对我刮目相看，态度都很亲热。

那一天我依旧在市场里巡逻，就有一个妇女热情地对我打招呼。

当时她手里提着一只鸡，她把这只鸡举在我眼前说：小徐，买只鸡吧，这鸡很好的，是真正的土鸡。

我笑着对她点点头。我点头本来是什么也不代表的，只是客气一下。

没想到，她身边那个卖鸡的人立刻就说：好的，徐综治员，我给你挑只精神的！

然后他就动手替我捉住了那只鸡。那只鸡塞在笼子里，挤在一群鸡当中，精神抖擞地伸着脖子。它这么神气，当然就被捉了出来。卖鸡的人手脚麻利，将它的头和翅膀窝在一起，举着那把尖刀就抹了过去。他的刀还没落在实处，那只鸡就疯狂地挣扎起来。它一定是看到那把刀了，知道那是来要它命的。我都来不及说话，这只鸡喉咙上的血喷溅出来，"咯"了半声，就死掉了。一会儿工夫它就被收拾成了另外的一副样子：光秃秃的，就好像人脱了衣服一样。卖鸡的人抓着它的脚，在水桶里涮一涮，不由分说地塞给我。

我说：我不要我不要！我连忙拒绝，举着手里的警棍摇摆。

但他坚持要塞给我，并且一再表示不要收我的钱。我就动心了。本来我的口袋里是没有能够买下一只鸡的钱的，现在不用付钱就可以得到一只精神的土鸡，实在是很诱人。

随后我就拎了这只鸡回家。我总不能一手拎着警棍，一手拎着这只鸡工作吧？回去的路上我还想，哪天我口袋里有足够买一只鸡的钱了，我就一定把账付给人家。我是不会利用职务的便利去索取好处的，我不能对不起政府发给我的警棍和五百块钱。

那天我拎着一只鸡回家，快走到自家楼下时，心里突然焦躁起来。我的心慌慌张张的，有一种没着没落的感觉。我不知道这种感觉是怎么来的，只是觉得烦闷。我上到楼上，用钥匙捅自家的门锁。我捅了几下那门都没有被捅开。我都觉得是自己找错门了。我把那只鸡放在脚边，把警棍夹在胳膊里，继续去捅。这样捅了很长时间，门却突然从里面打开了。

我家金蔓站在门里，向我嘟哝说：你干什么回来了，你不好好巡逻，跑回来做什么？

她一问我，就把我要问她的话憋回去了。本来我是要问她的，早上她明明出门去布料市场了，这会儿怎么却躲在家里？我把脚下的鸡拎起来让她看。我原以为她会为这只鸡吃惊的，我想她会是高兴还是生气呢？她多半是会先生气吧，埋怨我居然会奢侈地买回来这么好的一只鸡。不料她扫了那只鸡一眼，就自顾自地扭头进了屋。

这个时候我就开始起了疑心，心里面说不出的别扭。

我把那只鸡放进冰箱里，准备重新回到菜市场去。走到门口了我又折回来。

我问金蔓：你不去上班，跑回来做什么？

金蔓坐在梳妆镜前化妆，她说：我回来拿样东西。

我说：你反琐住门做什么？

谁反琐门了？谁反锁门了？金蔓突然怒气冲冲地嚷起来。

我闷头又回到屋里，坐在沙发里看她。我觉得胸口很难过，有些上不来气。

我说：金蔓你倒杯水给我喝。

金蔓回头疑心重重地看了我一眼，终于还是倒了杯水给我。

我捧着水杯，咕嘟咕嘟喝了几大口。在喝水的过程中，我的眼睛也没有闲着。我把我家的屋子看了个遍，随后我就鬼使神差地走到了我家那张大床前。我把家里看了个遍，觉得只有这里是个死角。我就像受到了老天的启发一样，毫不留情地掀开了那张床的床板。

起初我以为是自己的眼睛花了，因为我眼睛看到的，绝对不是我愿意看到的东西。事后我也想，要是当时我真的以为自己看花了眼，那该多好。我就会把床板放下去，继续回到菜市场去巡逻，那样一切就不会闹到今天这样的地步。可当时我却揉了揉眼睛，定神去看我不愿意看到的东西。我以为那是一块大海绵，它蜷在床板下面的柜体里，颜色也真的是和一块海绵差不多。即使我揉了揉自己的眼睛，也直到他动起来后，我才发现那居然是一个人。

那个蜷在我家床下的男人坐了起来，他只穿了一条裤衩，所以我才把他身体的颜色当做了海绵。他一坐起来，反而将我吓了一跳，我不由得就往后退了几步。

我家金蔓和我是一个厂子的，当年我们皮革厂是兰城数得着的好单位。所以我们家也是过了一段好日子的。可是好日子说完就完，就像一个人走在街上，毫无防备地就被卷进了车轮下面，一切都由不得你。

日子不由分说地就变了样，这件事情教育了我和金蔓，让我们懂得了什么事情都要提前往坏处去想的这个道理。我们明白了道理，日子却过得更加困难。我们变得不敢憧憬了，变得战战兢兢，总是觉得还有更坏的日子在后面等着我们。有时候我为了给金蔓打气，就违心地说只要我们努力奋斗，日子终究是会好起来的。每次我这样说，金蔓都会冒火，她说这种话你自己信吗，我们凭什么去奋斗？有一次她的心情格外不好，干脆就狠狠地说：倒是我，还有去做鸡的机会！金蔓说出这种话，我当然难过死了。她都是四十多岁的女人了，我们的女儿青青也是十五岁的大姑娘了，她却说出这种话。

我心里面并不责怪金蔓，我理解她，她下岗后也和我一样，也是做什么活计都不成功，她去别人家做过保姆，去商场做过保洁员，每一次都做不久，她看不得那些白眼，她的心气比较高。

所以我还是要经常给金蔓打气，说一些连我自己也不敢相信的话。因为我爱惜金蔓，如果连一些好听的话都不能说给她了，我会更内疚的。我也看出来了，虽然每次金蔓听到我的空话都会发脾气，其实她的心里也是需要听到这些话的，她也需要借这个机会发泄出来，她也需要有个人总在她的耳朵边说一些空话。

我们都变了。以前是我的脾气比较大，而金蔓是比较温柔的。如今好日子过去了，我就要还上以前欠下她的了。

我这样不断地给金蔓打气，大概感动了冥冥中的什么，我们的日子就有了一些转机。先是我被安排进了"综治办"，接着金蔓也找到了一份不错的工作。金蔓在一家布料批发市场替人卖布，这个工作比较适合她。有一次我去看她，恰好有人在她的摊位前扯布料，那人一口一个"老板"叫着金蔓，跟她讨价还价，这让金蔓很是受用，我看出来了，她也是把自己当做一个老板来看待了。我替金蔓感到高兴，她既可以挣到钱，又可以享受做老板的滋味，当然是件好事情。

而那个真正的老板，我也见过。他是个姓黄的南方人。在我的印象里，兰城所有卖布的老板似乎都是南方人。黄老板的生意遍布兰城的东南西北，所以他基本上是不守在摊子上的，我去看过金蔓许多次了，只遇到过他三两面。他斯斯文文的，说话当然是南方的口音，而且还将我称作"徐先生"。他用南方话叫我"徐先生"，还让烟给我抽，我对他的印象就很好。

后来有一次黄老板开着车子送金蔓。那天金蔓买了一袋米，还是他帮着提到了我们家。黄老板在我们家屁股还没有坐热就走了，金蔓下去送他，却送了足足有半个小时才上来。我隐隐约约有些不高兴，我对金蔓说以后不要让人家送了，毕竟，人家是个老板。金蔓莫名其妙地又发火了。

金蔓说：你也知道人家是个老板呀！

这之前金蔓已经有一段时间没对我发过火了，所以她答非所问的，我也就没敢再吭声。

我说了，我对黄老板的印象很好，而且，人家毕竟是个老板，所以那天当他光着身子从我家床下爬出来时，我在一瞬间就有点儿不知所措。我的脑子里一片空白，竟然在这个人面前还有些卑躬屈膝。好一阵我才回过神，回过神来我第一个动作就是抡起了手里的警棍。那根警棍一直就拎在我手里，这时候就派上了用场。这时候要是我手里拎的是一把刀，我也是会抡起来的。因为我眼睛都红了，杀人的心都有了。

可是我家金蔓却拦住了我。她挡在我面前，准备用她的头迎接我的警棍。即使我都有了杀人的心，对金蔓我还是下不去手。可是我恨呀！我就换了另一只手上来，一巴掌掴在她脸上。我家金蔓的皮肤很白的，我的那一巴掌立刻给她的脸上留下几根指头印。她挨了打也没有退缩，她宁死不屈地瞪着我，反倒是我软了下来。我的眼泪忽地流了出来。

我说：金蔓这都是为什么呀？

金蔓不回答我。她能回答我什么呢？她做出了这样的事情，她还能怎么回答我呢？她一言不发地横在我面前，身上的香味我都能闻得到。我想这是我老婆呀，如今却被别人搞了。金蔓身上的香味，她瞪着我的样子，这些都让我的心碎掉了。

那个躲在金蔓身后的黄老板趁机穿上了他的衣服。他穿上了衣服后，就像一只死鸡又插上了羽毛，一下子就变得神气了。我们夫妻两僵在那里，他却坐到了沙发上，还点了一根烟抽起来。

这个时候我杀人的心已经没有了。我浑身都变软了，连举起那根警棍的力气都没有了。我心里想的是：你们在哪里搞不好，黄老板那么有钱，你们可以去宾馆，去更舒服的地方，为什么非要搞到我的家里呀？我都委屈死了，很想抱着金蔓大哭出来。我太需要她能给我个交代，如果她能软下来，对我说些好话，我想我一定会感动的，说不定就原谅了她。可是金蔓一点也不软，她身子里像是打上了钢筋，硬硬地戳在那儿，倒好像是我做了亏心的事。

我只有拖着哭腔向他们吼道：滚——

我让金蔓滚，她就滚了，再也不回来。

我一下子垮了。以前过好日子的时候，我和金蔓也吵架。那时候我比较凶，可我让金蔓滚她也是不肯滚的。现在我的这个家少了金蔓，我才发现我有多离不开她。金蔓即使再不好，也撑着我们这个家的天，她知道给家里买米买菜，而米和菜，就是一个家的天啊。尤其是我们这样的家，少了个女人，就更加承受不起。除了米和菜，有金蔓在，我就会觉得踏实，觉得日子还是两个人在熬，如今只剩下我一个，就觉得自己很孤苦，日子真的是没有了指望。

没有人安慰我。我把事情的来龙去脉告诉给自己的女儿青青，她却说：也怪你，你装作看不到，不就没事了吗？

我很吃惊，青青怎么能这样说呢？难道她在学校就是这么学知识的吗？她怎么连一点是非的观念都没有呢？

我说：我长了眼睛，怎么就能装作看不见呢？

青青说：你可以当自己没长眼睛嘛，实在不行，就闭上眼睛。

我愣在那儿，觉得自己的女儿变得连我都不认识了。也许是我不好，我不该把这种事情说给女儿听。可是我太伤心了，除了自己的女儿，我心里的苦该去说给谁听呢？我只有说一说，才会好受些。我觉得青青也是个大姑娘了，她的母亲不翼而飞了，想瞒也是瞒不住的。我看青青，觉得她也真的是个大姑娘了。不知道从什么时候起，她已经长得都和我一样高了，她还染了红色的头发，就像街上的大姑娘一样。尤其在她让我"闭上眼睛"时，那副说话的神气，就显得更加成熟了，像一个十分老练的女人了。

青青让我闭上眼睛，我只好去找大桂，她是我们厂子以前的工会主席。那会儿我们厂子还兴旺的时候，大桂就是我们工人的主心骨，她给我们争取福利，发鸡蛋，发菜油，多得我们吃都吃不完。我们心里有了疙瘩，也去找她，她是最会解疙瘩的人。大桂下岗后自己开了家小饭馆，她看到我还像以前那么亲热。我以为她会给我出出主意，没想到她给我出的主意也和青青差不多。

大桂说：这种事情现在多得很，你睁一只眼，闭一只眼，也就过去了。

我说：大桂怎么连你也这样说呢？我不是个瞎子啊！

大桂说：我们这种人，还是做个瞎子的好，看不到烦恼的事情了，才能把日子扛下去。人家那些当官发财的可以心明眼亮，你要心明眼亮做什么？有些事情，你看不到，就等于没发生，金蔓还是你老婆，每天还会和你睡在一张床上，你非要去看，就只好倒霉了。

我觉得大桂也变了，但是也觉得她的话有一些道理。我想"我们这种人"是哪种人呢？不就是一些让政府发"最低保障"的人吗。一个拿着"最低保障"的人，好像是不应该有什么太高的要求吧。

大桂即使变了，也依然比较会解疙瘩，她让我睁一只眼睛，闭一只眼睛，起码还给我留了一只睁着的眼睛。

大桂的话我听进去了，我打算去把金蔓找回来。我现在真的愿意自己是个瞎子。我走出大桂的饭馆后，呆呆地在大街上站了很久。本来明晃晃的天，在我眼里都变成灰灰的了。

我向"综治办"请了假，一大早就去布料市场找金蔓。

去了以后我才发现，布料市场在十点钟之前是没人开业的。以前金蔓在家的时候，每天早上天不亮就会出门，现在想，她走那么早，当然是去会那个黄老板了。他们天天泡在一起，还要争取多余的那几个小时。想到这些，我的心里要多酸有多酸。

我站在空荡荡的布料市场里，无比伤心地等待着。

十点钟以后，布料市场开始热闹起来。我的耳朵边开始灌满了叽叽咕咕的南方话。那些卖布的老板都是些南方人，他们一边开自家摊位的卷帘门，一边嘻嘻哈哈地开玩笑，让人觉得他们的一天才是新的一天，是蒸蒸日上的一天。金蔓这时候也来了。她没有看到我，自己低着头也去开卷帘门。我一下子觉得这个女人和我远了，她好像已经成了一个和我无关的人，她正在开启的，也是一个新的一天，而这样的一天，是和我没有关系的。

当我站在她面前时，她也真的像一个陌生人似的看我。

金蔓说：你不要在这里闹，我要做生意的，你在这里闹，还会有人买我的布吗？

金蔓以前来卖布是为了我们的家，可是现在，我觉得她卖布完全就是为她自己了，她把这当成了她的生意，在她眼里，这卖布的生意是比我重要许多的事情。

我说：我不闹，我是来找你回家的。

金蔓说：我不回去。

我说：你不回去你住哪儿呢？

金蔓：住哪儿用不着你管。

我看到金蔓眼睛有些红，心里也难过起来。我苦口婆心地说：金蔓你不要糊涂，你是有家的人呀，那个姓黄的是在骗你，他只是占占你的便宜，他不会娶你做老婆的。

金蔓的脸色马上沉下去了。她说：谁说我要做他老婆了？

我说：你不做他老婆你和他睡！你这样做，不是把自己当妓女了吗？

金蔓叫起来：我就是妓女！你走！

她宁可承认自己是妓女也不肯和我回家。

我说这种话，并没有想把她惹怒，我是在劝她，是为了她好。

而她一叠声地赶我走：你走！你走！你走！

我不走，但是也不敢继续说下去了。我来这里，并不是想要和她闹，我是想把她带回去。她发起脾气了，我就只好暂时先闭上嘴。

我在金蔓的摊位前找了个坐的地方，那是个旧花盆，里面的花早死了，只留下一点点枯枝。我坐在这个旧花盆的沿上，等着金蔓的气消下去。

金蔓招呼着上门的生意，脸上尽是笑，让我吃不准她是不是已经不生气了。看到她的生意好，我居然有些为她高兴。在她做完几笔生意后，我重新又站在她面前。没想到她脸上的笑忽地又跑掉了。

她挥着手说：你走！你走！

我看她还是那么坚决，就只好又走回到那个花盆边坐下去。

中午的时候，那个黄老板来了。他手里捏着把车钥匙，一甩一甩地进了自己的摊位。我看到金蔓在对他说话，随后他就扭过头来向我这边望。

我的心情很复杂，对这个人既有些恨，又有些怕。我恨他是当然的，可我怕他什么呢？这连我自己也说不清。他从摊位里走出来，我就不禁有点紧张。好在他并没有走向我，而是和其他摊位的人聊起天来。一会儿工夫，他的身边就聚起一堆人，都是些三十多岁的男人，一个个都面色红润。他们用自己的家乡话说笑，声音很大，我连一句都听不懂。这时候我就知道自己内心里怕的是什么了。我是在这个布料市场里有了身在异乡的感觉，我虽然还在兰城，但是我一点没有当家作主的感觉。我明白了，现在的世道，谁有钱，谁就是城市的主人。

我一直坐在花盆上。这样整整坐了一天。

中午饭金蔓和黄老板叫了快餐，他们坐在布摊后面，当着我的面，明目张胆地一同吃。我什么也没吃，我也吃不下。我浑身一点力气也没有，不是因为饿，是因为心里的苦。

他们在下午四点钟就早早地收了摊，然后双双从我眼前走过去。

看到他们走掉了，从我的眼前消失，我居然有些如释重负。我觉得这一天非常难熬，非常漫长。他们始终在我眼睛里，我的心就拧在一起，他们不在我眼睛里了，我的心才稍稍宽展些。

第二天我依旧去了布料市场。和前一天一样，金蔓看到我还是那两个字：

你走！

我说：金蔓你不该这样对我，你还是我老婆不？

我这么一说，金蔓就不赶我走了。她把脸扭到一边不看我。她不理我，我同样难办。我想和她说话，劝劝她，甚至去求她，但她不给我机会。我站在她的摊位前，又怕影响她的生意，所以只好又坐到那个花盆上去了。

我坐在花盆上想，我不能就一直这样坐下去，这样坐怕是把金蔓坐不回去的。所以我又回到了金蔓面前。

我说：金蔓你和我回家，我们回家好好说。

金蔓并不理我。

我说：你这样总不是个办法，我们终究还是夫妻。

她依然并不理我。

我浑身颤起来，忍不住就动手去扯她的胳膊。她使了很大的力气把我的手甩脱掉。我就又去扯她，她跺着脚说：你走！这时候我已经控制不住自己了，听她又说出这两个字，我的血一下子就涌到头上。我在手上使了劲，揪在她的衣领上，像捉一只小鸡似的把她揪了起来。金蔓死命地挣，她越挣，我的蛮力就越大。我把她拖了出来，一下子围上好多看热闹的人。金蔓哭号起来，伸手抱住了一捆布料，那样子就是要垂死挣扎的意思。我悲愤到了极点，她这副样子，好像就是我的敌人一样，我拖她，是要把她拖回家，而她，好像是我要把她拖进地狱去一样！

我拖着金蔓。金蔓抱着一捆布料。我把金蔓和布料一起拖出好几米。布料被抖开了，一部分抱在金蔓怀里，一部分踩在看热闹的人脚下面。

这时候那个黄老板来了。他从人堆里挤出来挡住我的去路。

他说：你们做什么？搞什么搞？这么糟蹋我的布料！

我瞪着他，眼珠子都要掉下来。他糟蹋了我的日子，却训斥我糟蹋了他的布料。我一把就拨开了他，把他拨得一个趔趄。

这就算是我先动了手。我根本没有防备，我刚一动手，自己脑袋后面就挨了一拳头。打我的是几个南方人，他们都是黄老板的老乡，这个布料市场就是他们的，他们在这里嚣张得很。这几个南方人围住我打，那驾势非常侮辱人。他们打得并不凶，看得出对于打人他们还不太熟练，但是他们又非常阴毒，其他几个人限制住我的手脚后，就有一个脱下了脚上的拖鞋来抽我的脸。拖鞋抽在我脸上声音非常大，啪的一声就抽出我一嘴的血。我嘴里的血应声而出，这个效果鼓舞了他，他就大张旗鼓地用手里的拖鞋抽起我的脸来。

我听见金蔓嚎起来：你们不要打呀！

但他们继续打我。他们一边打，一边发出南方腔调的恐吓。我的耳朵边尽是那种叽里呱啦的聒噪。

这种聒噪在我耳朵边响了很长时间，我的嘴里充满了腥咸的血味，所以我觉得这种聒噪的腔调也有一种腥咸的味道了。

后来终于响起两嗓子我熟悉的兰城话：散开！散开！

来的是两名保安。他们阻止住了对我的殴打，却不由分说地把我拖进了市场的治安室里。起初我以为自己遇到了好人，毕竟我们都是兰城人，而且我也是一名"综治员"，在身份上和他们差不多。不料这两名保安完全不把我当自己人看待。他们连事情的缘由都不问一问，一进保安室就让我蹲下。不但让我蹲下，他们还让我把头抱起来。

这简直把我委屈死了。我咬着牙问他们：你们什么意思呀？干什么这样对我！

他们说：你跑到市场里闹事，这么对你还是轻的！

我说：我没有闹事！

我还想说下去，却被他们一警棍戳在肚子上。

我疼得窝下腰，刚抱住肚子，膝弯又被一警棍扫过来。看来这两名保安打人打得是非常熟练的。这一下太狠了，我扑通一声就跪在了地上。然后那两根警棍就没头没脸地打过来，打得我满地打滚。

我被打怕了，叫着向他们告饶：别打了别打了，我会被你们打死的！

他们说：打死你也是活该！谁让你跑这儿来闹事！

我说：我不来了，我再也不来了还不行吗？

这样他们才停手。我抬起脸，看一眼他们，瞒眼都是警棍！而那些警棍都是红色的。我的眼睛都被他们打出血了。

我被他们关到天黑才放出来。放我出来前，他们还给我做了份材料。他们叫来了黄老板，却根本不问前因后果，只得出结论是我先动手打了人。

他们抽着黄老板让给他们的烟，命令我在那份材料上签字。这明摆着是在冤枉我，可我也只能签了那个字。

我往回走，身上到处都是疼的。我想我的样子一定很吓人，因为迎面过来的人都绕着我走。

我想我这个样子是不能够回家的，我怕吓着我家青青。我就绕道去了大桂的饭馆。

大桂看到我像看到鬼一样，她哇地叫了一声，问我是不是被车撞了。

我一句话也说不出来，因为我一开口，喉咙就被肚子里滚上来的伤心哽住。那时候我绝望透了。

那会儿正是吃晚饭的时间，大桂这家小饭馆里却一个客人也没有。看来她的活计也不成功。大桂给我端来一脸盆水，我把头闷在脸盆里，脸上那些伤被水一浸，就像被蜜蜂蜇了一样。大桂用毛巾替我擦耳朵背后的血，我很想哭出来，但我强忍住了。我一个大男人，怎么好意思在女人面前哭呢？大桂的身上有一股油烟味，这一点和金蔓不同。金蔓的身上总是香的，她天天冲澡，即使给别人家做保姆的时候，她身上都是香的。可是一身油烟味的大桂如今在给我擦血，我就觉得她身上的味道才是香的。

大桂替我擦了血，又用毛巾替我掸身上的土。她用的力气并不大，但是一碰到我，我就咝咝地吸气。我也不知道为什么，见到了大桂，我就变得娇气了，身上的伤就格外地疼了。我现在非常孤苦，大桂这个曾经的同事在我眼里就像亲人一样了。

我把今天发生的事情告诉了大桂。

大桂说：告他们！

可大桂马上又叹了口气说：算了，告也告不赢，他们会说是你先打的人，他们是在维持秩序。

在大桂面前，我的血气就恢复了。我狠狠地说：他们欺人太甚，搞急了我会杀人的！

大桂说：你，你可千万别干蠢事。

我说：他们逼我，我也没有办法！

大桂说：其实谁也没逼你，怪来怪去，还是怪你家金蔓，她要是肯跟你回家，谁能拦得住？

她这么一说，我的气就泄掉了。我说狠话，是因为了怨恨，可是如果怨来怨去还得怨回自家人身上，那我还怨什么呢？金蔓再伤我心，我还是把她当自家人看的。

我从大桂的饭馆出来就急匆匆地往家赶。我怕回得迟了，我家青青会没饭吃。

走到我家楼下时，我看到两个人抱在一起，在黑漆漆的楼道口亲嘴。

我从他们身边走过去，已经上了楼，又突然发现不对头。尽管我眼睛被打伤了，但是我还是觉得那个和人亲嘴的女孩是我家青青。

这回又是我的眼睛惹得祸。我又看到了不该看到的东西。他们都要求我闭上眼睛，可是我自己的女儿在和人亲嘴，我也可以装作看不到吗？

我跑下楼，在那两个人身边像狗一样地转着圈。光线很暗，这两个人又抱得很紧，他们的头翻来覆去的，所以我不好看清楚。直到那个女孩哼了一声，我才确定下来，她真的是我家青青！

我的头皮一下子炸开了。

我大吼了一声：青青！

他们被吓得不浅，忽地就分开了。

那个男孩像只兔子般的撒腿就跑。我家青青居然也想跟着跑。我一把拽住了她，她拼命地挣，那劲头就同金蔓一模一样。我一天来所有的积怨都升起来，全部跑到了我的一只手上。我用这只手重重地掴在青青的脸上。青青被我这一手的怨气打得一头栽出去，脚跟还没站稳，就被我半提半拖地揪上了楼。

进到家里，我打开灯，一下子就被吓到了。我看到青青的鼻子和嘴角都挂着血。青青也看到了我的脸，她也被吓到了。她一定在想，是什么把我搞成了这副鬼样子？我们父女俩互相看着，都呆若木鸡。许久，青青才哇的一声哭出来。

爸，你这是怎么了？青青对着我哭喊。

我回过神，指着她的鼻子骂：你不要管我怎么了，你是怎么了！你还要不要脸！

青青惊恐万状地看着我哭。我知道，她并不是怕我再打她，她是非常倔的孩子，我以前打她她从来都不哭。她是在心疼我，是我脸上的伤让她害怕了。这么一想，我的心里就不是个滋味。

但我还是硬起心肠，继续骂她：你做这种不要脸的事情，也找个地方去做呀，你也不要让我看到呀，你是存心要气死我吗？

青青把嘴唇咬起来，她不吭声，只是默默地流眼泪。

我骂着骂着，自己的眼泪也流出来了。

我的眼泪刚刚滚出来，青青就颤着声音说：爸，你别哭，我再不了。

青青对我说她再不了，是想安慰我，但是，她在这天晚上却从家里跑掉了。

这天晚上我做梦了。我梦到我和金蔓又回到皮革厂上班了，我们穿着胶鞋，在车间的污水中蹚来蹚去，但是我们都很快活，弥漫在空气中的皮子臭味，都是那么温暖和亲切。我们像是在海滩边无忧无虑地戏耍，脚下的污水都溅起一朵朵浪花一样的水珠……

我在半夜醒来，梦里的好情景荡然无存。我除了一身的疼痛，还觉得胸口像被塞进了一把茅草。这种感觉让我害怕，它就像那天我拎着鸡回家一样，心里平白无故地焦躁。我跳到床下，跑到青青的屋子里。她果然不在了。只有她的被子躺在她的小床上。

第二天一早我就找到青青的学校。

青青的老师姓吕，是个很年轻的小伙子。他问我青青会去什么地方呢？

天哪，这本来是我想问他的话。我要知道青青会去什么地方，我就不会跑到学校来问他了。

吕老师说：你们是怎么做家长的，一点也不关心孩子，只顾了去赚钱吧？

他很有兴趣地看着我的脸。我想他是故意这么问的。他看到了我的脸，就应该知道我这副样子不像一个能赚钱的人。

我的脸肿成了一团，两只眼窝都乌突突的，嘴唇也向外翻着。

我说：我是关心我家青青的，所以我才打了她耳光。

吕老师说：你这种方式不对，你这个做家长的，观念太陈旧。

我听他这么说，心就揪在一起。我也很害怕是因为了我的缘故，逼走了我家青青。

　　吕老师说：遇到那种情况，你不应该马上采取措施，你应该在事后教育青青。她也是个大姑娘了，会懂得要面子，你当着那个男孩的面打她耳光，她当然受不了，换了你你也受不了。

　　我说：你是说，我当时应该由着他们亲下去？

　　吕老师说：对，这是教育的艺术，做家长的要学习这门艺术。当时那种情形，你看到了，最好也装作没看到，先闭着眼睛过去。尤其在你没有能力解决那种事情的时候。

　　我觉得我的头皮麻了一大片。又是一个让我闭上眼睛的。我想难道真的是我错了？我的眼睛真的惹出了这么多祸？要是我真的什么也看不到，我家的日子就太平了？可是以前日子好的时候，我也不是个瞎子啊，非但不是瞎子，而且眼睛里还揉不得沙子，可那时候，日子也没有乱成这样啊。

　　我在青青的学校一无所获，只搞清楚了那个男孩的名字。

　　吕老师告诉我：一定是马格宝，除了他不会有别人。徐青青和他好，我早看出苗头了！

　　听他这么说，我心里很生气。我想早看出苗头了你不教育他们，你也把眼睛闭上了吗？这就是你的教育艺术吗？但我没有质问他。我只是问他那个马格宝家在哪儿，他却说不知道。

　　他说：我不知道，你自己找找吧。

　　我就自己去找那个马格宝。

　　我走出校门，看到一个男人开着车送他的女儿来上学。那个女儿大概是因为迟到了，一直在对她的父亲发火。她的父亲脸上堆着笑，身子从车窗爬出来，摸出钱夹给她塞钱。先塞一张一百块的，她还在跺脚，把脚跺得嗵嗵响。她的父亲就又塞一张。她还跺脚，干脆抢过那只钱夹，自己从里面扯出一把来。然后她才满意了，捏着一大把钱进学校了。她和我走了个迎面，看到我的模样就倒吸了一口气，说：噢！卡西莫多！我不知道她什么意思，但我眼睛看到的这一幕，让我的心里难过起来。我本来对青青有些怨恨的，认为她太不懂事，给我家千疮百孔的日子火上加油，可是我现在看到了其他孩子是怎么过的，就觉得我家青青原来也很可怜。

我觉得对不起自己的女儿。

我自己去找那个马格宝，但是我并不知道马格宝家在哪里。

这时候一个和青青差不多大的男孩走过来。他一边走还一边抽着烟，快到学校门口了，才把烟扔掉。

我拦住他。我的脸大概把他吓了一跳，他倒退一步，问我：你，你要做啥？

我问他知道不知道马格宝家住哪儿？他狐疑地看着我，想了半天说他不知道。我看出来了，他是知道马格宝家的，但是他不愿意告诉我。我受到了刚才那一幕的启发，也从口袋里摸出几张碎钱。我给了他一张五块的，他接在手里，两眼望天。我咬了咬牙，又给了他一张五块的，他才开口了。

他说：马格宝家在庙摊子齿轮厂家属院。

我找到了马格宝家。他家住的是平房。马格宝的父母在自己搭的小厨房里蒸凉皮。他们蒸那么多凉皮，看来是做这个生意的。

马格宝的母亲对我不耐烦地说：马格宝？我们也不知道死哪儿去了，已经三四天没回家了。

我说：他不回家你们也不找他？

她说：找他做什么？他不在倒好，我们眼不见心不烦！

我说：可是我女儿现在也跟着他跑了。

她说：那是你的事。

我说：你们这样对孩子不负责。

她说：我们能对自己负责就不错了，我们的责任就是卖凉皮！

我说：凉皮能比孩子重要？

她怒冲冲地说：你不懂就别瞎说！不卖凉皮我们吃什么？你哪里懂得我们下岗工人的难处！

我本来想告诉她我也是个下岗工人，可是我转过身就走了。我跟她说那些有什么用呢？

我走到大街上了，马格宝的父亲却追出来。

他围着一个蓝色的粗布围裙，手里还戴着一副橡胶手套。他让了一根烟给我，对我说：你找你家女儿，顺便也给我找找马格宝吧，你要是能见到他，就让他回家，你告诉他，就说是我说的，他要是不想上学，就不上了，那样也好，还能把学费省下来，他这样交了学费却不去上学，不是很浪费吗？

这个做父亲的可真省心，连找儿子都能让人顺便找。

可是我到哪里去找呢？

我在兰城转了一整天也没有见到我家青青的影子。我只是在大街上看到许多和青青差不多大的孩子，他们穿着古怪的衣服，成群结队地闲逛。我这才知道，原来有这么多的孩子都不是待在学校里的。

天黑的时候，我硬起头皮找到了母亲家。我想青青一定是不会跑到她奶奶家的，但我还是得去撞撞运气。

一般我是不去找母亲的，因为我很怕父亲。父亲从小就对我冷冰冰的，我觉得他对我没有父子之情，我在他眼睛里就是一团空气。这种情形在我下岗前还好些，那时候我腰杆还比较直，但下岗后，我整个人都矮下去，就更不愿意见到父亲，见到他，我就忍不住会变得意想不到的驯良，就像他脚下一条不受宠爱的癞皮狗。

父亲坐在沙发里看电视，我进了门，他照例连眼皮都没有抬一下。

我把母亲拉到其他的屋子去说话。

我说：妈，青青来你这儿没有？

母亲身体很差，患了二十多年的糖尿病，如今眼睛已经差不多算是瞎掉了。所以她看不清我肿成了一团的脸。但是她从我的话里听出了问题，她拽起我的一只手说：你家出事啦？

母亲一问我，我的眼泪哗地就流出来了。这几天我好不伤心，但是没有一个人能分担我的伤心，如今我见到了母亲，被她一问，就把所有的委屈问了出来。我埋着头，哭得连鼻涕都流在了嘴上。我一边用手揩眼泪，一边向母亲诉我的苦。母亲也哭起来，但她却用手替我揩眼泪。母亲的手又冰又滑，像一块肥皂，不像我的，像一把锉刀。

母亲说：你干什么要去掀那张床板呢？你都不知道那下面藏着什么，你就去掀它！

我说：我知道它下面藏着什么，老天告诉我了，我心里当时像乱麻一样，根本由不得我。

母亲说：你不知道！

母亲告诉我：你家床板下面藏的并不是个男人，是你的日子，你的日子不揭开还好，揭开了就烂掉了，就像一道疤，你把它上面的痂揭开了，脓血就都流出来了。你不揭开它，你就看不到，可你为什么非要去看它呢。

我觉得自己一下子软了。我说：你是说我最好把眼睛闭起来吗？根本就不要看我日子里的脓血，看到了也要装作看不到吗？

母亲说：对，就是要把眼睛闭起来才好。

我赌气说：现在说这些还有什么用？金蔓跑了，连青青也跑了，我现在不如死了算了。

我这是在说任性的话。想一想我真是丢人，我都四十多岁的人了，还在母亲面前故意说出任性的话。我是太需要得到一些安慰了，现在能给我安慰的，只有母亲。

母亲嘶着嗓子骂我：你放屁的话，我还活着，你有脸去死吗？

我却人来疯似的耍起来。我说：我这就去杀了那姓黄的，然后就自己去死！

说罢我转身就冲了出去。

那会儿我的身体里也真的是萌生了杀机。我本来是在跟母亲无理取闹，但是闹着闹着，我就真的想杀人了，想死了。母亲惊慌失措地在身后追我，我们像一阵风似的从父亲面前跑过去。父亲却纹丝不动，真的像只是一阵风从他眼前吹了过去。

母亲把我追到了楼下，她在身后一声长一声短地喊着我的小名，她的脚步声在我身后响得乱七八糟。我担心她会一头从楼梯上滚下来，只好放慢了自己的步子。其实我知道，母亲要是不追我，我反而没这么蛮了。

所以当母亲一屁股坐在街边哭号起来时，我就回过头去扶她了。

母亲哭得地动山摇。她一边哭，一边用手拍屁股两侧的马路，把马路上的土都拍了起来。那些土把母亲包裹住，让母亲看起来像一个腾云驾雾的神仙一样。

我说：妈你别哭了，我不杀人，也不死了。

母亲伤心欲绝地呜呜大哭，她说：你蹲下，我告诉你一件事情。

我就蹲在母亲面前。

母亲断断续续地对我说出了一个秘密。

母亲说：你怎么这么沉不住气？你为什么不能跟你爸学学？人穷就要志短，就要能吞得下事情。你知道不，你不是你爸的儿子，你爸早就知道，可是他一辈子从来没有问过我，他把眼睛闭住了，这一辈子我们才太太平平地过到现在……

我也一屁股坐在地上了。

我终于明白父亲为什么总对我冷冰冰的了。他可真沉得住气啊！

我想父亲也是一名普通工人，罪也是受了一辈子，但他好像从来没被日子搞得灰头土脸过，他纹丝不动，那是因为他懂得在日子面前闭上他的眼睛啊。而这个道理我却不懂，我气急败坏，所以现在我鼻青脸肿。

我浑身软塌塌的，连自己的头都支不起来了。我感觉到很累，一点激动的力气也没有了。我只想睡觉，把眼睛闭住，哪怕就让我躺在马路边。

第二天我和母亲分头去找。我继续去找我家青青，而母亲，亲自去布料市场找我家金蔓。

母亲后来告诉我，金蔓看到她后显得坐立不安的。

她不知道该拿这个老太婆怎么办。

她声音小小地说：妈，你干什么来这儿？

母亲从她的一声"妈"里听出了希望。母亲想起码她还叫我"妈"，这样就好办一些了。

母亲说：金蔓你回去吧，妈给你保证，你回去了什么事也不会有，你还是从前的你。

金蔓头埋下去，吸了口气说：不可能的，连你都知道了，怎么会还和从前一样。

她说她不能相信一切还会像从前一样。这一点，我恐怕也是不能相信的。

母亲说：本来我也想让你过些日子再回去，可是现在你家青青也跑了，你的那个家不能没有你。

金蔓一听就叫起来：青青跑哪儿了？

她一叫，母亲就又听出些希望。母亲说：不知道，青青他爸正满世界找呢。

金蔓突然又发起火，她恨恨地说：他找不回青青我会向他要女儿的！

然后金蔓就对母亲不怎么客气了。她说：你走吧，我还要做生意。

母亲也不和她纠缠，也走到那只花盆边坐下了。

母亲坐在那里，比我坐在那里具有威力的多。

母亲有严重的糖尿病，这点金蔓也是知道的。母亲随身带着她的注射笔，她坐在那个花盆上，把衣服撩起来，在自己肚皮上注射胰岛素。

母亲自己带了一只水杯，还带了半个馒头。中午的时候她坐在那个花盆上，一口一口地就着白水啃馒头，啃完了依旧坐在那里不动。

后来那个黄老板来了。他也注意到这个一直坐在他视线里的老太婆。母亲猜出了他是谁，但母亲并不对他横眉立眼。母亲反而在他看过来的时候，冲着他笑。

这些都被金蔓看在眼里，所以她在摊位里就坐不住了。

金蔓走到母亲身边说：妈，你先回去，我过些日子就回去……

我在那一天也找到了我家青青。

我等在学校门前，又挡住了那个抽烟的男孩。这一次我下了狠心，一次就扯出了五十块钱给他。我让他带着我去找马格宝，我想他一定知道马格宝在哪儿。这个男孩一把抢了我的钱说：跟我走！我寸步不离地跟着他，就像跟着我的五十块钱。我跟在他屁股后面走了一段，他在路边停下，摸出钱来买了一包"红河"烟。这种烟要五块钱一包的，我心疼起来，认为他是在用我的钱挥霍。

我说：你不要乱花钱！

他说：我花我的钱要你管？

我就没话可说了。

没想到他买了烟却不肯走了。他把书包垫在屁股下面，坐在了马路边。

我说：咦？你干什么不走了？

他说：现在还早，他们哪会这么早起来？他们现在一定还睡在被窝里。

这句话听得我心如刀绞。我好像已经看到了，我家青青和那个马格宝睡在一起！可她只有十五岁啊！以后怎么办呢？我连想都不敢想了。

我说：马格宝不在家，他们能睡在哪儿？

他说：哪儿不能睡啊？网吧，浴室，哪儿不能睡？

我说：那你还不快带我去找！

我实在是急了，好像早一点找到我家青青，她就会少和人睡一点。

他看一眼我，摇着头说：你这人怎么这么性急？你愿意看到他们光溜溜的样子？

他嘿嘿一笑说：其实我知道，你是徐青青的爸爸。

我觉得这个孩子太老练了，一下子就说到了我的痛处。我一句话也说不出，只瞪着他看。他递给我一根烟，让我也坐下来。我只好在他旁边坐下和他一起抽烟。我没想到我抽了一辈子的烟，却被这口烟呛得咳嗽起来。而那个男孩却抽得悠然自得。

他抽完一根烟后，向我建议：最好的办法是，你坐在这儿等我，我去把他们给你找来。

我担心他是在对我耍滑头，我更担心我的五十块钱打了水漂。他马上就看出我的心思了。他说你是不是信不过我？说着就摸出我给他的钱，连同那包打开的"红河"烟一同塞还给我。我左右为难，不知道该不该相信他。

他又看出我的为难了，笑嘻嘻地站起来说：我把我的书包押在你这里，这样你总放心了吧？说完他就转身走了。

我坐在马路边等，太阳很好地照着我，可是我却一阵阵发冷。我知道，那是我的心冷。我等了很长的时间，长到后来我都忘记自己是在等了。我只是茫然地坐在马路边，不知道自己还有什么希望，还有什么期待。

所以我家青青站在我面前时，我一下子想不出自己要做什么。

两天没见，青青就变成了另外一个人。她烫了头发，满头的头发像被火燎过一样，又干又毛，这个发型让她的头比以前大了好几倍，而且我看着她的头，总觉得有股烟从她的头发里冒出来。她身上穿的衣服也变了，她穿着一件小背心。这件背心很紧，勒在青青身子上，让她的胸部显得格外地大。这件背心还很短，把青青的肚皮露出一截。我吃惊地看到，我女儿的肚脐眼上竟然穿着一只铁环。这些都让我不敢认她了。我想她真的是我家青青吗？

她当然是我家青青。

她叫了我一声"爸"，说：你别找我了，过些日子我会回家看你。

我这才清醒过来，我想对她说些什么，但是我张张嘴，眼泪首先流了下来。

她说：你别哭，你哭什么哭，你在大马路上一哭我就也得跟着哭了，我这不是挺好的吗？你不要为我担心。

我指着她说：你这副样子叫挺好的吗？我都要认不出你了。你只有待在家里，只有待在学校里，那样才能叫好。

她说：我不去上学了。你想开些，我就算待在学校，也是学不好功课的，还不如不上，那样还可以替你省下学费，你交了学费，我又学不好，不是浪费吗？

我听这话有些耳熟。我想起来了，这不是那个马格宝的父亲对我说的话吗？他让我把这话带给他儿子，可是现在我女儿又说给了我。我想难道真的是我糊涂了吗？好像所有人都懂的道理，却只有我一个人不懂。

我说：可是你不上学，你做什么呢？

她说：我准备去打工，我已经找到工作了。

她说到找工作，我就不能不为她担心。因为下岗后我自己就找过无数次工作，可是那都是些什么工作呀？我是知道的，这个世界能给我们的，都不会是什么好差事。

我说：青青你还是和我回家吧，你在外面是要吃苦的。

她说：爸，我在家也没有享福呀。

我哑口无言。她这句话说得我心头一颤。

她又说：就算吃苦，那也让我吃一吃吧，吃不消了，我自然就回家了。

我真的觉得青青是变了。她已经不是我心里的那个女儿了。她像个成熟的女人一样，而我在她面前，反而像个什么也不懂的孩子了。我觉得她对世道要比我了解得清楚，说出的每句话，都像是在教育我一样。

我傻在那里，感觉自己对什么都无能为力。我不能像其他的父亲一样，扯出一张又一张的大钱给自己的女儿，一只扯到她肯欢天喜地去读书，反过来，我女儿却可以用给我省学费来做理由不去读书。这个世界我既不理解了，也毫无办法了。我想，是不是我真的该闭上眼睛了，什么也不看，看到也要装作看不到。

我还在发愣，我家青青却走了。她什么时候走的，我都不知道。这一回我真的是没有看到，要是我看到了，我该多伤心难过啊！我都不敢想：我眼睁睁地看着青青从我眼前走开，去吃一吃苦……

那个抽烟的男孩回到我身边。他是来要他书包的。

他说：大叔，你也别难过了，我看他们挺好的，我找着他们的时候，他们还在网吧打游戏呢，快活得很。

我当然希望他们快活。青青说她吃不消苦了就会回家，可我也是不愿意她去吃那个苦啊。

那个男孩刚走，又跑来一个男孩。

这个男孩长得白白净净的，头发又软又黄。他跑到我面前，郑重其事地说：叔，你放心，我会照顾好青青的。

说完他撒腿就跑了。

我想这一定就是那个马格宝了。他一本正经地让我放心，你说他是不是有毛病。

一切都由不得我，我能做了主的，只有自己了。

我重新回到"综治办"上班。

让我大吃一惊的是，那天我一去菜市场，就看到了以前的那群贼。他们蹲在一起，看到我还对我笑。我转身就往回走，我想去多喊些帮手来。这一次我有经验了，知道凭自己一个人，是要吃大亏的。

"综治办"里有好几个队员在，没想到我把情况一说，他们却没有一个人愿意和我去。我还以为他们会摩拳擦掌地跟我去捉贼呢，没想到他们也只是看着我笑。我想他们笑什么呢？这有什么好笑的？

我们的队长郭开把我拉到一旁说：老徐，以后你就由着他们去吧，他们愿意给咱们上贡，这里面也有你的份。

我想了半天才明白他的意思。明白后我觉得太不可思议。他怎么能说出这种话呢？政府发给我们警棍，发给我们五百块钱，我们怎么能做出这样的事情呢？而且，这种话即使别人可以说，他郭开也不可以说啊。他不但是我们的队长，而且他还是郭婆的儿子，难道他忘了自己的母亲是被那群贼用刀子捅过屁股的吗？

我说：郭开，你妈可是被他们捅过屁股的呀。

郭开说：捅都捅过了，还提它做什么？又不是眼前的事。

我说：可是你要我由着他们在我眼前继续捅别人屁股呀！

郭开眼睛翻了翻说：也是啊，你要天天对着他们看，是不太好办。

我说：当然不好办，我又不是个瞎子！

郭开想都没想就告诉我：那你干脆把自己当个瞎子好了！你就当没看到他们，他们在你眼前转，你就给我把眼睛闭起来！

又是一个要我把眼睛闭起来的！这些天几乎人人都这么对我说。

我的心就动了。

我想，也许我按照他们说的那样去做，日子就会是另外的日子了？我的眼睛看来看去的，看到的没有一样是让我好受的事情，为什么我还要睁着它呢？

郭开甩给我两百块钱，他说：这就是你的那一份，你看着办吧，不要也可以。

我思前想后，最后心一铁，还是把这两百块钱装在了口袋里。

就是从这个时候起，我的身体开始了变化。我的脖子好像变软了，头好像变重了，我总是勾着头，眼睛里大部分时间看到的是自己的脚。我的眼皮也耷拉下去了，看什么都看不全，只看到很少的一部分。

所以回到菜市场后，那群贼在我眼里就只是十几条腿了。他们的腿在我眼皮下晃来晃去，我却看不到他们的手在做什么。

我的眼睛里尽是这个世界的下半截，我看到的是人脚，车轮，树根，这样一整天下来，我的头就感觉很晕。因为整个世界在我眼睛里都变得飞快了。你完整地去看一个人，即使他是在跑，你也不会觉得有多快，可是你只看一个人的脚时，即使他在走，你也会觉得他是在飞。菜市场里有那么多脚在走，我当然是感到眼花缭乱了。

我最愿意看到的是几条狗，它们在我眼睛里跑来跑去，还是从前那种比较正常的样子。所以当我头晕的时候，我就去看看那几条狗。

我就这样勾着头在菜市场巡逻。

一连几天我和那群贼都相安无事。但是我的心却不得安宁。

那两百块钱一直放在我的口袋里。那天我勾着头巡逻，突然想起了一件事。我就走到了那个卖鸡的摊子前，摸出了其中的一百块。

我说：我买过你一只鸡，现在把钱付给你。

那个卖鸡的人一愣，不冷不热地回了我一句。

他说：你现在有钱了啊。

我也一愣，我说：我现在也没有钱啊。

他说：没有钱？你怎么会没有钱呢？你现在应该很有钱嘛。

我本来是勾着头的，但是他的话说得我莫名其妙，我因此就抬头看他了。

我一看到他的脸，就明白他的意思了。他脸上的那种表情再明白不过了，他像是看到了一堆狗屎那样地看着我。他这样看我当然有他的道理。我知道，现在这个菜市场里除了那群贼和那几条狗，谁看我都会是这样的一副表情。

明白过来后，我的头就勾得更低了。我扔下那一百块钱就走。走出一截后，我才想起来他并没有找钱给我，他是应该找钱给我的。我都已经转头回去了，却又收住了自己的脚。我没脸再去让他给我找钱。我只有把那一百块钱都给他了。这在以前是绝对不可能的事。以前一百块钱对我绝对是个大数目，我轻易都不会去把一张一百块的大钱破开，因为一百块钱一破开，很快就会像水一样地从手里流走，随便买买什么，就没有了。可是那天我只有咬着牙把一整张一百块钱给了那个卖鸡的。我想我是买了一只天底下最贵的鸡。

这时候我看到眼前的腿都跑了起来，还有一个女人在声嘶力竭地哭，我的耳朵让我知道了，她的钱被夹走了，她哭喊着说那是她家一个月的饭钱。她哭得那个惨啊，听得我心惊肉跳。最后她看到了我，就干脆跑到我跟前哭起来。她这么做当然也是有她的道理，因为我戴着袖标，拎着警棍。但我觉得她是把我当成一个贼了。我当然不敢看她，我只盯着她的脚。她大声地哭，大声地说。

她说：你知道吗，这些钱会要了我的命的，你们可能不觉得有啥了不起，但是这真的会要了我的命的！

我相信她的话，她哭得这么凶，一定不会是装出来的。

可是我依然需要装作看不到。我不看她的脸，但还是看到了她的眼泪。她的脚尖突然跌上去一大颗水珠，我看到了，知道那是她的眼泪。

我的心受不了了。

晚上我又去小饭馆找大桂。我想听听她怎么讲，她要是说我这样做不对，我就再不这样做了。

大桂的小饭馆里依然冷冷清清的没有一个客人。她听了我的话，半天没有吭声。

我说：大桂我这样做是不是丧良心啊？

大桂叹了口气说：你要我怎么说呢？你不做这个瞎子，别人也会做的。

我说：别人是别人，我这样做心里过不去。

大桂说：那你除非不在"综治办"做了。

她这么一说，我就不知道说什么好了。"综治办"是我目前找到的最好的活计了，不在"综治办"做，我再去做什么呢？我到哪里才能挣来五百块钱的工资呢？

大桂看我心里矛盾，就拿了瓶酒陪我喝。

她说：喝酒吧，还是喝点酒吧。

她说：一个人不是只有眼睛看不到才算个真瞎子，他应该心里也是瞎的，那样才是个真瞎子。我们心里的眼睛还睁着，所以就还要伤心。

我觉得她说的有道理。可是怎么才能让心也瞎掉呢？

大桂陪着我喝酒，但她比我还喝得凶。我看出来了，她的心里也不好过。至于她为什么也不好过，我是问都不用去问的。那还用问吗？她的好日子也和我的一样过去了，她也不是当年的工会主席了，她的活计也不成功，她的心也没有瞎……

我们喝完了一瓶白酒，第二瓶也喝下去一多半。

我的头昏昏沉沉的。

大桂也好不到哪里去。她坐在我身边，身子一歪就向下滑去。我用手拽她都拽不住。她坐到了桌子下面。我去扶她，用胳膊揽在她腰上，把她往起抱。她突然仰起脸，哼了一声就亲在我嘴上。我也很激动，也去亲她，一边亲，一边就把手伸在她的怀里摸个不停。我们俩都滚在地上，大桂也把手伸在我的裤子里摸我，她的手也和我的一样，像锉刀。

这个时候我偶尔抬了下头，一抬头，我的脑子就清醒了。

我的眼睛又看到了一样东西。那是大桂这家小饭馆的营业执照。它上面法人代表的那一栏，又黑又粗地写着一个人的名字。这个人不是大桂，是他男人。

大桂的男人也是我们的工友，以前是个非常结实的人，后来有一次游泳，一头跳下水池却崴断了脖子，从此就成了一个瘫痪在床上的残废。他成了残废，唯一的用处就是用自己的名字申请了这张可以减税的营业执照。

我看到了他的名字，身体里的血就安稳下去了。

其实我是愿意和大桂搞在一起的，非常愿意。我那时候真的需要一个女人，我想大桂也是需要的，她也那么苦。可我不是个瞎子，我的眼睛不瞎，我的心也不瞎。我想大桂当然也不瞎，要是那天我们俩搞了，她酒醒后会后悔的。

我晕头晕脑地从大桂的小饭馆走出来。

一走到街上，我就吐起来。我吐得那个凶啊，简直是把肠子都吐出来了。吐过之后我好受多了，我把脖子仰起来大口大口地喘气。

我看见了天上的星星，它们那么多，那么亮，有的还一闪一闪，就好像是满天的眼睛一样。它们在看着我呢，看着这世上的一切。它们能看到人里面谁在享福，谁在受罪。我想，和它们比，人的眼睛算什么呢？即使这世上的人都是瞎子，都不去看，也都被这些天上的眼睛盯着。它们在天上向下看，世上的一切大概都和我眼里的那几条狗一样吧？

我喝了太多的酒，睡得就很死。

我在梦里被响亮的拍门声吵醒。我爬起来一看，竟然已经快到中午了。

拍门的是郭开，他看到我就大叫道：你还在睡觉呀，你家青青出大事啦！

郭开说他去公安局汇报工作，一进公安局的大门，就看到我家青青被戴着手铐押进了一间屋子。他向人打听了一下，听说是我家青青杀人了。

其实杀人的并不是我家青青，是那个马格宝，我是后来知道的。

我家青青本来要和那个马格宝去南方打工，他们都买好了火车票，但是青青说她还要做一件事，她只有把这件事做了，她才能没有遗憾地离开兰城。

青青和马格宝来到了布料市场。那个黄老板恰好在，他站在自己的摊位前和别人聊天。

马格宝看到了我家金蔓，当时他俩也站在那个花盆边。

马格宝说：那个卖布的女人好像是你妈呀。

青青说：不错，就是我妈。

马格宝说：你是要跟你妈说一声你要走吗？

青青说：不错，我是要和她说一声。

然后青青指着黄老板说：那个男人你看到了吗？

马格宝说：看到了。

青青眼睛眨都不眨地说：你去放倒他！

马格宝愣了一下，随后他二话没说就走了过去。他走到了金蔓的布摊前，还向金蔓害羞地笑了一下，然后他就摸起了那把大剪刀。那把大剪刀就放在一匹展开的布料上，马格宝摸起它，想都不想，转身捅在了黄老板的腰上。马格宝的力气不足，而且那把剪刀合在一起就没有锋利的刀刃，所以他这一下捅得并不成功。这不成功的一捅，激怒了马格宝，他把剪刀拔出来，手一甩，剪刀就张开了嘴，他只握了剪刀的一只把子，再次捅了过去。这一次，这把剪刀就变成了一把匕首，马格宝没觉得使了太大的劲，它就全部捅进了黄老板的身体。

我脸都没有顾上洗就和郭开跑去了公安局。

我们敲开一间办公室的门，去找一个郭开熟悉的公安打听情况。

那个公安姓范，他一弄清我的身份，脸就立刻变了。

他说：你来得正好，我们正要找你。

然后他声音很硬地赶郭开：你先走你先走，把他留下。

郭开很吃惊，搞不懂自己的熟人为什么会突然翻脸不认他了。我也很吃惊，感到事情有些不妙。

郭开被赶出去后，范公安就开始向我问话。他那不是随便的问话，他拿出了纸和笔，一边问，一边做着记录。他先问我姓名，性别，年龄，身份。我被这阵势吓住了，我想完蛋了完蛋了，我家青青真是杀人了。我却搞不懂公安干什么这样审我。

但是他问着问着我就明白了。原来公安怀疑是我怂恿了那两个孩子去杀人。

他这样怀疑好像也很有道理。

他说：你老婆和那个受害人跑了是吧？

我想了想，才把他说的"受害人"同黄老板联系起来。我还是不太习惯黄老板的这个新身份。我想他怎么会是受害人呢？我觉得我才是受害人。

我说：嗯。

他说：你跑去过布料市场是吧？

我说：嗯。

他说：你在布料市场和受害人发生了冲突，你们打架了是吧？

我说：我们不是打架，是他们打我。

他说：那么你被打了以后，是怎么想的？

我说：我很生气，觉得不公平，觉得他们欺负人。

他话锋一转，突然问我：徐青青是你什么人？

他这样一问，我就算再傻，也猜出他的意思了。他当然知道徐青青是我什么人，不然他也不会这么审我。我是这样想的：要是这杀人的责任归到我的头上，我家青青是不是就可以被他们放掉？

所以我试探道：小孩子不懂事，他们即使做了坏事，也是我们做父母的责任。

范公安停下笔抬头看我。他说：你还是很懂道理的呀。

他继续问了我一些问题，意思越来越明显。

他说：说吧，是不是你指使他们做的？

这个问题很关键，我虽然很愿意把我家青青救出去，但对于这个问题我也不敢轻易回答出来。

我一边用手揩眼角的眼屎，一边说：你让我想一想。

他说：可以，你可以想一想。

说完他就站起来向门外走。他出门的时候我叫住了他。

我说：那个受害人死了吗？

他回头看了我一阵。我觉得他看我看得太久了，他的那种目光让我恐惧。

我听他说：这个现在不能告诉你。你好好考虑自己的问题，等下我回来，你就要如实回答我。

然后他就走了。我听到他用钥匙在外面把门反锁住了。这时候我才发现，我出汗了。我的脊梁骨上好像流淌着一条小溪，它歪歪斜斜地流过我的后背，冷飕飕的。

我一个人待在这间屋子里。我向外望，看到这间屋子的窗户上都是焊着铁条的。

我闭上自己的眼睛。一闭上眼睛，我脑子里看到的就是我家青青。我看到了她小时候的模样，看到她小时候的模样，我就也看到了金蔓。她们母女俩开心地对我笑着，那时候的人穿得都很土，但显得都很美……

我突然听到了一个女人的哭声。她刚一哭，我就听出来是金蔓了。

我趴在窗户上向外望，看到果然是金蔓。

金蔓站在公安局的大院子里，放声大哭。

她一边哭一边叫：你们放了我家青青吧，要抓你们把我抓起来吧，你们杀了我的头吧，是我做的孽呀……

有几个公安过去赶她走。她当然不肯走，和人家撕扯起来。

她坐在了地上。人家扯着她的两条胳膊她也不肯起来。她就那么死命地沉着身子，被拖得在地上跐来跐去。她的衣服都被拖得卷了起来，明晃晃地露出一圈雪白的肉。她的头发也披散了，乱糟糟地盖在脸上。我才知道，金蔓的蛮力会有这么大。她横下心了，几条大汉都是收拾不住的。她被他们拖出一截又挣回来，拖出一截又挣回来。她身上的衣服都是土，她露出的肉很快也都是土了。后来她抓住了一辆警车车头前的保险杠，整个身子就都趴在了地上，被人三扯四扯，干脆就钻在了车轮下面。

她哭着，叫着，奋不顾身地要用自己把青青换出去。

公安们终于忍无可忍了。他们用了捉拿坏人的手法把她的胳膊扭转过去，她的劲就使不出了，被人从车下拽出来，一路拖着扔出了公安局的大门。

我看到被拖在地上的金蔓突然不哭不闹了。她居然笑起来。她笑得那个开心啊，欢天喜地的，咯咯咯的声音像一连串的银铃声。

我的头嗡的一下就大了。我想我家金蔓是疯掉了。

我的眼泪哗地流出来。

我觉得我和金蔓又是一家人了。我们都愿意用自己去救青青，我们都在受罪，我们又成了亲人。

所以范公安回来后再次问我：说吧，是不是你指使他们做的？

我就说：嗯，是的。

我做出这个回答后，心里一下子就畅亮了。我觉得我的家又成了以前的那个家，我们一家人心贴着心，肉贴着肉。我们贴着心贴着肉，就不觉得孤苦了，就可以把日子扛下去了。

晚上的时候我被转移到了另外一间屋子。

这是一间专门用来关押坏人的屋子，外面挂着"滞留室"三个字。它没有门，有的只是一排胳膊粗细的铁栅栏。我被关了里面。郭开来看我了，他好心地买了几个包子给我吃。他还想和我说说话，但是又被人像赶苍蝇一样地赶走了。我慢慢地把那几个包子都吃了。我的心里并不觉得难过，反而感觉到踏实。我只是在听到隐隐约约的哭笑声时，心里才一阵阵地揪紧。那声音是从墙外的大街上传来的，我知道那是我家金蔓在开怀地哭和笑。

那时候天已经完全黑了。我趴在铁栅栏里，脸紧紧地贴在铁条上。我闭上自己的眼睛，想象着我家金蔓现在的样子。

当我张开眼睛时，就看到了满天的星星。

它们依然那么多，那么亮。它们在天上眨着眼睛，看着下面的世界。它们当然看到了谁在享福，谁在受罪。当我闭上眼睛的时候，它们依然会凝望着我，它们像凝望着一条微不足道的狗一样地凝望着我。我觉得我的一切都被这些天上的眼睛看着，我就有了寄托，就不再是孤苦无告的了。

我们的底牌

日子还是过下去，是啊——不过一个傻子却很快要同他的自尊心分手了，也许到世界末日也不会再碰头。

——冯尼古特《囚鸟》

1

曲兆福和曲兆禄一同来找我，这可是让我意想不到。他们一胖一瘦，仿佛哼哈二将，横在店门前，恰好塞满了门框。我的小店立刻变黑了，犹如一团乌云，遮住了本来明媚的阳光。尤其当我看到他们的眼睛里都飘着一缕似有似无的白翳，心头更是一惊。他们这是要干吗？

我确实被他们的到来吓住了。我们虽然是一奶同胞，但可耻的生活早已泯灭了我们之间的亲情。他们倒是经常光顾我的小店，但都是独来独往，今天来个胖的曲兆福，明天来个瘦的曲兆禄，伸出胖的或瘦的把掌：给钱！没钱？那完蛋了，他们会抢我的货物，一块移动硬盘，一只MP3，最不济，也要搞走我几个键盘。瘦的曲兆禄真狠，有一次抢了我的移动硬盘，公然就在我的小店前转卖起来，卖多少钱？二百！这是他伸手向我要的那个数目。我哪能眼睁睁看他把一块簇新的移动硬盘就这么给贱卖了，只能上前和他讨价还价：二百？还能便宜不？不便宜了？那成，卖我吧！这样看起来，好像是我在我自己的小店前捡了个便宜。胖的曲兆福稍微温和一些，他是抢了就走，从不继续为难我。但是他的力量惊人，有一次冲进柜台，撞倒了我的店员小鸽，令小鸽的盆骨骨折。为此，我不但负担了小鸽的医疗费，而且从此也负担起了小鸽，小鸽成了老板，我成了店员。

不是我懦弱，更不是我对他们抱有温情，是我实在不愿招惹他们。我也企图抗争过：再闹！再闹喊警察了！而那时小鸽也已经举起了手机，110，多便捷的号码，我想抢下来都来不及。警察随叫随到，谁？谁抢劫？可我却直摆手，对不起，对不起，误会了。怎么误会了？显然，我们是亲兄弟，这是家务事，我的店员，喏，就是这个小鸽，误会了。我为什么敢于糊弄人民警察？是因为我看到了我两个哥哥眼里萌生出似有似无的白翳。这有什么了不起？又不是萌生出杀机。可我宁愿他们萌生出的是杀机，也不敢正视他们眼里那缕似有似无的白翳。当那缕似有似无的白翳飘上他们的眼珠，就预示着他们即将打出一手致命的底牌，预示着他们即将倒下，嘴眼歪斜，口吐白沫，姿态一直低下去，低低低低，一直低到尘埃里，去吃土！我惧怕这张底牌被他们亮出来，这张底牌不是大猫二猫，不是红桃A或者梅花K，它是我难以启齿的家族史，如果暴露在光天化日之下，暴露在小鸽面前，我好不容易建立起来的新生活，新生活里的新秩序，必定土崩瓦解，而我，也将必定万劫不复，重新回到我的家族的序列中去，用一双飘着白翳的眼珠去打量生活。

小鸽对此不能理解，经过无数次卑鄙地诱导，我才将她的思路引向了片面的歧路。我让她将我的妥协归根结底在"善良"上。你太善良了！这句话就成了小鸽的口头禅。她爱我的时候，指头一戳，说；她恨我的时候，指头一戳，说；我们恩爱的时候，她充满深情地说；我们打架的时候，她无限轻蔑地说。

而此刻，曲兆福和曲兆禄眼里飘着白翳，高扬着底牌，共同驾着乌云而来，我不知道我的"善良"还有没有余地了。我情不自禁地想往柜台下面缩。柜台下面是小鸽的两条美腿，那裙下的旖旎，更加滋长了我埋头钻进去的渴望。但小鸽的腿适时并拢，像一扇门，黯然关闭。我听到啪哒啪哒的拖鞋响。透过几台数码相机，再透过柜台的玻璃，我看到他们来到了我的眼前。一瞬间，我有了绝望之感，并且无比空虚。

你起来！他们喝。我听出来了，这是曲兆福的声音。

我当然不想起来。我甚至决定不惜代价，迅速打发掉他们。我的手都伸进柜台里了，抓住了两台数码相机。小鸽立刻捕捉到了我的企图，她真敏锐啊！我听见，她似乎惊叫了一声，然后紧紧抓住了我的手腕，控制着我的企图。我企图什么呢？用这两台数码相机做板砖，劈头盖脸地痛击敌人？当然不是这样的！同样是损失两台数码相机，我当然选择把它们奉献出去。你太善良了！我似乎能听到小鸽肚子里幽暗的叹息。我们的手伸在柜台里，艰苦地较量着：给！不给！还是给了吧！——你、太、善、良、了！

这是沉默的一刻，也是死亡和爆发概率各半的一刻。

曲兆禄不耐烦了，一拍柜台说，搞什么搞！我们找你说正事。

正事？他们哪次来搞过正事？他们的正事就是要，就是抢！我感到我恨他们。我的手在下面做着努力，目光冰冷地凝视着他们。突然，我觉得有一团东西飘进了自己的眼眶，我的眼前仿佛蒙上了一块毛玻璃……

曲兆福瓮声瓮气地说，你不要慌，我们不要你的钱，我们是来和你商量曲兆禧的事。

曲兆禧？是谁？哦，她是我们的妹妹。我的手立刻松懈了，眼前的白雾也旋即消散。他们要和我商量曲兆禧的什么事呢？我都几乎要忘记自己的这个妹妹了。

2

我和曲兆禧最后一次见面是三个月前。我们家的老房子要拆迁，她打电话给我，让我回去一趟。说实话，对于自己的那个家，我是没什么感情的，我的父母还健在的时候，我就已经尽量避免回去了。我惧怕那些邻居的目光，他们对我们家知根知底，而我们家的根底是一笔巨大的烂账，连曲兆福和曲兆禄都避免去翻，更何况如今已经焕然一新的我。

好在我的家已不复当年，这里曾经是一所小学的校园，如今校园早已搬迁，左邻右舍也七零八落，我家的破屋现在夹在高耸的楼宇之间，十足一副苟延残喘的模样。我暗自松了口气，趾高气扬地出现在曲兆禧面前。

但是曲兆禧的模样却令我倒吸了一口冷气。我觉得，我并不是出现在了我妹妹的面前，我是出现在了我母亲的面前。这当然不可能，我母亲已死去多年。但是面前的曲兆禧宛如母亲在世。她的脸盘有一个篮球那么大，但身子却瘦成了一根竹竿，更为关键的是，她胸前那对曾经惹是生非的乳房也不翼而飞了。那曾经是一对多么激烈的乳房啊，挂在胸前，不昂首挺胸都不行！可是，如今它们去了哪里？我不禁一阵心酸，这让我意识到，毕竟，眼前这个比例失调了的女人，是我的妹妹。我迅速猜测出在曲兆禧的身上发生了什么，乳腺癌，除了乳腺癌，还会是什么呢？乳房又不是气球，一根针就能报废掉，只有乳腺癌，才能彻底根除掉它们。这个知识我很早就掌握了，因为，我母亲就是一名乳腺癌患者。当年，乳腺癌光临了我的母亲，她只能割掉它们，据说是贴着肋骨刮，直到寸草不生，空空如也。然后，我母亲的脸盘就有一个篮球那么大了，身子却瘦成了一根竹竿，好像提前预演了曲兆禧的今天。遗传，这是遗传的力量！我首先想到了这一点，然后诸如血缘、宿命这样的观念充斥了我的脑袋。我不免悲观，本来不错的状态也消极起来。

我不敢想我的家族都发生了什么。生活宛如利刃，毫不留情地割裂着我们的亲情；生活又宛如皮筋，用乳腺癌这样的东西柔韧地将我们联系在一起。对于曲兆禧，我同情起来，并且有些惭愧。她是我的妹妹，而我已经快要忘记她了，如果不是她打电话，我根本想不起她。我从肠子里决定和我的家告别，除了曲兆福和曲兆禄这两个家伙时不时地来骚扰我，这个家也的确和我没什么关系了。我完全投身在看上去蒸蒸日上的生活，已经开始和小鸽商量着要买一台车了。我对小鸽几乎百依百顺，与此同时，我的妹妹却迎接了乳腺癌，而我却置若罔闻，仿佛毫不相干，这样就形成了比较和落差。我也不知道为什么，面对失去了乳房的曲兆禧，我突然有了检讨的愿望。

在这种愿望的驱使下，我几乎不假思索地答应了曲兆禧的要求。

我家的房子要拆迁了，这预示着巨大的利益。曲兆禧神情凄怨地请我，放弃属于自己的那部分。在我看来，她的理由太充分了，她失去了一对傲然的乳房，还有比这更理直气壮的吗？何况，她还离了婚（没有了乳房的女人，天经地义地就没有了婚姻，这也没什么好说的），带着个上初中的儿子，不照顾她，简直说不过去。我心头一热，立刻表态说，没问题，哥答应你，都给你！旋即，我耳边就回响起了小鸽的叹息：你太善良了……与其说被自己感动了，毋宁说我立刻就产生了一丝悔意。我家的房子可是不小。当年疏于管理，家家都是由着自己的需求扩建住宅的。我那在小学教语文的父亲，虽然弱不禁风，但也是发了狠，努力营造了一个大宅子，连厨房带杂物间，居然弄出上百平米。想一想，如今这样的规模，又身处闹市，该值多少钱？尽管我如今已焕然一新，但并没有富裕到张狂的地步，我自己现在就没房子，之所以想先买台车，也是因为房子实在太贵。

可是话已出口，想收回来就不容易了。我试探着问曲兆禧，这事你和他们商量过没有？我指的是曲兆福和曲兆禄。这个时候，我搬出这两个瘟神，就仿佛打出了一张凶狠的牌，这的确是有些阴暗。

曲兆禧摇着篮球一样的头，愤然说，关他们什么事！爸妈活着的时候，就把他们赶出去了！何况，这么多年，是我守在这个破家的，你以为守在这儿舒服吗？哪样不要我操心，房顶漏了！闹白蚁了！电线老化了！地基塌陷了！邻居图谋侵占了，要吵架，要闹！我的病就是这样折腾出来的！

我觉得曲兆禧说得天塌地陷，基本上是说给我听的，既然这样，似乎我也不该染指这里面的利益。她还使出了撒手锏——她的病，她以一对乳房为代价，获得了毋庸置疑的权利。

她这么说，让我有些不能接受了。在我看来，如果物尽其用，她的乳房只能唤起怜悯，不应当作为筹码，当一副牌那样地摔在我面前。她的乳房只有处在弱势的时候，才能博得亲情。

我这么想是有历史依据的。想当年，曲家有女初长成，曲兆禧含苞欲放，一对好乳惹得四方恶霸垂涎三尺，终于激起了一场事件。那时候曲兆禧只有十五岁，凸凹毕现的身材助长了她的春心，她不思学业，有空就混迹于一些是非之地。离我们家不远，是省体工队的驻地，那里开风气之先，开起了全省第一家赢利性的旱冰场。曲兆禧昂首挺胸地来到旱冰场，迅速掌握了滑翔的技巧，像一只饱满的燕子，穿梭往复，时而正着滑，时而倒着滑，时而两条腿交叉成一把剪刀，频繁叠加，同时把胸脯挺得更高。这样的情景连我看到都心跳加速，会惹出多少麻烦，大家可想而知。旱冰场是什么地方？体工队里是什么人？麻烦说来就来，很快，几个练摔跤的混蛋就盯上了曲兆禧。曲兆禧实在是太夺目，她那对乳房波浪翻涌，不被人盯上简直就是荒谬的。那几个混蛋毫不掩饰自己的方向，他们说，就是冲着曲兆禧的乳房来的！曲兆禧被吓得不轻，虽然她春心萌动，但面对几个一身横肉的体工队员，她还是惊慌失措了。从此再也不溜冰了，可不溜也不行，人家追到门上来了，在上学的路上堵她。这里面最倒霉的是我，因为我和曲兆禧同年同月同日生，从小上学就分在一个班里，有时候还坐同桌。我们结伴出入无可避免，于是，我的倒霉也无可避免。

我们双双被几条大汉堵在路中间。对于曲兆禧，他们还算客气，言辞轻浮，甚至言辞恳切；对于我，就是下了狠手的侮辱。他们轻而易举就能把我的头夹在胳膊里，一直把我憋得眼冒金星。或者，他们就把我挤在墙根，像床垫一样地背靠着我。他们这么做，是一种要挟，他们以我的痛苦来谋取曲兆禧的妥协，这样，我就是他们手里的一副牌了。他们幻想着用我这幅牌打得曲兆禧落花流水，缴械投降。但曲兆禧不妥协，她居然因此厌恶我，仿佛她的不幸是因为我造成的。被人像一幅牌似的攥在手心，我该多委屈？我知道我是在替曲兆禧受罪，是在替她的那对乳房受罪。他们渴望夹住的并不是我的头，是曲兆禧的乳房！他们渴望靠住的，也并不是我门板一样的身体，是曲兆禧的乳房！

我一度憎恨曲兆禧，憎恨她惹是生非的乳房。但是，有一天，当她的乳房被一个混蛋正面袭击了之后，我的立场迅速转变了。

那天，几个混蛋终于厌倦了拿我来过瘾，公然将曲兆禧围在当中，其中一个，于撕扯之间，骇然抓在了那对梦寐以求的乳房上。我听到了一声悲哀的呻吟。我觉得那不是曲兆禧发出来的，是她的那对乳房，是它们，像无助的婴儿一般，被侵害后，发出了令人心碎的啼哭。我的血一下子烫了，滚烫的血将我变成了一张红彤彤的锋利的红桃 A，勒令我义无反顾地冲上前去。结果可想而知，我被打惨了。他们像训练一样，把我做了沙袋，前摔！后摔！抡起来摔！直到他们练累了，才扬长而去。

事情闹大了。我只剩下了半条命。我父亲找到体工队，接待他的那个教练更混蛋。我父亲说，我女儿还是个孩子。那教练一挥手说，我见过你女儿，哪儿是个孩子，孩子有那么大的胸吗？就这样，曲兆禧的胸反而成了人家手里的牌。看来是说不清了，面对一群体工队员，我父亲就好像是秀才遇到了兵。那就没办法了吗？讲理的地方总归会有吧？是我父亲不善于讲理吗？不是这样的，相反，我父亲是一个非常善于讲理的人。但是由于他自身的原因，一些讲理的地方他不太敢去了，这个我以后会说明。总之，我父亲做过一些事情，从此令他面对不公时，总有些忍辱负重。

我们家愁云密布。也许，曲兆禧的乳房就是在那个时候造下了孽，于是，终究难逃被根除的恶报。但那对乳房何其无辜啊！难道，它不是美好的吗？难道，它不应当被眷顾？那段时间，我有着古怪的好恶。我厌恶曲兆禧，却怜悯她的乳房。我将这两者割裂开，提前摘除了曲兆禧的乳房。

我想，曲兆福和曲兆禄应该也是怀着和我一样的好恶才挺身而出的。他们从来不喜欢曲兆禧，曲兆禧在我们这个家掠夺了太多的资源，几乎是锦衣玉食，不如此，她也不会发育得如此完好。平日里，曲兆福和曲兆禄这两个瘟神巴不得曲兆禧倒霉，但是，这一刻，曲兆禧的乳房唤醒了他们的良知，他们决心捍卫那对乳房。

较量约在了肇事之地——旱冰场。

曲兆福和曲兆禄当然不是人家的对手。他们沦为了和我一样的命运，从人，变成了沙袋。那通摔啊！摔得旁观的我都痛起来，身上像着了火，又像是罩了冰。我的心都被摔得缩紧了。我疼痛地看着曲兆福和曲兆禄最后一次挣扎着爬起来。我看到他们对视了一下，有一道白雾，像电流一样，在他们的四只眼睛中交流，劈劈啪啪，打出火花。然后，他们双双扭摆起来，那姿态，像是在翩翩起舞。当然，这很荒谬，哪有边舞蹈边翻白眼的？他们不但翻起了白眼，而且旋即訇然倒地，身体如遭电击，起伏成剧烈的波浪。这样子太吓人了，几个大脑简单的体工队员面面相觑。起初他们还在傻笑，但是他们立刻就笑不出来了。曲兆福肥胖的身躯僵直地绷住，双手痉挛地勾在脖子上，像是要把自己掐死。曲兆禄紧随其后，同样往死里掐自己，并且口吐白沫，嘴唇闪电一样令人目不暇接地来回翻阖。围观的人群惊叫起来，要出人命啦！要死人啦！体工队员魂飞魄散，这个后果太严峻了，一对乳房惹出两条人命，想一想都恐怖！他们开始分别施救，用力掰曲兆福和曲兆禄的手，企图把手从他们的脖子上分开。可是曲兆福和曲兆禄的手像磐石一样不可动摇。一些气声从他们的喉咙涌上来，发出窨井下浊流堵塞般的声音。我目睹了这样惨烈的一幕，泪水顷刻间夺眶而出。

这件事的结局是，曲兆福和曲兆禄被送进了医院，体工队领导出面慰问了他们，他们过了段神仙般的日子。从此，曲兆禧和她的乳房获得了安宁——这是谁呀？这么大胸？你可别招惹她！她俩哥有病！——喏，就是这样。

我回忆了曲兆禧和她乳房的往昔，开始后悔自己刚才的承诺。我想，如果她不用那对乳房来要挟，如果她不和我打牌，事情或许会好说一些。我敷衍她说，那你还是先跟曲兆福和曲兆禄说，他们同意了，我没二话。这么做我也是迫于无奈，她跟我打牌，我就只好回她一手牌，我们这对兄妹就只能这样，你一手我一手地打来打去。

曲兆禧瞪着我。我看得出，我令她非常失望。在她的观念里，我和她应当是同一战壕的，我们孪生嘛！而曲兆福和曲兆禄应当是我们共同的对手，他们俩孪生！要说打牌，也应当是我们俩打对家。但是，现在我这个对家背叛了她，像那对乳房一样，成了她的异己分子。

我从我家的房子逃出来。那一番重温令我很是煎熬，我要立刻摆脱这一切，去过我的新生活。我很快就把这件事忘了。

3

我忘记了这件事。所以面对曲兆福和曲兆禄，我就不解地问，曲兆禧怎么了？

曲兆禄说，我们家要拆迁了，你知道不？

我想了一下，想起了这件事。但是我摇了摇头，表示我并不知道。我这么做，完全是出于对曲兆禄的厌恶。相对于曲兆福，我更加反感曲兆禄。我的这位二哥像他的长相一样令人不愉快，除了眉眼相似外，他长得根本不像自己的孪生兄弟曲兆福。曲兆福肥头大耳，颇有些令人忍俊不禁的憨态，曲兆禄却面目枯瘦，像蛇一样的阴沉。这当然和后天的喂养有关，曲兆福受到我父母的优待多些，但我毋宁相信是先天使然。

曲兆禄嗞嗞地说，那我现在告诉你，我们家要拆迁了，曲兆禧要独霸房产！他总是这样说话，发出蛇一样的声音，令人不快。

我说，怎么会，她怎么独霸法？你们俩这么厉害。

曲兆禄说，你不知道，她狠着呢！我们来就是和你商量，我们要起诉她，和她打官司！

我支吾着，不想正面回应他。我看到一旁的小鸽瞪大了眼睛，滴溜溜地转着看我。这让我警惕，我不想让她参和到这件事情里来。如果她总用"你太善良了"来干扰我，这件事情会更复杂的。

我说，打什么官司，还是坐下来谈谈好。

曲兆福发话了，我们和她谈过了，根本谈不拢，要不，我们一起再去谈谈？

我并不想去，但是身边的小鸽却敦促我，去谈谈，去谈谈，这么大的事！

我有些生小鸽的气，但仍然绕出柜台，和他们汇合在了一起。我突然觉得，小鸽很讨厌，这只是我们家的事，她那么聚精会神做什么！

我们兄弟三人一同走出我的小店，一同走入明媚的阳光里。这种感觉很奇怪，我厌恶我的两位哥哥，但是同他们并肩而行的这一刻，却有些百感交集的滋味。想一想，我们这样齐头并进，已经是多年以前的情景了，恍若隔世啊！

我内心刚刚滋生出的一些温情，旋即便被曲兆禄抹杀了。我让他们先行一步，我自己骑摩托车随后就到。曲兆禄却不干了，他要求我用摩托车带上他们。这简直是胡扯，即使他瘦若竹竿，但加上曲兆福，也完全超过了我摩托车的承载量，何况，交警也不会允许。

我说，交警抓到怎么办？要罚款的！

曲兆禄开始和我讲条件，他说，那你给我们钱，我们打车去。

我实在是烦透了，正准备摸钱给他，却看到一个民工模样的人，左手一只涂料桶，右手一把大排刷，来到了我的小店前。这个人站在我们身边，对我们视若无睹，他端详了一下我的店面，然后跨步上前，朝着墙壁上刷了个又黑又大的"拆"字！他的动作实在太快了，看来是做惯了这个差事，我根本来不及阻拦他，他就已经在那个"拆"字上又添了一个大黑圈。

我冲上去推他，喝问，做什么？你做什么？！

他右手的排刷一扬说，我做什么你看不到吗？

我说，谁让你干的？啊？谁！

他说，我们头儿。

我说，谁是你们头儿？

他看了我一眼，刚要回答，却欲言又止，说，我为什么要告诉你？

我看出来了，这个民工因为手里的家伙平添了某种骄傲感，他觉得他是在工作，所以对我这个看起来还算衣冠楚楚的城里人有了一种欢乐的鄙视。

我对他大喝一声，我是这个店的老板！

他好像很惊讶地看着我，说，噢噢噢，是老板。说完他就扬长而去了，好在还给我撂下了一句：老板你去问街道办事处吧。

我的头大了一圈，感觉有些不妙。我还有些惊恐，这种惊恐虽然不是很尖锐，但像鸟啄一样凌乱地啄着我，令我忐忑不安。我的这个小店是我新生活的全部依赖，我付出了多少努力，才经营起它，它像一道玻璃，隔在两种完全不同的生活之间，我好不容易可以透过它去展望生活了，如今却被这个家伙涂上了一个黑大笨粗的"拆"字，阻挡住我憧憬的视野。怎么会这样？街道办事处，我们不是签有合同吗？我租了整整十年啊！现在才几年？两年！曲兆禧那儿显然是不能去了，我要去街道办事处理论。

曲兆禄却拽着我不放，他说，你不去可以，把车钱给我们。

我火了，吼一声，你们进去抢吧！都抢走！然后我头也不回地走了。

我在街道办事处找到了那个王主任。她是一个中年妇女，很干练的样子，留着短发，穿着运动服，却不是英姿飒爽，反而有些像个男人。我的租房合同就是和她签的，我们很熟。王主任开诚布公地告诉我，是，是要拆。为什么？城建规划，谁也由不得！合同？喔——合同，王主任叩着脑门，像个男人一样思索了一下，给我举了个例子。她问我按揭买过房子没有，我说没有，她说她有，正在还贷款，压力大着呢！可这关我什么事？王主任说明道，她借银行钱也是签了合同的，可是利息却一涨再涨，合同？合同是个什么？和国家签的合同，就要听国家的！这个例子太有说服力了，我不禁哑口无言。但是要我就这么认了，我显然做不到，尽管她亮出了"国家"这张大牌。何况她只代表街道办事处，并不是国家。我说，我的损失怎么办？她却不回答我，反问我，我反复多掏利息给银行，我的损失怎么办？我被这个男人婆弄糊涂了，一头雾水，好像来质问的不是我，倒是她。我说，王主任，大家要讲道理啊！她说，我是在跟你讲道理啊。

我愤怒了，虚张声势地给她撂下句狠话，好，我们走着瞧！不是我火气大，毋宁说我是真的慌了手脚。我太害怕失去目前的生活，重新沦落到那种踩在棉花上一般虚妄的日子里去。

我回到店里，一脸的愁云。

小鸽眼巴巴地看着我说，回来了？这么快？你家的房子当然要有你一份！

这一刻我觉得小鸽丰满的身体简直就是一根硬邦邦的木头。她是干什么吃的？我们的小店被人刷上了黑乎乎的"拆"字，她却毫不知晓，也许我们出门那会儿，她脑子抛锚了？她脑子抛什么锚，莫不是也惦记上我家的房子了？这就让我很不舒服。我觉得我们家的事，和小鸽无关，她没理由这么蠢蠢欲动。我不想让她渗透到我的血缘中来，讨厌她的虎视眈眈。不敲打她一下，我后患无穷。我拽起小鸽，把她拉到门外。那个黑乎乎的"拆"字，在阳光下变得蓝油油的了。看着小鸽目瞪口呆的样子，我居然有些幸灾乐祸。

小鸽气愤地嚷嚷，谁！谁这么恶作剧！

我冷笑一声说，什么恶作剧，是真的要拆。

我冷笑什么呢？也许看着小鸽张皇失措，我的焦虑才能缓解一些。

弄清楚了原委后，小鸽却显得比我冷静，告他们！她斩钉截铁地说。

是啊，告他们，我怎么没想到呢？有困难找法律，起诉！赔偿！维护正当权益！法律这手牌就是为这种状况准备的啊。

心情糟糕得一塌糊涂，我们都没心思做生意了，早早关了门，回家，进一步商量对策。

目前我们住在小鸽家，说是家，不过就是间宿舍。小鸽的父亲是一家国有企业的厂长，可是这个厂早破产了，他父亲以权谋私，弄了间废弃的宿舍给小鸽住。这间宿舍一定比我的岁数大，身处那种老式的筒子楼里，常年飘散着厕所的氨气。可就是这么个宿舍，居然也成了小鸽手里的牌，也让小鸽在我面前理直气壮乃至气势汹汹。有时候我不太认可，发生争执时她以此打击我，我也反驳，冷嘲热讽，说他妈的白给我住我也不住，你爹一辈子就贪污了这么个破宿舍。小鸽就让我滚蛋，滚蛋！我终究是没有滚蛋，因为我还是懂道理的。客观地说，这间宿舍真的很糟糕，但同样客观地说，小鸽跟着我也没落上多大的好。不错，她一没文凭，二没技术，曾经只是我的雇员，但是她年轻貌美，仅此一条，对于生活，她就拥有发言权。可是小鸽啊，年轻和貌美何其短暂，短暂到近乎虚无，以此对生活发言，不也是虚无的吗？我觉得我们都应当懂道理，这就是规则，我们和生活打牌，如果没了规则，还怎么打得下去呢？

我们坐在宿舍的沙发里，鼻腔中灌满了氨气，一切仿佛处于一场化学反应当中。今天回来得早了，阳光依然明媚，透过年久失修的破窗户照进来，居然令我们都有些没来由的尴尬。我们早早回来，本来是打算商量一下对策的，但是充斥着的氨气和阳光，把我们都搞得有些恍惚。生活面临变化，是好是坏当然还不能过早下结论，但我固执地觉得，好坏的比例一定不会是令人乐观的。我也没文凭，我也没技术，可谓一把的滥牌，而且我还是个男人，和世界打牌，已经天然少了一分。我背着个破包在科技街上打了十年工，终于攒起一家小店，生意稳定，前途似乎还不错，可是如今，我的店被刷上了黑大笨粗的"拆"字！我觉得那个"拆"字是刷在我心窝上的，针对的是我的明天，而我的生活，面临的也不仅仅是变化，毋宁说是破产。我太悲观了吗？不，我以为我是了解生活的脆弱的。

我是觉得有些累，有些麻木。不知道小鸽的感受是什么。小鸽起来去洗黄瓜，她蹲在我的面前，那儿有两只水桶，一只是清水，一只是污水，小鸽用水瓢舀了清水，就着污水桶冲洗。我突然伤心了，这都二十一世纪了，一个城市女人还这么洗黄瓜！而且，还是一个年轻貌美的城市女人……我觉得我对不起小鸽，也觉得自己真的是没什么了不起。

小鸽过来把一根水淋淋的黄瓜递给我。我拽住她的手腕，把她拉进我的怀里。不知怎么，小鸽有些反抗，我也有些凶狠。我们无声地对抗了一会儿，当我吻住她，吮吸住她的舌头时，她一下子变得顺从了。我也一下子变得顺从了。我们已经多久没有接吻了？做爱倒是还算频繁，可是接吻就少多了，我甚至有些讨厌和小鸽接吻，人真他妈的复杂！事后，我们躺在床上，被阳光很好地覆盖着。我睡意陡生，简直困倦得不行。小鸽却在我耳边说起话来，你家的房子你一定要去争取，这一次，你可不能再那么善良了。她的话一下子把我的睡意驱散了。但我继续装着迷糊了过去。我的脑子很清晰，但是我的心情很沮丧，典型的做爱后遗症。我不去思考我家的房子，也躲避着那个硕大的"拆"字，让思绪往遥远的地方奔逃。

4

当年有一首歌这么唱道：

人口是成倍成倍往上翻，往上翻，二十年来总人口是成倍往上翻……

这首歌节奏铿锵，有着进行曲般的感染力，它唱出了巨大的人口带给我们的压力，因此也显得不无忧患。

我的父亲在一所小学教语文，我们全家都住在学校里。有一度时间，每到清晨，学校的大喇叭就会响起这首嘹亮的歌，它"成倍、成倍"地飘荡在校园的天空中，提醒送孩子上学的父母们意识无度生育带来的危害，并且强有力地暗示出大家都可意会的政策要求。每当这首歌回响起来，我们家就陷入在一种无形的尴尬与惭愧之中，仿佛在被强烈地谴责着。我的父亲，垂头丧气地喝着清晨一成不变的稀粥；我那一贯冷漠的母亲，也会因为这头顶的旋律而变得焦躁不安，甚至怒气冲天，她不断地吆喝着，像对待一群牲畜般地催促着我们上路，该出去的都抓紧出去，上路！去上学！去玩！似乎我们迅速从她眼前消失，就会改变她眼前的处境，令她摆脱掉内心的悲愤。

应当说，这首歌的确表达出了紧迫的国情，起码，对于我们家而言，它是非常贴切的。我始终认为，我的父母都是朴素之人，他们的一切言行乃至愿望，都建立在朴素的情怀之上（后来我父亲虽然沾染上了作风问题，但从一个男人的角度出发，我依然觉得他犯下的只是一个朴素的错误）。譬如，在生儿育女这件事情上，他们朴素地期望养育出一儿一女，这是一种最好的搭配，一儿一女活神仙，大家都这么说，而追求大家都这么说的东西，就是一种朴素。何况，大家说得也很有道理，一儿一女这样的比例，的确体现出了一种平衡与和谐。然而事与愿违，就像所有朴素的东西都易于被捉弄一样，我朴素的父母被某种神秘的因素捉弄了。这种因素来源于他们自己的身体，但因为无法落实究竟是哪个身体起了决定性因素，便为他们其后的相互推诿埋下了无尽的祸根。在他们争吵得最残酷的时刻，他们相互将对方比喻成繁殖能力过剩的某种家畜，诋毁对方的身体，将生活的一切苦果都归咎于对方。

在我父母眼里，生活这个枝头结出的最大一枚苦果，就是我们四个小孩。正如歌中所唱，这枚苦果在他们愿望的基础上，成倍地往上翻了一番。很显然，他们的幸福却没有因此翻上一番，四张嗷嗷待哺的嘴，反而成功地将他们的苦恼翻了一番。造成这样的局面，老实说，我的父母是有些委屈的。他们并非纵欲无度的人，也具备应有的生育常识。但是造化弄人，他们的身体有着比常人翻一番的繁衍能力，那就是，我的母亲以两次生育，却繁殖出了四个小孩。当我的两位哥哥降临人世之时，我的父母既有些惊讶的喜悦，又有些难言的失落。他们当然会觉得遗憾，如果这一胎产下的，是两个不同性别的小孩，那么对他们而言，无疑将是一次完美的丰收，他们将一劳永逸地实现最初的愿望，只用一半的成本，就成为令人羡慕的活神仙。

我那朴素的父母，像任何朴素的人一样，多少都具有一些投机与赌博的心理，他们觉得，自己距离活神仙并不遥远，那个使家庭平衡与和谐的女儿，并非遥不可及。没有实现的幸福最鼓舞人，同时也最影响人的判断力。我的父母决定再努力一次，反正下一次生育就是计划内的事情。他们忽视了自己奇特的身体，坚定地奔向心目中的幸福。于是，我和曲兆禧接踵而至。直到此刻，我的父母才如梦方醒，我的到来终于让他们醒悟，原来计划根本没有变化永恒，我，曲兆禄，我们这两个额外的家伙，已经成倍地放大了他们的目的，令叠加了的幸福走向了它的反面。

我的母亲够苦！作为四个小孩的母亲，她的艰难可想而知，因此，她有资格率先向生活开炮。不堪重负的母亲敏锐地指出，正是因为我父亲取给我两个哥哥的名字，才导致出了接连不断的额外生殖。这个发现的确惊人，似乎有着无可辩驳的说服力。我那身为小学语文教师的父亲，在给儿女们取名时，再一次表现出了他的朴素。老大曲兆福，老二曲兆禄，于是，天经地义地，我成了曲兆寿，后面跟着个曲兆禧。是我的父亲具有先见之明吗？不知他当初是如何盘算的，福禄在前，寿禧随之而来，简直就是理所当然。沉重的生活因为我母亲的这个结论而呈现出了宿命的色彩。她甚至不无讥讽地说，如果老大叫了曲柴，那么她就一定会源源不断地生下七个，直到凑齐柴米油盐酱醋茶。父亲也为这个玄秘的斥责而深感不安，但母亲的夸大其词依然令他恼火不已。争端由此而来，在我的记忆中，他们的每一次战争，最终都会集中到一个主题上，那就是，究竟是谁导致了两胎四胞的诞生，谁应该为此负责，谁？谁！他们彼此都没有科学的依据，我母亲的宿命论往往就占据了上风。

宿命论成了我母亲最有力的武器。久而久之，她便习惯于将生活中的一切归于某种叵测的因果。譬如，她会将我的感冒与数日前的某句话联系在一起，那句话本来寻常无比，在她的诠释之下，居然真的会充满了不祥之兆。在这种气氛下，我们家渐渐被一种虚无所笼罩，生活的面目在我们眼里缥缈如水，即使它巨大坚硬，也仿佛披着柔曼的轻纱。

身为一名教师，我的父亲，尝试过采用科学的实证方法，重新引导这个家的逻辑。他与一位学生家长勾搭在了一起，并且成功使其受孕。事情败露之后，父亲的人生大为改观，他从一个善于讲理的人，变得理屈词穷。但在家里，他却打出这么一手牌来为自己申辩：他要用事实说话，如果对方生下的只是一胎，那么盛产孪生的这个罪名，他就可以洗去啦！并且他已经想好了，如果这个证据降临，他就会坚决以"曲柴"为之命名，以此驳斥母亲的荒谬逻辑。父亲的狡辩当然也是强词夺理，但是这个荒谬的狡辩，却有效地平衡了他与母亲之间的关系。那个被扼杀在子宫里的曲柴，成了父亲的底牌——子虚乌有的曲柴永远无法被落实，就像真理一样既实在又渺茫，只是某种更高的存在，遥遥凝视着我的母亲。

我母亲因此而变得消极、冷漠，她不再喋喋不休，开始活在沉默的宿命论中，宛如一个承受着苦难的神秘女巫，直至在沉默中消耗掉自己的两只乳房，并且，最终走向死亡。我父亲以荒谬覆盖荒谬，效果看起来还算不错，这就给我们几个小孩上了一堂生动的课，并且，植根在我们的世界观里。在我们眼里，世界是不可捉摸的，生活是难以证伪的，一切都是怪异的，并且是可以被虚构的。对，虚构，它不仅仅是一种急中生智，它是一种恒久的手段与策略，是一手置之死地而后生的救命的底牌。

如今，我的新生活被悍然刷上了黑乎乎的"拆"字。我几乎无能为力，只有被恐惧扼住喉咙。我该以怎样的"虚构"来应付危机？就是说，我改打出怎样的牌？去做一颗尖锐犀利的"钉子户"？这太难了！我经常上网，重庆那颗闻名全国的"钉子户"，对我当然有所启发，它傲然毅力于万丈沟壁之上的孤绝姿态，充满了虚构的魅力，但成就这种姿态的先决条件是什么呢？最基本的两点是：一，男主人肌肉发达，是勇猛的散打高手；二，女主人伶牙俐齿，宛如新闻发言人。仅此两点，就足以粉碎我成为一颗钉子的梦想。我非但不肌肉发达，非但不勇猛，甚至堪称单薄；小鸽呢？小鸽还是个孩子，在我眼里，她有时候连话都说不清楚。我们根本没资格去做伟大的"钉子户"！

由于被刷上了黑乎乎的"拆"字，我店里的生意就提前崩溃了。被刷了"拆"字的小店，就好像被诊断出绝症的病人，行将拆除的店铺，就好像行将就木的老家伙，根本没什么信誉可言。而且，那黑乎乎的"拆"字很快就刷满了半条科技街，它威力巨大，像一阵狂风，把曾经的繁荣吹卷一空。店主们很快联合起来了，共同的灾难把曾经尔虞我诈的人们召唤在一起，谈判，抗议，组织对话，新闻呼吁，看起来都收效甚微。小小的街道办事处，强大如国家，赔偿方案丢在你眼皮下，多少？当然是杯水车薪，摊在我手里的，大约也就是五万块钱。这是我无论如何也不能接受的，五万块钱，开什么玩笑！我会把我踌躇满志的新生活如此贱卖吗？那样，我的生活就会变成踟蹰不前。

告他们，打官司，运用法律武器！小鸽这样鼓励我，我也这样去鼓励其他店主。起初群情激愤，一呼百应，大家高举法律之牌。但几天后形势就急转直下。我的同盟者，那些店主们，态度突然暧昧起来，言辞含混，虚与委蛇，而这时，我已经找好了律师。显然，他们被分化瓦解了，街道办事处各个击破，无非又多承诺了几个钱。而我，作为一名煽动者，成了街道办事处重点迫害的对象。街道办事处把我和其他群众区别对待了，根本不再搭理我。

5

已经有一些店铺关门了。他们妥协了，拉货的汽车组成一支撤退的大军，从我面前滚滚而过。我终于明白了，他们是和我不一样的人。我是什么人？我是一个生活的落水者，我抓住到手的稻草，力争上岸，妄图换上一把扬眉吐气的好牌。而他们，都是些习以为常者，生活在他们眼里模棱两可，似是而非，比较容易对付。

我站在自己的小店前，眼含热泪，目送着这支撤退的队伍，与其说感到了背叛与遗弃，毋宁说感到了孤独和愤怒。

这时候，曲兆福庞大的身躯逆车流而上，出现在我面前。他来做什么？无外乎是向我伸出肥胖的把掌！但我却错了，他是来提醒我的。也许是我眼里的泪花让他惊讶了，他把脸凑在我眼前，张开了嘴。不错，有口臭。

曲兆福说，老三，我来提醒你，咱们家的房子应该有你的份。嗯，你日子过好了，也许看不上那些房，可哥跟你说，人得留后路，说不定你哪天就破产了，那么多大老板，说完蛋就完蛋，卡的一声，就完蛋！

我的心情正是落寞的时刻，顺嘴说，我已经破产了！

曲兆福木然地看着我，他和我近距离对视，我看到了一张被生活洗涤掉所有表情的大脸。这张大脸上的五官都有些病态的浮肿，头发已经斑白了。我突然有些感动，我觉得曲兆福也是个不幸的人。我相信他的善意，他来提醒我，是没有其他用心的。他现在扮演的是我父亲的角色，他在为我的明天担忧。

曲兆福八岁的时候，发生了改变他一生的事。他和几个同龄的小孩去护城河游泳，结果一个小孩给淹死了。本来想在护城河里淹死并不是一件容易的事——我在失意的时刻曾经去试过水，结果直接走到了对岸。那条河浅得很，最深处也就是一个成人的高度，何况他们下水的地方并不在最深处。但的确是淹死人了。别的小孩跑得快，曲兆福却给那个被拖上岸的小孩施救，压肚子，捶背，摇脑袋。死小孩的父母闻讯而来时，恰好目睹了曲兆福的举动——他正运足气，猛击死小孩的肚皮。曲兆福想把死小孩鼓成皮球的肚子给捶下去，他认为肚子瘪了，人也就活了。孰料，他的野蛮行径严重刺激了那对父母。他们把丧子之痛全部发泄在曲兆福身上了。那个母亲，我父亲的同事，疯了一样地把曲兆福扑倒在地，一顿暴风骤雨般的撕打。这还没完，他们居然把死小孩的尸体抱到我们家来了。这可把我们吓坏了。那时候，我父亲刚刚经历了作风问题的洗礼，整个人的性情都一路下滑，向着卑微而去，面对一具儿童尸体，简直是如遭雷击。我母亲也是神志恍惚，根本没有足够的智力去搞清楚事情的来龙去脉，她接受了这个现状，把那具尸体和曲兆福联系在了一起，她也像那个丧子的母亲一样，不由分说，嗷的一声，就把曲兆福扑倒在地，也是一顿撕打，也是暴风骤雨。但这样并不足以平息事件，反倒怂恿了那对父母，他们居然把那具尸体撂在我们家了。我们家成了恐怖的深渊。大家集体守灵，死小孩的尸体就平躺在我家床上，面部青紫、肿胀，鼻孔和嘴角冒出些粉红色的泡沫，一脸古怪的坏笑。大家都被死小孩的尸体俘虏了，缩成一团，戮觫不已，无暇关注无辜的曲兆福。

八岁的曲兆福蒙受了怎样的摧残啊？我想，那一夜他一定是经历了漫长的煎熬，就像坐在菩提树下的佛祖，白云苍狗，百感交集，终于，豁然开悟了。第二天，那对父母又杀上门来，正当大人们交涉的时刻，曲兆福出其不意地亮出了他人生的第一手牌。八岁的曲兆福訇然倒下，他像一枚炸弹，掷地有声，无望地在大人们脚下翻滚，四肢痉挛，口吐白沫，像一条搁浅的鱼，扑通扑通地打挺。转机就此出现，那对父母抱起死小孩的尸体，仓皇而逃。

从此以后，曲兆福的脸就被洗涤掉了所有的表情，与其说是呆板，毋宁说是苍白，那种苍白不是指肤色，是指一种荡然无存的荒凉。他也变得越来越能吃，几乎一个人就能吃掉全家的口粮。我的父母认识到了些什么，情感的天平不自觉地向着曲兆福倾斜，很快就把他豢养成了一名肥胖儿童。曲兆福，这个肥胖儿童，孤独，沉默，面临危机时，就亮出他的底牌，口吐白沫，訇然倒地。这副底牌就像他的盒子炮，别在他的腰里，随时可以掏出来，对着生活射击。吃不上了，射击！穿不暖了，射击！考得差了，射击！打不过了，射击！于是，生活就对他网开一面了。

面对一切困难开枪射击的曲兆福，面对曲兆禧时，却无能为力了。他对我说，曲兆禧太不讲理了，他和曲兆禄想搬回家去，可是曲兆禧只留下一间她自己住的，居然用铁条把其他房间的门窗都焊死了。

曲兆福说，我们只有一条路了，上法院告她去……

我有些同情曲兆福了。我知道，虽然他腰里别着盒子炮，但生活对于他总体上还是苛刻的，他在获得特权的同时，也被无情地剥夺。他都快四十岁了，却至今未婚，在一家合资企业做保安，基本上也是个没有明天的人。如今我的明天也摇摇欲坠，我就能感同身受地理解他。何况，他还能兼顾到我的明天，跑来提醒我不要忽视自己应得的利益，要时刻准备被生活"卡"地一下，我不能不感动。我说，那就告吧。他问我，你不告吗？我？我不太拿得定主意，我正准备把街道办事处告到法院去，如今又要把自己的妹妹也告了去吗？其实，即使告街道办事处，我都有些勉强，我对生活充满怀疑，对法律的信任也很淡薄，我觉得，有时候法律都不如一把盒子炮，我只是缺乏盒子炮，才去寻找法律的武器。何况，曲兆禧毕竟是我的妹妹，不管用法律还是用盒子炮，我都有些下不了手。

曲兆福看出了我的犹豫，他说他也不想告，可是没办法，他要替自己老了打算。曲兆福痴痴地说，其实老三我已经老啦！你自己拿主意吧，我算是提醒你啦。说完他就走了，笨拙的身体缓慢地汇入到滚滚的车流里。

远处已经出现挖掘机了，它们巨大的铁臂正徐徐举起，分明戳痛了天空的神经。我的耳边响起一声叹息：你太善良了……

当然是小鸽，她在偷听我们说话。我瞪了她一眼，我不喜欢她这种鬼鬼祟祟的样子。

6

我像一个孤独的斗士，举起了法律的长矛。我把街道办事处告上了法庭。得知消息后，王主任把我喊去谈了一次话。

当时十点来钟，街道办事处飘荡着广播体操的旋律，工作人员集合在院子里，敷衍了事地做着锻炼。王主任，这个像男人一样干练的女人，在她的办公室里一边做体操，一边和我谈话。这是她的特权。

她对我的执拗表示不理解，小曲啊小曲，你闹什么？搬就搬了嘛，换个地方一样做生意，会死人吗？

她当然不理解我，如果我也像她一样，有个能在办公室里做广播体操的工作干，我也不会这么拗。我承认，在这件事情上，我的确有些一根筋。我并不是一个难缠的家伙，永远只能仰视光芒四射的"钉子户"。但是现在，在王主任的眼里，我的形状却可疑起来，仿佛初具了"钉子"的形状。在她看来，这样很可笑，在我看来，这却是悲哀。她永远不会理解，一个完全自食其力，把自己的明天和今天牢牢挂起钩来的人，会多么珍视自己现有的一切，当生活突然卡的一声时，会做出多么忘我的挣扎。当然，搬就搬了，又不会死人，可换个地方一样做生意，说得太轻松了！有本事她换个地方试试，看还能不能在办公室里做她的广播体操，我敢打赌，现在把她赶到院子里去跳，她都会不适应。

我说我并不想闹，我打拼了十几年，刚刚稳定下来，如果不是在科技街上，我根本不会去做这个生意，如今要我换地方，等于是要我的命，我太了解这一行了，分散去做，只能坐以待毙。

王主任说，怎么会，去科技广场啊，那里都是做这种生意的。

我说，科技广场？你知道那里一年的租金是多少？说出来会吓死人的！

王主任说，别人怎么没被吓死？

我赌气说，我胆子小！别人？别人是什么人？别人的腰都比我粗，买卖都比我大，别人租得起！

王主任一边做着跳跃运动，一边气喘吁吁地笑着说，噢，我知道了，你的腰有问题，比较细！然后她开始做整理运动了，甩着手对我说，这样吧，我做主了，再给你加一万！

我考虑都没有考虑，脱口而出，不干！她以为这是做什么？在市场里卖菜？她是在和我的明天做交易，我的明天不容讨价还价！

王主任失望了，手一挥说，你告去吧——

这时候广播体操的旋律也戛然而止。我感觉她把我叫来，就是为了配合她做这套体操的。

我的律师姓黄，是个年纪很大的老头。我之所以选择他，是觉得老头比较可信，天然地胸有成竹。我没料到，黄老头居然也是曲兆福和曲兆禄的律师。那天我去律师楼交代理费，正好和他们碰在一起。曲兆禄正蘸着唾沫数钱，一眼看到我，就胡乱把钱塞进口袋里。我实在是讨厌他的这副样子。

曲兆福当年口吐白沫，还有情可原，他遽然倒下，是蒙受了巨大的冤屈；而曲兆禄，却是邯郸学步，他第一次发作，就是那次与体工队员的较量。我不太相信他是被摔出病来的，因为，之前我也被那么摔过。抛开动机不讲，我觉得这种方式猥琐，可耻，是一种伎俩。曲兆禄却尝到了甜头，他把这种伎俩发挥到了极致，频繁使用，倒在地上的次数大大赶超了曲兆福，而且花样翻新，加上了吃土的动作——把触手可得的泥土塞进嘴里，和着白沫涂得一脸污垢，以此加重他倒地的砝码。和他比起来，曲兆福每次倒地的理由都显得正当了，不过是为了一个包子，一件棉衣，顶多为一次不及格的成绩。而他，却把这个伎俩用来行恶。他偷邻居女人的内裤，被发现了，倒也！他追求女人，遭到拒绝，追上门去，倒也！他开录像馆，放三级片，被抓到派出所，倒也！就是那一次，他开始了吃土……他们让我为那个家深感耻辱。他们一次又一次在众目睽睽之下故伎重演，好像把我们家的老底得意扬扬地亮出来，这当然令我周身冰凉，羞愧难当。他们用尊严做牌，打来打去，以此牟取和诓骗生活，被生活暂时豁免，我的生活却因此倍感绝望。他们逃避了的，都变本加厉地被我背负起来。他们太丢人了，毫无廉耻，不惜让整个家庭成为别人眼里的笑柄。口吐白沫就那么好？又不是口吐莲花！

当然，曲兆禄心理阴暗，应该归咎于我的父母。他是这个家的老二，他不是一个女孩，就成了他的原罪；他不但令一次完美的生育有了瑕疵，并且成了下一次生育的导火索。他和我一样，都是父母眼里多余的人。我的父母爱憎分明，厚此薄彼，直接就把我们养成了骨瘦如柴的模样。这样一想，不禁令人毛骨悚然，莫非，我也心理阴暗，难免步曲兆禄的后尘？所幸，我及早从那个家逃了出来，用自己的双手，正面与生活去搏斗了。

曲兆禄搞清楚了我的来意，才把钱重新掏了出来。他又数了一遍，交给黄老头，同时向我声明，这是他和曲兆福的钱。我明白，他是在暗示我，他们现在去牟取的利益，与我无关。我懒得理他，把我的钱也如数交给黄老头。

黄老头乐了，他嘿嘿笑着说，这么巧这么巧啊，我早该想到了，福禄寿禧，福禄寿禧……

我用手敲一下他的桌子，我不爱听这种腔调。黄老头笑痛了我的神经，他把我们相提并论，在我看来，就是一种嘲讽。我不想多和他们纠缠，抬腿就走。

曲兆福却追上我，拉住我的胳膊说，老三，你现在签字还来得及，和我们一起做原告吧。我听出来了，他把"原告"两个字咬得特别狠，分明是把那当成了一种光荣的身份。

曲兆禄却在身后叫，你别拉他你别拉他，他是大老板，不缺房子住。

我回头瞪他一眼，他嘬嘬嘴，很幸灾乐祸的模样。我讨厌这种幸灾乐祸，一瞬间动了念头。我是个大老板吗？当然不是，我也正在挣扎。那么我也应当争取自己应得的权益，给自己留条后路。我就这么去做了，回到黄老头身边，又交了次钱，并且，在一张法律文书的上面，紧随曲兆福和曲兆禄之后，签上了曲兆寿。这样，福禄寿禧，我们家的四个孩子，在那张纸上团聚了，好像当年，我在学校填亲属关系表一样。签名的时候，我想起了曲兆禧那副比例失调的模样，心头不禁一颤。正如小鸽所言，我真的是太善良了。

我的善良让我对自己的行为耿耿于怀，从律师楼出来，我迅速甩掉了曲兆福和曲兆禄，骑上自己的摩托车，加大油门，冲上车水马龙的大街。阳光真是明媚，它太明媚了，和我的心情两相映照，都显得过分了。

科技街已经呈现出残垣断壁的模样。推土机，挖掘机，卡！卡！卡！效率惊人，尘土飞扬。我的小店，已经有了孤岛的雏形。小鸽还坚持在店里，这其实已经没意义了，她现在接待的不是顾客，是尘土。柜台上很快就会落上一层灰，小鸽就不厌其烦地用抹布擦。她擦什么擦啊，生活能被擦出一尘不染吗？我闷头进去，趴在电脑前上网。我现在特别关注重庆那个"钉子户"的命运，觉得我们休戚与共，我也许能从他的斗争中获得些宝贵的经验。我看到，那位肌肉发达的男主人挥舞起了一面红旗，正当我热血沸腾之际，砰的一声，电脑就黑了。显然，是断电了，我早该想到，接下来还会怎样？我也去挥舞一面红旗？不，我没有那样的魄力，我只是个平凡的男人，在生活这口大锅里熬到了三十多岁，基本上已经非常稀松了。

小鸽小心翼翼地问我律师的情况，他怎么说，有没有把握？最近我心情不佳，小鸽对我总是小心翼翼。我看了她一眼，突然胸中一酸。我觉得小鸽太漂亮了，她的漂亮蒙上一层小心翼翼，就像钻石蒙上了灰一样地不能令人释怀。我的心一下子软到了极点，冲动地说，小鸽我们不要这店了，拿上钱，买一台车，开着去周游全国！我以为小鸽会惊喜，但是她没有。她很理智，她这么漂亮却这么理智，简直是我的罪过。

小鸽皱着眉头说，你疯了，周游全国？

是啊，周游全国。其实我并非囊中羞涩，我还有些钱，即使什么也不做，这辈子吃饱穿暖，踏实地和小鸽缩在氨气密布的小宿舍，大概不是什么问题。但也仅限于吃饱穿暖和活在氧气里，应付生活中的突变，显然就捉襟见肘了，而生活一定是会突变不断的，卡卡卡，风起云涌，总是令人措手不及，把一张又一张严厉的牌摔在你眼前。我现在决定用这些钱去周游全国，似乎是真的疯了。我想我没疯，真疯了的话，我会说周游世界。可我多想疯啊，疯了就能透口气了。

小鸽却教育我说，你这是逃避，是不负责任的态度，你那样去面对的生活，是虚假的。

虚假的？我从狂热中惊醒，可不是吗？虚假的！当年我从家里逃出来，就是为了摆脱狰狞的虚假，我不愿意像曲兆福和曲兆禄一样，趴在地上吃土，以此换取生活的恩惠，去过一种伪生活，而我现在却企图用另一种方式来欺瞒生活了……

我把小鸽拉在怀里，吻她。我吻得深情而专注。小鸽开始有些不适应，但旋即就投入了。我们亲吻着，亲吻多么好啊，空气都软了下来，店外机器的轰鸣，都成了旋律。

7

我的两个官司在同一天开庭。

早上是与街道办事处对簿公堂。坐在我对面的，并不是我期望中的王主任，我一直在猜测，她会不会仍然穿着那身运动服过堂，如果是那样，我觉得她对法律有些不尊重。而我就不同，虽然我怀疑法律，但是我尊重它，我在前天晚上辗转反侧，并且在今天换上了整齐的西装。但是她却没来，代表办事处的只是他们的律师。他们真的无视法律？毋宁说是轻视我。作为原告，我证据确凿，我们之间的合同白纸黑字，印章彤红，不容置疑；对方并不否认，但强调这是政府行为，具有不可抗拒性。这是办事处的底牌。没什么好说的，法官问我们，愿意接受调解吗？我还没有开口，胸有成竹的黄老头就替我回答了，不！为什么不？这里面有他的利益，我的诉讼请求是赔偿五十万，这也是黄老头替我算的，如果胜诉，我要按比例分他，如果我和街道办事处调解了，就没他什么事了。这是黄老头的底牌。

法官宣布休庭，择日宣判。前后不到半个小时，简单扼要，我觉得太快了，宛如梦中，卡的一声。

下午是和曲兆禧对簿公堂。诉讼请求很简单，要求法院判决我们共同享有我家的房子，有权力现在就搬回去住。我没有到庭，全委托给黄老头了。说实话，我害怕见到曲兆禧，见到她，说不定我的善良就会跳出来，敦促我当庭撤诉；同样是实话，我现在也很在乎我应有的权益，如果我的生活依然保持着蒸蒸日上的态势，我可以放弃和曲兆禧争夺，但我现在的生活岌岌可危了，我只有去抢，去夺！我即使为了小鸽，也要这么去做，我不能一辈子让她生活在氨气里。当生活卡卡卡地恐吓我时，我就格外珍惜起小鸽了。

幸亏我没到庭。我昨夜没睡好，回去就倒头睡下了。我做了噩梦，曲家兄妹剑拔弩张，卡卡卡，完全是你死我活的架势，不像是打牌，像是打仗。后来听黄老头说，那也真是发生在现实中的一幕。曲兆福和曲兆禄义愤填膺，以事实为依据，以法律为准绳，频繁打出好牌；孰料，曲兆禧绝地反击，卡的一声，当庭出示了一份遗书。

黄老头把这份遗书的复印件拿给我看，我通读一遍，觉得非常可疑。

这份遗书是以我母亲的名义写的，上面例数了她三个儿子的劣迹，曲兆福和曲兆禄的倒是言辞凿凿，他们的劣迹本来就罄竹难书。加之于我的罪名，却有些牵强附会，指责我忤逆不孝，只知道自己发财，六亲不认，从来不管父母的死活，一走多年，音信皆无……虽然这基本上是事实，但我不相信我母亲有这样的文采。我母亲是什么人？纺织女工！如果这封遗书出自我父亲之手，倒容易令人信服，小学语文教师嘛。可那样一来，这封遗书的真伪就太好甄别了，一个小学语文教师，总会留有大量笔迹，以供对照鉴定，而一个已故纺织女工的字迹，就太难寻找了。这就留下了悬疑，法庭需要调查。

而且，我也不相信我母亲会对我有这样大的成见。我当年离开家，其实是回去过几次的，每次都是看我母亲。那时候我母亲已经割掉了她的乳房，我觉得她很可怜，每次见到她，都要偷偷塞些钱给她。我母亲已经彻底变得神叨叨的了，接了我的钱，就要给我算命。有一次她态度庄重地对我说，三儿，你前世是只蝌蚪，没变成青蛙就死了，所以这辈子你也享不到父母的福。不知道为什么，她的这番话一下子就把我说哭了。我扑进她平坦的怀中，哭得稀里哗啦，上气不接下气。

所以我基本可以肯定，这封遗书一定是伪造的。别说我母亲写不出这样的东西，即使写得出，她也会写成《周公解梦》或者《推背图》那样的玄奥之书。曲兆禧敢于伪造遗书，看来是决心要虚构生活了。

可是她没有得逞。曲兆禄很快就找到了证据。他不知从哪儿翻出了自己的一本练习册，上面居然有我母亲的笔迹，一个拙劣的"差"字，混在我父亲的批改里面。这个"差"就像我的那个"拆"一样，立刻把美梦颠覆了。法院做了司法鉴定，旋即判决就下达了，曲兆禧败诉，伪造证据，并处一万元的罚金。我觉得这样判有些重，那一万元就没什么必要。我都觉得重，曲兆禧当然就觉得更重了。她拒不履行法院的判决，一万块钱不交，房子依然用铁条焊死。

黄老头给我们出主意，要我们申请强制执行。申请强制执行要给法院交一笔费用，这笔费用就摊到我头上。曲兆禄认为官司打赢了，他的那本陈年练习册作出了重大贡献，因此要求得理直气壮。我硬着头皮掏了钱，交上去之后，我问黄老头法院会怎么收拾曲兆禧，答案让我大吃一惊。黄老头说会强行破门，而且，她拒交罚金，法院会拘留她。拘留？这可是我万万不愿看到的！我的头皮又硬了一次，自己掏出一万块钱，让黄老头去给曲兆禧交了。黄老头被我搞糊涂了，指着我的鼻子问，你们这打得是什么官司？我回答不了他，我自己也糊涂了。

然后就接到了法院的通知，约好时间去执行判决。

那天我一大早就出了门。我没有告诉小鸽我的去向，她一直都蒙在鼓里，并不知道我已经为了她放弃了自己的善良。我还是希望永远把那个善良的形象留给她。

我骑着摩托车来到我家门前时，曲兆福和曲兆禄已经到了。他们都背着一大圈铺盖，眼看就是要扎根下来的样子。曲兆禄还带着他的老婆，那是个面无表情的女人，脸上的肌肉似乎是铁皮，我从来没见她笑过。曲兆禧挡在门前，眼睛里一派凛然。她那上初中的儿子，我的外甥，和她并肩站在一起。我吃惊地发现，几年没见，这小子活脱脱长成了我的样子，我们像一个模子打出来的。这个发现令我难受，心里像塞进了一团茅草。这小子瞪着他的舅舅们，像一条瘦骨伶仃的小野狗。

福禄寿禧，时隔多年，我们终于团聚了。大家当然无话可说，那气氛，简直令人窒息。我们是一奶同胞，我们曾经共同捍卫过乳房，但可耻的生活根除了一切，让世界变得平坦，胸口平坦，情感平坦。

十点整，法院的警车准时开来了。黄老头和几个法警跳下来，我的心莫名其妙地悬在了嗓子眼，好像面临制裁的，不是曲兆禧，是我。法警宣读了执行书，然后上来两个，就要控制住曲兆禧。

当他们宣读执行书的时候，我就看出了曲兆禧的异样。我看到两片白翳缓慢地爬上了曲兆禧的眼珠。她的眼珠就那么大，但那两片白翳仿佛有着无限的爬升空间，就那么爬着，爬着，直到掩盖了她整个的眼珠。我心想，坏了！

果然，那两个法警刚靠近她，她就咽地栽倒了。在栽倒的一瞬间，她竟然一把撕开了自己的衬衣。她里面居然什么也没穿，两块明晃晃的伤疤，都有碗口那么大，赫然烙在她的胸前。她就这样赤裸着在地上疯狂痉挛，身体的弹跳激荡起团团尘埃。法警们被吓坏了，去摁她，去掐她的人中，场面乱作一团。曲兆福和曲兆禄目瞪口呆，他们怎能料到，曲兆禧会比他们更坚决，更有过之而无不及，打出的牌更加有声有色。

这是虚无与痛楚的一刻。我恐惧地发现，曲兆禄的眼珠也在隐隐发白。天啊！我几乎要失声惊叫！曲兆福却揪住了曲兆禄的衣领，把他揪了个一百八十度，吼一声，我们走！这一声是一道命令，立刻也吼醒了我。我扭头就跑。一转身，却和我的那个外甥撞在了一起。我看到了，我真的看到了，这小子的眼底也乌云一般地升腾着两片白翳！

我跳上自己的摩托车，向着路边冲去，一棵树向我迎面撞来。为了躲避，我只能让摩托车失去了控制。我斜着飞了出去，半面身子在地面上滑行了十几米才停下来。我居然还能爬起来，拦下一辆出租车就钻了上去。房子我不要了，摩托车我更不要了，不要了，我不要了！

回去后我才发现右腿的裤子都磨破了，大腿外侧的皮大面积损伤，渗出血珠和肌肉的纤维。

小鸽惊呼一声，你出车祸啦？

是的是的，我出车祸啦，我胡乱应着，惊魂未定。

小鸽把我扶到床上。她又蹲到那两只水桶前了，温毛巾，然后过来给我擦伤口。她一边擦一边心痛地埋怨我说，你太不小心了，为什么不小心一点？你还不够倒霉吗？她这么埋怨，是基于一种逻辑。我回答她说，我为什么要小心？既然我已经这么倒霉了！我这么回答，也是基于另一种逻辑了。生活的逻辑就是这么混乱，其实，就是没有逻辑。

小鸽说，唉，你太善良了。

我说，胡说什么？这是哪儿跟哪儿？

8

另一份判决很快也下达了。我的诉讼请求被驳回，法院判决，街道办事处赔偿我五万块钱，诉讼费我们各承担一半。五万块钱，比王主任承诺给我的还少了一万，我还要承担一半诉讼费！没有等我开口，胸有成竹的黄老头先问起我来，怎么会这样？不应该呀？怎么会这样？我怎么知道！连小鸽也来问我，怎么会这样？怎么会这样？仿佛我是一个掌握了所有秘密的人，我能够看穿世界最叵测的底牌。

我被他们问烦了，就躲到店里去。我心里并没有什么明确的主张，我麻木了，随波逐流，小鸽说，就不搬！就不搬！我决定就不搬、就不搬了。我身不由己地被塑造成了一颗钉子，而且好像还有些犀利的样子。我天天坐在店里，坐在震耳欲聋的卡卡声中，摆出一颗钉子的造型。我的腿受伤了，小鸽开始给我精心烹调起食物来。猪蹄子，羊脖子，和黄豆熬在一起，一锅一锅地送到店里来，吃得我内火旺盛，汗流浃背。她这么做，好像是暗示我什么，吃下这些东西，我更加身不由己了。我的胃口被吃开了，反倒整日处在饥饿的状态中，即使正往嘴里填东西，肚子里也会饿呀饿地乱叫。

有一天我正坐在店里喝羊汤，突然一块砖飞进来，哗啦一声落在柜台上，把玻璃砸得四分五裂。好在店里的货物已经转移了，只留下几只空盒子装模作样地摆在柜台里。我跳起来，一手端着盛羊汤的小汤锅，一手摸出台数码相机，前后左右地拍摄起柜台的惨状。我是有备而来的，我已经预计到了可能发生的迫害，我要留下证据，必要的时候这些证据就是我手里的牌。这也是我从网上搜到的经验，做一颗钉子，那是需要策略的。

但我仍然紧张了。拍完后，我就跑出店外，蹲在路对面，一边喝着羊汤，一边用手机拨给王主任。喂，王主任吗？我声明一下，我的生命刚刚受到了威胁，幸好，我暂时无恙，只是财产受到了损失，我已经拍下了证据，你要不要看一看？电话那头沉默了片刻，然后挂断了。我喝了口羊汤，不知为什么，这口汤喝得我满眼泪水。

离我不远，蹲着几个民工模样的家伙，他们虎视眈眈地望着我。就在我和王主任通话不久，来了个头戴安全帽的人，他冲那几个家伙一挥手，他们就走了。我知道，这一仗我是打胜了。我居然有些沾沾自喜，回去给小鸽一学，她也很感振奋。小鸽哈哈大笑，摆了个拳击动作让我欣赏。她这么开心，我很欣慰，看着她笑，我简直心痛。

第二天我就接到了法院的通知，勒令我三日内搬离，否则法院将强制执行。我并不感到惊讶，这也是意料之中的。我去强制执行别人，别人也来强制执行我，总归是免不了的，总归要被强制，被执行。这么看来，我母亲的宿命论还是有价值的。

我没有把这个消息告诉小鸽。我希望她永远高兴。我仍然天天坐在店里，等待小鸽给我送来美食。我真是饿啊，饿得我自己都警惕起来，我觉得我的身体有毛病了。王主任来看过我一次。我正在啃羊脖子，进来一个男人，摘下安全帽，我才发现她是王主任。她好奇地把头伸在我的腕上面说，小曲啊小曲，你吃的什么玩意？我如实告诉她是羊脖子。她喔喔了几声说，羊脖子好，我坐月子的时候就吃的是羊脖子。我还有心开她玩笑，我说王主任，你把安全帽送我吧，我更需要，而且，你带着它，太像个男人了。她哈哈哈一阵爽朗地大笑说，你这个小曲哇你这个小曲哇！我们就这样，像拉家常一样，说了几句废话，一切看起来都蛮和谐的。

第三天来临的前夜，我和小鸽喝了些酒。我的酒量不行，小鸽更不行，所以没喝多少，我们就有了醉意。

小鸽趴在我身上，两只胳膊肘撑在我的肋骨上说，我们搬了吧，不做这生意了，改行，开个饭馆、服装店什么的，不跟他们玩了，原谅他们算了。

她顶得我肋骨生疼，但我并不说出来，由着她顶。我打着嗝附和她说，嗯，你说得对，不跟他们玩了，我们原谅他们，改行做别的去。

小鸽说，对，我们自己玩，不和他们玩。

我也说我们玩我们玩。

我们就开始接吻。我们玩，弄到很晚才睡着。

黎明的时刻我就醒来了。我在灰白的晨曦中打量身旁的小鸽。她睡得很死，爬着，赤身裸体，一条腿伸直，一条腿曲着，乳房从身子下挤出来，样子不太好看，显得有些粗鲁。可我还是忍不住吻了吻她。我觉得，如果真的有生活这么一个东西，那么，晨曦中女人粗鲁的睡姿，就是生活。这件宿舍里依然密布着氨气，我们的货物也堆积在里面，因此显得更加逼仄，而这些，都是生活。

我跛着一条腿去了自己的小店。我把店门敞开，自己坐在柜台后面饥肠辘辘地等待着。我在等待什么？强制执行，还是小鸽的美食？好像都无所谓，我并不期待什么，也并不想排斥什么。我只是觉得我病了，身体有些异样。

当警车停在门前时，我主动迎了出去。他们照例向我宣读了执行书，这并不新鲜。然后一辆推土机就吭哧吭哧地开过来。它的大铁铲朝着我的门脸挺进。

我的眼睛有些发乌，有两团絮状的白颜色爬了上来。我知道不妙，竭力抵抗着，这副底牌，我挺了多年，它们终于还是来了。可是我真的饿极了。我想转移一下自己的注意力，就向远处张望。我朦胧地看到，小鸽从街的另一头向我走来，胸前捧着一口小汤锅。我想把她看清楚，但是我做不到，小鸽她像走在白茫茫的雾里面一样。我感到喉咙奇痒无比，禁不住就要用手去抓，但那痒在喉咙里面，我只有把自己的脖子掐起来，才能管些用。我觉得有泡沫从自己的肚子里翻涌上来，顺着嘴角流了出去。我听到了轰地一声。我想那是推土机把墙推倒了。但很奇怪，那居然是我自己倒下发出的声音。我看到了好几双皮鞋。一瞬间，它们在我白茫茫的视野里都变得极富诱惑力，让我垂涎欲滴，我只有扑上去咬它们，在我看来，它们都是肉，都是肉！

李选的踟蹰

使君从南来，五马立踟蹰。

——汉乐府《陌上桑》

一

李选闲极无聊，在百度上敲下曾铖的名字。她想，叫这个名字的人不会太多，没准真的就被自己搜出来了。果然，搜索页面的第一页，就冒出来她这个阔别多年的小学同学。曾铖在成都，如今成了画家。这个信息让李选有点儿欣慰，好像曾铖的现状满足了她内心的某种预期。李选隐约觉得，这个曾铖，就该是个有出息的家伙。要不将近三十年了，自己为什么还会想起他呢？小时候的曾铖，在孩子堆儿里，就是那种风头十足的，显山露水地调皮和显山露水的聪明。李选点了百度的"图片"选项，如今的曾铖和他的画儿，出现在了显示器上。画儿是油画，李选看不出好坏；但通过照片，她看出来了——这个显示器上的"曾铖"，的确就是她要搜索的那个曾铖。这个曾铖，当然不是儿童时期的曾铖了，在显示器上挂着一丝中年男人玩味着什么的笑，但定睛看，眉眼还是小时候的模样。

曾铖做了画家，人在成都。后来在一次初中同学的聚会中，李选把这个信息告诉了雷铎。雷铎和曾铖上小学时是最好的朋友，小学毕业后上了不同的中学，从此就没了音讯。初中同学聚会，一开始很热闹，但热闹之余，也有些不尴不尬。毕竟，如今每个人的境遇千差万别，再也不复当年，大家完全是平等的。所以三三两两，在大的气氛下，又划出了一些小团体，各自找各自不感到别扭的人说话。李选和雷铎从小学起就是同学，这一点似乎成了两人互相"不感到别扭"的理由。在饭桌上两人挨着坐，雷铎随口问李选知不知道曾铖的下落。李选说知道——曾铖现在是一个画家，住在成都。

过去了一段日子，有天夜里雷铎给李选打电话，高兴地说他联系上曾铖了，刚刚才跟曾铖通了电话。李选把儿子哄睡着没多久，正有些困，听了这话一下子也有些兴奋。雷铎告诉李选，他是通过网络找到曾铖的——在一家艺术网站，他查到了曾铖的QQ号。为了获取这个有价值的信息，他不厌其烦，在那家网站注册了会员，因为不如此，他就无法查看曾铖的资料。

"我在QQ上加他，没想到这小子立刻有了回音——用了不到三秒钟！"雷铎兴冲冲地说，"我们马上通了电话！真不容易，都快三十年了！怎么样，咱们上成都看曾铖去？今晚还有到成都的飞机没？"

李选看了下表，夜里十一点多了。"你神经吧？这么晚了。干吗问我还有没有飞机？"

雷铎说："你不是在卖机票吗？上次聚会，你还叮咛我以后要买机票就找你。"

李选说："我说过吗？"

雷铎肯定地说："你说过！"

李选定定神说："哦，那可能真是说过。不过我现在不卖机票了。"

雷铎说："咦，你这人怎么朝三暮四的。"

李选怕他继续纠缠这个话题，说："怎么样，曾铖现在还好吧？"

好在雷铎的思维很跳跃，立刻又跟她说起曾铖来。"看来还不错，在大学任教，联系之前我做足了功课，在网上搜遍了跟他有关的信息。这小子如今貌似有些名气了，画儿好像也能卖上些价钱。"

李选问："那他还能记得咱们这些小学同学吗？"

雷铎："当然。"

李选说："当然，他当然记得你，你们俩当年形影不离的，其他人就未必了。你跟他提我了没？"

雷铎说："提了，把你 QQ 号也告诉他了。"

李选说："他记得我不？"

雷铎如实说："他说不记得了——但是好好想想，没准就想起来了。"

李选有点儿失望。这感觉是很勉强。毕竟，大家分开快三十年了，曾铖不记得她，是完全可以理解的。但是她却记得曾铖。这就不公平了，让李选的自尊心有些受伤害。和雷铎通完电话，李选困意全消。本来她已经准备睡下了，这时候干脆又起来打开电脑。上了 QQ，果然有申请加她好友的提示。曾铖在申请中言简意赅地敲着"老同学"三个字。李选通过了他的申请，刚刚加上，曾铖就给她发过来一个表示拥抱的图片。两个人通过网络聊起来。

李选说："曾铖你不记得我了。"

曾铖说："是有些模糊。不过呢，我刚刚进了你的空间，看到你照片了，仔细瞅瞅，就想起来了。"

李选说："骗人吧？过去这么多年了，你能看张照片就想起小时候的同学？"

曾铖说："如果事先不知道这是我小学同学，估计就想不起了。但是带着这个想法去辨认，还是能够认出来的。怎么说呢，记忆一下子就被唤醒了。何况，雷铎在电话里跟我说，你是咱们同学中变化最小的。"

李选说："那你被唤醒什么了？"

曾铖说："我记得是有这么个女生，黑黑的……"

李选说："讨厌！"

曾铖说："所以看了你现在的照片，我就很惊讶，这么一个漂亮女人，怎么在我记忆里居然没扎下根？"

李选说："当然扎不下根，黑黑的嘛。"

曾铖说："就是这个反差，让我都有些怀疑自己的记忆了。你现在显然不黑呀……"

李选说："那你还敢说看到照片就想起我了？"

曾铖说："这就是奇妙之处，换了个颜色，但反而更像我应该记住的那个女生了。"

李选问："什么叫'应该记住的'？"

曾铖说："这个倒不大说得清楚了，应该算是潜意识吧，莫名其妙，就觉得应该记住这么个人，然后，自己都不察觉，却在某一天突然恍悟——心里面原本有一张这样的底片。"

李选一下子有些无语，觉得曾铖说的这种感觉自己似乎能够体会。

曾铖问："雷铎说是你告诉他我在成都的，你怎么知道的呢？"

李选说："我在网上搜出来的。"

曾铖说："怎么会想起来搜我？"

李选说："心里面原本有一张这样的底片呗。"

曾铖说："不错。可能是到岁数了，大家突然都开始忆旧了。前段时间，李兰也是通过网络把我给找到了。李兰你还记得不？"

李选想了一下，说："记得，大眼睛，白，挺娇小的一个女生。"

曾铖说："对，是她。我们还见着了，她来成都办事儿，顺道聚了一下。"

李选倏忽有些不快，说："怎么样，这张底片还是当年娇小的样子吧？大眼睛，白。"

曾铖似乎在犹豫，过了一会儿才敲出"不好说"三个字。很奇怪，随着这三个字的出现，两人似乎都有些不知该说什么了。突然就有些意兴阑珊。这时候来了条短信，李选看了手机，是张立均发来的，也是只有三个字：睡了没。张立均难得在这个时候发短信过来，下午的时候他对李选说过，晚上要和省上的某位领导吃饭，李选想张立均现在可能是喝多了。于是回复他：正准备睡，已经上床了。你喝多了？结果却没了下文。李选望着电脑上的QQ界面，一瞬间茫然起来，心思浩渺，仿佛在进行着一场无比漫长的等待，而且，还要这么无比漫长地等待下去。网络那头的曾铖，这时候也仿佛蒸发在虚拟的世界里了。他的QQ头像灰了。李选呆愣着，有几分钟脑子里一片空白。回过些神，她想，张立均干吗发这条短信呢？嘘寒问暖？这不是张立均的风格。他从不会用这种方式来嘘寒问暖，而且，也几乎是不会用任何方式来嘘寒问暖的吧？张立均只是在公司里给李选提供一些优渥的待遇，薪水发得多些，职务升得高些——而这些，对于张立均而言，不过是易如反掌的事，跟"嘘寒问暖"似乎扯不上边儿，没有那种用心的程度。况且，这些优渥的待遇，仍旧需要李选用具体的业绩来兑现。一开始，张立均就把李选纳入了很正当的职场规矩里。这倒也让李选感到心安，心里少了那种"交易"的感觉。然而实质上，李选明白，自己和张立均之间，铜铜铁铁，就是一种交易的关系。否则，凭什么她的薪水就应当多些，职务就应当高些？是她的能力格外比别人强一些吗？李选有自知之明，她知道，不是。但张立均不去强调这种关系的本质，让她获得了掩耳盗铃式的安慰感。那么，这条深夜发来的短信，什么意思呢？——查岗？这个念头一蹦出来，李选自己都自嘲着笑了。不会的，她对自己说，张立均不会有这个兴致。交往半年多，张立均对于李选的私生活根本没有兴趣，李选作为一个单亲妈妈的所有烦恼和自由，都没有因为张立均而发生变化。甚至，在李选的感觉中，倒是有了这个男人，她的烦恼和自由反而更充分、更牢固了，成了雷打不动的烦恼和自由。烦恼就不用说了，自由呢，是因为张立均强势地存在着，用他的态度表明了——两个人各是各的事儿，我根本不管你做什么，由此，你也务必打消对于我的非分之想。这个结论挺凶狠的，李选一边享受这样的自由，一边消化个中的烦恼。对于张立均，她会有什么非分之想吗？八成是没有的，余下的那两成，是一个女人天性里的东西，也不用认真对待。当半年前被张立均带进酒店的客房时，李选就明白自己跟这个男人之间有多大的落差。这种落差不牵涉贵贱，是一种物理性质的，很客观，好比一个一米八的人相对于一个一米五的人。李选很自尊地想，作为一个人，她并不觉得张立均就比自己优越多少，他不过是个头高一些。张立均的个头体现在他的财富上。而我，李选想，不过是没钱，拉着个四岁的男孩，在年近不惑的时候还要为生存奋斗罢了。认清了这种落差，同时又不因此格外地自我轻视，李选觉得面对张立均时还是挺轻松的，不过是一个女人天性中的那"两成"偶尔会蹦出来作祟一下，让她像所有面对这种状况的女人一样，心生幽暗的踟蹰。这种滋味，真的是不好说。李选在这天夜里，不经意地想着，就在键盘上敲下了：怎么不好说？这个疑问更多是在针对自己。远在成都的曾铖好像已经下线了，显示器上的QQ界面在李选眼里像一面可以用来自我审视的镜子。她空洞地凝视着。想不到曾铖的头像突然又闪烁起来，应道，我总不能跟你说人家李兰现在已经面目全非了吧。

李选收拢心思，回顾了一下刚才两个人之间的对话，问他："怎么，李兰变化有这么大吗？"

曾铖没有回答，发过来一张女人的照片。照片上的女人白皙丰腴，因为有了前面的铺垫，李选一眼认出了这个曾经的女同学。"我觉得还好啊，还有当年的影子，大眼睛，白，就是胖了一些。"

曾铖说："何止'一些'？简直是胖到令人心碎。"

李选说："这么夸张？还令人心碎？就算人家胖了，你心碎什么？"

曾铖说："你想啊，曾经那么轻的一个女生，被岁月弄成了这么重，难道不令人心碎吗？而且，这种分量的改变是跟我们同步的，由此及彼，我们就看到了我们的不堪。"

李选在心里默念着"轻、重"，好像一下子掂量出了某种的确足以令人心碎的分量。"是啊，老了我们。可是你对人家的轻重也太在乎了吧？"

曾铖发过来一个表示"冷汗"的表情，说："我们小时候谈过恋爱呢。"

李选兴奋了，说："真的假的？瞎说吧，那时候才多大？十二三岁吧，咱们毕业那会儿？"

曾铖说："是咱们小学毕业后的事儿。我跟李兰上了同一所中学，但不在一个班。初中毕业那年，她参军走了。走之前，突然有一天跑到我家，跟我说她喜欢我……"

李选说："哈！说反了吧，不是你跑到李兰家跟人家说你喜欢人家吧？"

曾铖说："还真不是。我那时候是调皮点儿，但基本没长熟，多少有点儿稀里糊涂的。"

李选说："想不到，李兰那时候看着挺单纯的。"

曾铖说："是单纯，而且她这么做，还是因为单纯。多少年后我想明白了，那时候，她不过是因为要离家远行，心里突然多了很多忧愁，这种情绪又没有其他渠道可以排遣，再加上多少还有些懵懂地怀春，就假想了我这么一个对象吧。"

李选说："那她怎么不去假想别人？"

曾铖说："不知道。可能我们两家住的近吧。"

李选说："跟你住的近的女生多了，我跟你住的也不远。"

曾铖说："所以当年我开门看到李兰时，还想，咦，怎么不是李选？"

李选禁不住笑起来，"去你的，你那时候根本想不起我，我黑呗。后来呢？"

曾铖说："后来她就当兵走了，好像去了甘肃的张掖，断断续续给我写过几封信，我都没回。再后来，就杳无音讯了。"

李选说："你干吗不回人家信？"

曾铖说："那时候我也在自己的憔悴期，浑浑噩噩的，自顾不暇。"

李选问："憔悴期？"

曾铖说："青春期呗，可不就是憔悴期。"

李选突然不想就此说下去了，改口说："找到你雷铎可兴奋了，打电话给我，立刻就要去看你的架势。"

曾铖答："我也挺激动的。当年我们俩最好，不是我去他家睡，就是他到我家睡。我也正想怎么找到他呢。这下好了，联系上了，过些天我就回西安看你们。"

李选说："别'你们'，要看你也是看雷铎还有李兰吧，你又不记得我。"

曾铖只好"嘿嘿"，说："总之西安我是经常回去的。我父母还在西安。"

李选追问一句："联系到我你激动不？"

曾铖说："激动！"

李选问："激动啥？"

曾铖说："雷铎在电话里告诉我，你嫁了个韩国人，出国生活了一段时间，现在离婚了，独自带着个男孩。"

李选一怔，心想这个雷铎怎么什么话都跟人说呢，抱怨道："真是的，他嘴怎么这么大？我这点儿事就让你激动了？"

曾铖答："也不全是为这点儿事。还是高兴，人到这岁数，找到任何小时候的伙伴，都会觉得有点儿山重水复的滋味吧。"

李选说："你别尽'这岁数'，别强调这个，我不想知道我有多老。"

曾铖说："是，你照片上还是风华正茂的样子。"

李选随手敲出"好看不？"。这几个字蹦到显示器上，她立刻就有些后悔，好像自己是有些轻浮了。一瞬间，李选想到了自己的前夫。当年，在一次朋友的聚会中他们相识了，而她疯疯癫癫，也是对这个韩国男人冒出了一句同样的话——我好看不？就是这句话，成了那场失败婚姻的导火索。

李选是双鱼座的，据说，这个星座的人外表与骨子里都风骚。李选并不觉得表里如一的风骚有什么不好，但现在她不想让曾铖对她产生这样的感觉。

曾铖回答得好像挺诚恳，他答："好看。真的。"

李选说："真什么，眼睛没李兰大，皮肤没李兰白。"

曾铖说："这些都不是我审美的指标，你要相信我的眼光。"

李选说："对了，忘了你是个画家了。"

其实，按照李选的性情，她多半是会追问：那么，以一个画家的审美，我好看在哪儿？但是她突然有些谴责自己的做派，很正经地继续说："我不爱把自己的事四处张扬，本来雷锋也不知道我离婚了，是有一个我们的中学同学，跟我关系比较好，我回国后，她张罗着给我介绍男朋友，说雷锋如今算是个富人了，身边的有钱人不少，审缀着让雷锋给我物色一个。"

曾铖说："哈，雷锋给你物色上没？"

李选的情绪忽而消沉下去，感到困意又兜头蒙了上来。"都是玩笑，哪儿就真这么指望了。"

曾铖说："就是，你哪儿用人帮你物色。你现在正是好时候。使君从南来，五马立踟蹰，该是坐等男人上门来追求你。"

李选复制了他的话，问："使君从南来，五马立踟蹰——什么意思？"

曾铖说："汉乐府中的诗，意思是说，男人从你家门口过，难掩心痒，徘徊不去。"

李选说："去你的。别掉书袋，我基本上算文盲。你呢，还好？"

曾铖说："跟你差不多吧。"

李选说："离了？"

曾铖说："离了。"

李选在困倦中又是一阵没有来由的欣慰，好像曾铖的"跟你差不多吧"又满足了她内心的某种预期。李选隐约觉得，这个曾铖，就该是个也要离婚的家伙。

李选问："孩子多大了，男孩女孩？"

曾铖说男孩，九岁了，接着他话锋一转，让人看不出是否在开玩笑："你看李选，咱俩鳏寡孤独的，干脆凑一块儿过日子吧？"

李选说："去你的。睡了。"

两人留了彼此的手机号码，互道晚安。关了电脑，李选又去洗了洗脸，她怕电脑的辐射会损害自己的肤色。上床在儿子身边躺下后，想起曾铖最后冒出的那句话，李选不禁失笑。

二

李选把儿子送到幼儿园，来到公司已经十点了。公司是集团刚刚为新业务成立的，她被张立均任命为副总，目前工作还没有全面展开，事情不是很多，所以在这个点数走进公司，也没有引起别人太大的关注。李选进了自己的办公室，冲了包速溶咖啡，打开了电脑。

昨晚李选睡得不好，早上起来，第一个念头就是抓起手机给张立均发了条短信：昨晚喝多了？然后她才去洗漱。把自己收拾停当，接着就是招呼儿子起床。李选的儿子叫金皓，很多人都劝她，干脆让儿子随她姓好了，但她觉得这完全没有必要。她觉得，相比反复无常的生活，孩子姓什么根本不算是个问题。保姆已经做好了早餐，儿子一如既往地不好好吃。李选耐着性子用小勺给儿子喂粥，注意力全集中在儿子的嘴上。张立均电话打过来的时候，她一下子有些反应不上来。

张立均说："怎么给我发这种短信？"

李选愣怔着，"这种短信……什么？"

张立均沉默了半晌，说："你没事吧？"

李选有了头绪，说："是你昨晚发短信过来了啊，回过去，又没了下文，所以就担心你是不是喝多了。"

张立均狐疑地问："我昨晚给发你短信了？"

李选一惊："怎么？你不记得？"

张立均不作声，许久才说："下午见面说吧。"

说完他就挂机了。李选的手机还贴在脸上，一时间只是呆呆地看着儿子那张嗷嗷待哺的嘴。

电脑启动得有些慢，李选捧着马克杯，将转椅转向了窗外。公司在这栋写字楼的十九层，透过落地玻璃，李选可以看到环城立交桥上川流不息的车流。装在窗子里的外部世界在分秒不停地运转，这个屏幕一样的画面让人有种戏剧性的徒劳感。办公桌离窗子有七八米的距离，阳光洒在橡木地板上，让这段距离显得分外空旷。李选喝了口咖啡，转回身子，在电脑上敲下"使君从南来，五马立踟蹰"。通过百度搜索，李选读到了那首《陌上桑》。这首诗语言浅近，李选不用费太多心思也差不多看懂了。诗里讲了一则采桑女罗敷拒绝官员引诱的故事。古代女子罗敷明艳高贵，不可方物，引得某位从门前路过的太守上前调戏。"使君自有妇，罗敷自有夫"，有趣的是，罗敷并没有义正词严地去驳斥对方，她用一种近乎兴高采烈的劲头，向引诱者夸耀自己的男人，说自己的男人不但官运亨通、家财万贯，而且肤白髯美，还是个漂亮人物。在李选看来，这更像是一则斗富的故事，罗敷用来抵挡诱惑的本钱，是杜撰出比诱惑者更有说服力的家底。不知为什么，李选觉得这个古代女子将自己的男人说得天花乱坠，完全是一种自我虚构。可这种虚张声势又显得俏皮可爱，远远胜过铿锵的道德说教。李选一边喝咖啡，一边想，如果一个女人，身后有着罗敷所形容出的那个夫君，她还会被这个世界所诱惑吗？当然不，起码被诱惑的概率会大大降低。但是，又有几个女人会摊上这样的夫君呢？罗敷就没有吧，李选想，这个古代女人其实是在自吹自擂，外强中干，用一个海市蜃楼一般的丈夫抵挡汹涌的试探。没准，那位凑上来的太守灰溜溜地一走开，罗敷进屋就会哭得上气不接下气吧？这样想着，忍俊不禁，李选嘴里的咖啡差点被呛出来。就在同一刻，泪水竟涌上了眼睛。两种截然不同的情绪混杂在一起，让她不能分辨自己的泪水究竟是因何而来。她记起半年前，当她从张立均身边醒来的那个早晨。酒店房间里那种特有的整肃与单调，即使隐匿在黑暗里，也让人有种超现实的感觉。她却很难将自己的感受比喻成一个梦，因为她清楚地知道，这一切正确凿地发生着。

QQ突然叫起来，是曾铖，他问候道："早。"

李选抽出张纸巾小心地吸干眼眶中的泪水，回道："不早了。"

曾铖说："我刚起床。"

李选说："你是艺术家，跟正常人有时差。"

曾铖不作声，李选以为他忙别的事去了，开始在电脑上浏览公司的业务报表。几分钟后，曾铖突如其来地冒出一句话：

"我不喜欢被区别出来，我没什么不正常。"

李选可以感觉到他语气中的不快，心想这也太小题大做了，不过是一句话而已。但连她也不明白，自己怎么就生出了一些歉意：

"怎么，生气啦？"

曾铖说："没有。我最不愿意被人强调成艺术家什么的。"

李选说："好吧，算我没说。"

曾铖似乎是消了气，说："干吗呢？"

李选挠挠头，心想这个家伙怎么显得有些理直气壮，更奇怪的是，自己对此居然不以为忤。她说："现在吗？刚刚学习了《陌上桑》。"

曾铖说："《陌上桑》？"

李选说："对，使君从南来，五马立踟蹰。"

曾铖恍悟道："哈！有什么心得？"

李选说："没什么心得，倒是多了疑惑。"

曾铖问："疑惑什么？"

李选说："你说，那个使君在罗敷面前踟蹰的时候，罗敷心里有没有踟蹰呢？"

曾铖想了一阵，然后才答道："我想是有的，而且可能踟蹰得更加凶猛。她的表现很夸张，竭力渲染自己有一个更棒的男人，其实心里可能很慌张，甚至是恐惧。"

李选说："恐惧？"

曾铖说："是，恐惧。小时候我常打架，这个你知道。有一次几个高年级的小子要揍我，我对他们叫嚣说，我哥可厉害了——你知道，我没哥。当时我就很恐惧，那心情，也许就是罗敷的心情。那种恐惧，比真的挨了顿揍都要强烈，因为随着我的叫嚣，我更清楚地认识到了外部力量的强大和我自身的卑微。"

李选说："嗯，我想我能理解。我也觉得罗敷是在夸大其词。不过，这让她显得挺可爱的。"

曾铖说："是啊，挺可爱的，张皇失措，无助，却还要抵挡内心的魔鬼，只好给自己披挂上想象的铠甲。"

李选说："她心中的魔鬼是什么呢？"

曾铖说："简单讲，就是那种对于邪恶的向往和屈从，那种委身于诱惑的本能。这一点，我们人人都有。"

李选叹了口气："曾铖你太悲观了吧。"

曾铖发过来一张鬼脸，说："就是，我有时候自己都烦自己，总把一切往悲观去想。怎么样，睡了一晚上，我那个乐观的建议你考虑了没？"

李选问："什么建议？"

曾铖说："凑一块儿过日子咯。"

李选说："去你的。"

曾铖说："不是开玩笑，李选，你考虑一下，我现在要到你跟前踟蹰了。"

李选说："哈哈，你是使君？那我这个罗敷该怎么踟蹰才能抵挡你这个家伙？"

曾铖说："我不是使君，我没有那么威风。而且使君自有妇，罗敷自有夫，你我则鳏寡孤独。"

李选说："好像有点儿说服力。"

曾铖说："可不，所以李选你别踟蹰。"

李选突然觉得这个曾铖此刻是严肃的。这种感觉很微妙，尽管两个人是在虚拟的世界里交谈着，但李选总觉得曾铖就在眼前，甚至触手可及，他的表情，语气，乃至内心的态度，都可以被她觉察。李选晃晃头，说："曾铖别开玩笑了。我现在伤不起。"

敲出这些字的时候，李选感到自己也是严肃的了，好像很自然，就对曾铖打开了心扉。

曾铖说："我没开玩笑。"

李选说："快三十年没见了，咱们差不多就是两个陌生人。"

曾铖说："你觉得咱们是两个陌生人吗？"

李选认真想了想，如实说："嗯，好像又不是……"

曾铖说："你看。我也觉得不是，这种事情不讲道理的，我就觉得可以跟这个李选相爱，在这个感觉上，我少有的乐观。"

李选吁了口气："你也太容易爱了。"

曾铖说："谁说的，我爱的不容易。况且，容易爱也不是一件羞耻的事。"

李选想这个曾铖的确跟正常人不一样，好像有些神经质——不过，似乎神经质得并不令人反感（反而还有些可爱？）。

曾铖又说："我乐观一次不容易，你好好考虑啊，我下了，要出门办事儿。"

李选本来还想说下去，问问他"那你爱我什么啊？"，现在只好飞快地打出"88"。

下午李选如期去了尔雅茶舍。这家茶舍和集团的总部在一个楼上，也是集团的产业，没指望赢利，几乎就是为张立均一个人开的。张立均每天下午三点钟都会去喝一个小时左右的茶。有时候他打电话给李选，让李选过去陪他坐一会儿。李选进去的时候张立均已经到了，偌大的一间雅室里堆满了他搜集来的瓶瓶罐罐，置身其间，即使穿着件颜色很艳丽的橘色毛衣，令他看起来也仿佛是刚刚出土的一样。午后的阳光很好，光线中能够看到飞舞的尘埃。茶已经泡好了。张立均的是六安瓜片。李选的是祁红——这是她第一次陪张立均喝茶时点的，从那以后，张立均就不再征求她的意见，按部就班，永远让她喝着祁红了。李选坐在张立均的对面，中间隔着一张花梨木的根雕茶台。张立均饮了口茶，眼睛盯着手中的白瓷茶杯，问她，下半月能走开吗？李选说，应该可以，现在用的这个保姆还算不错。张立均点点头道，那你准备一下，公司代理的新产品需要去学习相关的技术，你去趟上海吧。李选说，好，我把家里安顿一下。随后张立均就没话了，专心地品茶。李选也不作声，安静地喝着自己的祁红。

终于，张立均开口说："短信是怎么回事？"

李选说："昨天夜里我接到你一条短信。"

张立均说："我没有给你发短信。"

李选从包里摸出自己的手机，调出那条短信，将手机递了过去。张立均接在手里，扫了一眼，又递了回来。他问道：

"你怎么回的？"

李选用一种竭力死记硬背的态度复述道："正准备睡，已经上床了。你喝多了？"

她甚至有将标点符号也复述出来的冲动。

张立均说："喏，我没收到。起码现在我的手机上没有这条短信。"

他是什么意思呢？他说"现在"没有，是否意味着他并不否认"曾经"有过？李选默默想着这件事情的来龙去脉，结论是：张立均的那部手机昨夜的确给她发过一条短信，而且，也收到过她回复的短信。睡了没。正准备睡，已经上床了。你喝多了？但是，发送与接收这两条信息的人，不是张立均。而且，这个人之后删除了痕迹。这意味着，昨天夜里，张立均的手机一度在另一个人的手里。这个人，是谁？李选依然平静地喝着茶，但是内心分明有着电流经过一般的动荡。她垂着头，但感觉到了，对面的张立均正在观察她。

张立均打破了沉默："以后不要随便给我发短信。"

"随便"这个词听起来很刺耳。李选嗅着茶香，平静地说："我只是回了你的短信。"

张立均说："你应该看出来，那条短信不是我发的。"

他的口气很古怪，像是在着意强调什么，又像是某种启发。李选想，他要启发我什么呢？无外乎是要让我知道他的手机被某个人短暂地操控着吧，这是显而易见的，莫非，他是在启发我对那个人展开联想？那么，那是一个什么人呢？女人？他妻子？甚至一个杀手？李选不易觉察地笑了笑。这个神秘的人，为什么要用他的手机给我发送那样一条短信？试探吗？李选想，如果是试探，那么对方对于她也是没有定论的吧，不知道她是谁，但是已经有所怀疑……李选既有些微微的激动，又感到了某种叵测的不安。

李选吃力地、近乎呢喃般地问："那么，你知道是谁发的吗？"

张立均笑了一声，似乎是松了口气。但是他却没有回答李选，而是说起另外一个话题了："知道我第一次见到你时，是什么感觉吗？"

李选依然陷在前面的情绪里不能自拔，她漠然地摇摇头。

张立均把身子向后靠了下去，慢慢地说："当时你带着儿子，脸上显然有些浮肿，眼线没有画均匀，鞋子上也有泥巴。"

李选抬头看他。他背光坐着，身后是一面巨大的玻璃窗。窗外的天空一片瓦蓝。当李选视觉的焦点向他的脸上聚拢时，仿佛立刻被一个黑洞吞噬了。她看不清他。

张立均顿了顿，接着说："我当时在想，是什么人，是谁，把这个女人弄成这样了。"

李选感到自己战栗起来。强烈的羞辱感让她感到了痛苦。她觉得眼前这个男人在羞辱她。那时候她在朋友的旅行社上班，朋友很细致，考虑到她的处境，只让她做些销售机票的轻松活儿，而且还允许她天天带着儿子去工作。

李选说："你觉得我很丑吧……"

张立均说："不是丑，是憔悴。"

李选下意识重复一句"憔悴"，她想起了曾铖的话——憔悴期。曾铖用这个词指称青春期，李选想，半年前那个"憔悴"的自己，却绝不是在青春期里——刚刚办理完离婚手续，因为是跨国婚姻，手续烦琐无比，她不得不往韩国飞了几个来回；只身带着儿子住在父亲家里，几乎天天要和父亲弄出些不愉快，以致父亲突然离家出走了……

李选说："对于一个女人，憔悴就意味着丑。"

张立均纠正道："不是，对于一个漂亮女人，憔悴意味着美。"

李选笑笑："那我是瞎猫碰着死耗子了——我并不是故意要憔悴给你看。"

张立均说："我知道，憔悴这种样子是装不出来的。"

当初去见张立均，李选完全是为了缓和自己与父亲的关系。她父亲离职前是市政公司的领导，张立均事业起步之初主要和市政公司做生意，得到过李选父亲的照应。父亲让李选去张立均的公司就职，李选自己不大情愿。她觉得在朋友的旅行社卖卖机票，凑合着，也能过下去。那时候的李选，几乎已经接受了人生"憔悴"的基调。但父亲看不得她就这么"憔悴"下去，要她积极起来。从小李选和父亲之间的关系就很紧张，她母亲身体不好，李选的情感更多寄托在母亲身上。李选三十岁的时候，母亲去世了，父亲有意再娶，性格倔强的李选就成了障碍——这也成为李选远嫁韩国的潜在原因之一。她要离开自己的家，给父亲腾出重新生活的空间。本来这个认识并不是格外强烈，但是她又回来了，带着个儿子，一副"憔悴"的样子，这让她不免要将自己的遭遇部分地归咎于父亲。于是，父女俩的关系更是水火难容。李选去了韩国，她父亲倒是没有再娶，只和那位心仪的妇女常年保持着关系，李选回来了，父女俩实在处不下去，做父亲的干脆离家出走，拎了几件换洗的衣服搬到那位妇女家住。可是没过多久，父亲又拎着自己的衣服回来了——暴躁的脾气让他跟谁都难以长期和平共处。好像是给自己去而复归开出的一个条件，父亲气哼哼地要求李选到张立均的公司就职，他说，你看你现在成什么样子了！父亲说这话的时候，李选正绕着儿子拖地，儿子坐在卫生间外面的地板上堆积木，周围一圈面包屑。李选闻言抬头，在卫生间的镜子里看到"成什么样子了"的自己。披头散发，眼袋像盛着两枚枣核。她决定在这件事情上不再拂逆父亲。父亲拎着换洗衣服流窜一样地乱跑，也让她心有戚戚。她打算起码去见一下张立均。于是，李选带着儿子去了张立均的办公室，"憔悴"地站在了张立均的面前。

孰料这副样子却打动了张立均。也许张立均见惯了容光焕发的女人吧？李选思忖，张立均说这些话是什么意思呢？这个男人很少说这些话。半年多来，她只被他带到酒店去过三次。陪他在午后喝茶，经常也是无声无息的，不过偶尔说几句有关公司业务的事。这在很大程度上让李选已经仅仅将这个男人视为了自己的老板。

手机响了一下，进来一条短信。李选翻看，是曾铖发来的：在干吗？她回：喝茶。曾铖问：和男的吧？她回：嗯，一个公司同事。即便没有抬头，李选也能感觉到张立均质疑的目光。她扬一下手机，说：

"一个老同学。"

张立均"喔"一下，问："大学同学？"

李选说："不是，你忘了，我没读过大学。是小学同学。"

张立均皱眉道："小学同学？那都多少年前的事了，你们居然还保持着联系？"

李选用一种连自己都有些惊讶的兴奋语气说道："二十七年前了，昨天才联系上，他现在是个画家，好像还有些名气。"

李选感到有些上不来气，那种急于要表明什么的情绪，让她显得有些气喘吁吁。

张立均说："男的？"

李选用力点了点头。不知为什么，能够当着张立均的面说起曾铖，这让她觉得瞬间平添了一些底气。

晚上吃过饭，儿子拿着李选的手机玩游戏，李选上网和曾铖说起了自己的感受。她问曾铖，是不是当女人对某个男人说起另外一个男人时，都会变得有力起来——就好比罗敷一样？曾铖似乎在忙别的，隔了半天才心不在焉地回道，什么意思？李选挺失望的，说，没什么。曾铖就不说话了，但QQ头像一直亮着。李选在网上看起电视剧来，看的是《北京爱情故事》。这部电视剧最近热播，李选中午在办公室休息，为了将自己哄瞌睡，会有一眼没一眼地看看。但是这天晚上她却被这部电视剧吸引了。她觉得剧中的男主角有些像曾铖。从网上搜出曾铖的照片，两相对比，越看越像。这让李选对剧情都专注起来。剧中那个像曾铖的男主角，是一个典型的多情男人，李选觉得连这一点也跟曾铖颇为相似。对于现在的曾铖，她了解多少呢？其实对于过去的曾铖她也所知无多，那时候大家不过是一群儿童，谈不上有什么值得被人去了解的东西。但是李选就是觉得曾铖这样的男人肯定不省油。支持她这个判断的是，曾铖刚刚跟她搭上话，就发出了"凑一块儿过日子吧"这样的呼吁。李选想，曾铖多半也是有口无心，但这样张口就来，还是挺说明问题的。正在想，曾铖在QQ上开始说话了：

"那么李选，下午你告诉我你跟男同事在一起喝茶，变得有力了没？"

李选半天没回过神。她没有料到曾铖会这样想，半开玩笑道："有力了，不过是我跟男同事提起你时，一下子突然感觉自己有了力量。"

李选似乎听到了曾铖发出的一声窃笑，他说："明白了，你这个男同事在引诱你。"

李选心中一紧。张立均需要引诱她吗？——客观地说，他已经得手了。莫非，自己在潜意识中有着这种感觉（盼望）？李选无法理清。但她还是为曾铖的敏感感到吃惊。

李选说："讨厌。别胡说。"

曾铖说："女人只有无力面对男人诱惑的时候，才拿另一个男人给自己打气。也成，能被你用来抵抗魔鬼，也是我的荣幸。"

魔鬼？李选想，张立均不是魔鬼，没有那么凶恶，不如说是自己心里有一个魔鬼。这个魔鬼的形象她却刻画不出来，只是阴影绰绰，能够看到一丝阴影。

曾铖说："还有另一种可能，女人在试图勾起男人兴趣的时候，也会故意说起其他男人。"

李选怔了怔："为什么？"

曾铖说："激起男人的妒意吧，起码是在释放某种信号——喏，我身边不乏男人。"

曾铖的犀利让李选有些难以适应。李选感到自己心里的那个魔鬼渐渐被曾铖勾勒出来了。即使曾铖看不到，李选的脸上依然尽量做出面不改色的样子，她问：

"这么做有用吗？"

曾铖说："多半有用。在这个意义上，我想，罗敷给太守吹嘘她的男人，没准是在反过来勾引太守呢。"

李选说："可太守吓跑了。"

曾铖打着哈哈说："古代人民太朴实啊，罗敷失算了。"

李选眉头蹙起来了，说："曾铖你这人没正形，挺美好的一个女子，倒被你这么歪曲。不带这样的。"

曾铖说："我承认，这么猜测是挺阴暗的，但这就是人性。李选你觉得我是在信口开河？"

李选迟疑着："你好像说的也有点儿道理。"

曾铖说："你看。所以呢，如果基于刺激对方的需要，女人在男人面前搬出另一个男人的时候，要慎重，现代人民没准也有朴实的，结果反而会被吓跑。"

李选说："那你朴实不？"

曾铖说："朴实，我基本上是个古代人民。所以李选你别告诉我你背后还有个男人，我会被吓跑的。"

李选说："别把自己说的那么脆弱。反倒是你这样的，容易把女人吓跑。"

曾铖说："我这样的？"

李选说："是，太多情，太会分析女人的心思。"

曾铖说："一个男人，多情，会分析女人心思，难道反而是坏事？"

李选说："我也说不好，但是这种男人，让人有点儿害怕。"

本来李选的态度是有些调侃的，但说着说着，心里却真的感到了某种惧意。手机响了，短信。这种状况以前遇到过，儿子停下正在玩的游戏，很懂事地过来把手机塞给李选。李选木然地看着短信的内容：睡了没。她在踟蹰，该不该回这条短信？不出所料的话，这条短信依然不是张立均发来的，但转瞬李选就回了过去：没呢，在跟同学聊天。她将这几个字发送出去，是种恶狠狠的态度。李选在想象这个莫须有的对方——她（没错，她！）深夜的时刻在张立均的身边，背着张立均使用张立均的手机，目的不过是想刺探出一些什么。但是，"她"为什么选中了我？李选想，张立均的手机一定储存着大量的号码，这个人为什么偏偏选中我？从名字上看，李选这个名字几乎就是中性的，很容易隐藏在海量的信息里。难道，在张立均的手机中，对于李选会有着格外不一样的标记？或者，张立均对"她"讲起过李选，并且格外令"她"不能释怀？这么胡思乱想着，李选的心情随之变得复杂。在李选的心里，从没有条分缕析地去梳理过自己和张立均之间的关系。他们之间那种物理意义上的落差，让李选难以将自己和张立均联系起来。在李选的世界里，张立均这个男人没有可资去幻想的余地。但是，这个"她"却强迫李选展开了曲折的想象。直觉告诉李选："她"一定不是张立均的妻子，却能够在深夜常常伴在张立均的身边；张立均和"她"非常亲密，否则"她"没有搬弄张立均手机的机会。此刻，张立均在做什么？酣然入眠，还是正在冲澡？"她"是什么心态？……李选似乎可以看到这样的一幕了：卫生间里传来哗哗的水声，一个女人用两只手（是的，两只手）握着手机，飞快地发送着短信，她时而转头看一眼身后，此刻任何风吹草动都会令她魂飞魄散，她紧张而又疯狂，也许还满怀着惆怅……

李选觉得自己的心被揪紧了。她几乎喘不上气。

儿子响亮地叫："你发完没，我要玩悟空蹦蹦蹦！"

李选呆呆地将手机递给儿子。她确信，今夜不会再有这种短信发过来了。

曾铖在QQ上说了许多：女人一边抱怨男人无情、不懂她们的心思，一边又会对男人的多情和洞识感到害怕。说到底，是这个世界太幽暗，而人性中有着许多与生俱来的恐惧。我们最难面对的，其实只是我们自己。有时候，把一切简单化，靠着直觉来驱使自己，反而是好的。我们自以为已经被训练得理智而又冷静，面对任何心中向往的事物，往往摆出一副存疑的态度，然而谁都应该承认，即便我们如此显得像一只老狐狸了，世界也并没有给我们开辟出一条坦途。怎么不说话？睡着了吧？算了，我也下了，画画去。

李选这才惊醒，原来不知不觉自己发了这么长时间的呆。喋喋不休的曾铖遭到了冷落。李选似乎能够感到遥远的曾铖因此而生出的沮丧。她木然地读着曾铖的这些话，缓慢地打着字：抱歉。儿子闹，陪他玩了会儿悟空蹦蹦蹦。

李选觉得这几个字耗尽了她最后的一丝力气。她知道曾铖也不会再回复什么了。他走了，画画去了。在这个夜里，曾铖和"她"都不再会和自己发生联系——这个念头突然令李选感到了孤独。

三

一连几天曾铖都没有在网上出现。李选动过给他发条短信的念头，但想想又算了。毕竟，大家只是分开了将近三十年的小学同学。李选在中午休息的时候看《北京爱情故事》，好像得了强迫症，看着剧中的男主角，李选就觉得是在看曾铖。连带着，虚构的剧情也仿佛成了现实的翻版。李选知道这有点儿可笑，但还是热衷将曾铖和电视剧联系在一起，好像她看着的，就是曾铖的生活，曾铖的情感。李选觉得挺有意思的。

那种深夜突袭式的神秘短信没再出现。对此，李选跟张立均只字不提，张立均也没有询问过她。但是，面对张立均时，李选的心情发生了微妙的变化。以前李选把张立均看成是一个无关痛痒的人，她从他那里受益，但并不感到出卖了什么。张立均所做的都在分寸和尺度里，索取了，就给出回报，但索取得不贪婪，回报得也不奢侈。不谈情，他们不谈情。不谈情，一切好像就自然了，如同物质世界的定律，里面不掺杂多余的评判。但是"神秘短信"激活了李选的心思。它似乎强调出了李选的地位，让李选在张立均的世界中变得重要起来——张立均身边的女人将李选视为了潜在的对手。一旦这么想，身不由己，看待张立均时，李选的目光就迷离了，不再像之前那么简单。她有些好奇，想象会是怎样一个女人，在深夜还伴在张立均的左右。这种好奇如果强烈起来，李选心里还会有些不适。那是一种难以言表的感触，李选无法准确把握，姑且就用"不适"来感知。在这种"不适"中，李选发现自己竟是在乎张立均的。按理说，李选也应该在乎张立均。半年前，李选"成什么样子了""憔悴"，几乎接受了自己的人生大势已去。半年多的时间下来，潜移默化，她换了副样子。现在的李选，算是公司的高管，薪水足以让自己和儿子过得不错；心情平静下来，和父亲也不再是剑拔弩张；闲极无聊的时候，还生出百度小学同学的逸致。这一切，都是张立均提供的。没有张立均，也许李选在某一天也会振作起来，但对于李选来说，难度一定不小。李选只读过专科，因为家境还算不错，从小也没有养成努力奋斗的精神，而且自尊心又很强，这样的一个女人，眼看四十岁了，突然要想焕然一新地生活，谁都知道该有多难。李选不是没有自我分析过，所以半年前她才那么消极。但是，渐渐活出了积极时，她却没有认真分析一下这种局面的可贵。由此，李选也没有去思考张立均对她的重要性。也许，她是在潜意识里拒绝这样的思考——太看重张立均，她的弱势就会被放大，羞耻感会随之而来，"交易"就真的成了"交易"。"神秘短信"让李选将注意力转向了张立均，混沌有了秩序，那种生活必然的严峻性突然被她再次感受到了。原来一切还是这么岌岌可危。奇怪的是，与此同时，李选一边有些惆怅，一边又觉得自己似乎得到了某种启发，可以让她向前再跨出一步，从张立均那里谋求更多的东西。至于那是些什么东西，李选一下子也想不通。但是她似乎觉得自己也长高了些，就好比从一米五长到了一米七，能够对于一米八的张立均伸张些什么了。

在这种情绪下，李选第一次拒绝了张立均的要求。这天张立均给李选打电话，让她下午去茶舍喝茶。这本来是司空见惯的事，好像公司里的一项制度，没有多少讨价还价的可能。以前李选接到电话，也像落实工作一样地去照办。但是这天她却问道，有什么事吗？张立均显然没有想到她会这么问，讪讪地说，没什么事。李选说，那我就不过去了，下午儿子的幼儿园要开家长会。张立均沉默了一会儿说，算了。通完话，李选一阵没来由的兴奋。其实幼儿园下午并不开家长会，李选很惊讶自己怎么会这样，但"拒绝了张立均"这个事实，让她感到有些得意，仿佛在身高上又长了几毫米。下午的时候，为了掩人耳目，李选从公司出来了，她怕万一被张立均掌握了她的行踪。出了公司，一时间又没地方可去，李选干脆找了间咖啡馆，坐在临街的窗子前，一边喝咖啡，一边用随身带着的平板电脑看《北京爱情故事》。接连看了两集，手机里接到条张立均的短信：在干吗？李选抬头看看窗外，大白天，冬日的太阳明亮如洗。她不能确定这条短信和深夜而至的短信有什么区别。李选把手机举在眼前，眯起眼睛端详，踟蹰再三，回道：在给儿子开家长会，有事吗？

半个月后，集团安排李选去上海接受新产品的代理培训。这件事张立均给她交代过。出发前两天，李选向公司请了假，做些出门的准备，安顿一下家里的事。她父亲最近身体有些不舒服，总是说胃里难受。李选想可能是人老了，消化能力在降低，叮咛保姆多做些粥，自己又去了超市，准备买些豆子、燕麦这些煮粥用的配料。在超市里，李选接到了曾铖的电话。

曾铖说："李选我今天到西安。"

这段时间没联系，李选一下子觉得和曾铖有些生疏。她说："啊？回来看父母吗？"

曾铖说："不是，要到北京办画展，从西安转机，就住一个晚上。"

卖过机票的经历让李选立刻听出了问题："成都到北京不需要转机呀。"

曾铖叹口气，说："唉，你怎么一点儿也不解风情，好吧，这是个借口。"

李选说："干吗要找借口啊？"

曾铖说："可不就是为了看看你，又不好意思说嘛！"

李选笑起来，说："好吧好吧，落地给我电话，我请你吃饭。"

曾铖说："李选你的声音有点儿沙哑。"

李选说："不好听？"

曾铖说："不是，挺有特点的。"

挂了电话，李选才意识到这是自己与曾铖之间跨越了将近三十年后的对话，之前通过网络，总有些虚拟的隔膜，好像还不太真切。但是这下听到声音了。李选觉得奇怪，感觉自己和曾铖好像根本没有经历那么多年的分别。超市在地下室，信号不是太好，曾铖的声音有些断续，这种声音，既让李选觉得似是而非，又让她觉得理所应当。回到家里，李选帮着保姆做家务，忍不住问道，我的声音听起来是不是不好听，有点沙哑？保姆说她听不来。李选承认，自己心里对曾铖有兴趣，感情有理智根本无法理解的理由，夸张一些说，这种理智根本无法理解的理由，绵延了将近三十年之久——那就是从孩提时代起，对于一个人的好感。现在的李选，对于现在的曾铖充满了好奇。在网上说话是一回事，面对面说话又是另一回事了。那会是怎样的一种局面？会尴尬和冷场吗？曾铖会怎样看她——她现在好看不？这种忐忑的滋味，李选内心很长时间没有体会过了。

中午吃饭的时候，张立均发短信给她，问：家里都安顿好了？李选分析这条短信的内容，认为应该是出自张立均之手，回道：安顿好了。张立均又回复过来：晚上一起吃饭。李选犹豫了，好像许久都不曾面对过这么让人左右为难的选择。她已经拒绝过一次张立均，再次拒绝他，事情的性质好像就变了。毕竟，张立均是她目前安适生活的提供者，虽然他并不强调这一点。甚至，单从老板与雇员之间的关系来理解，有几个人会这么不给老板面子？然而晚上曾铖就到西安了。成都距离西安挺近的，飞过来不过个把小时，可是在李选的情绪中，曾铖却是飞了将近三十年。那个飞了将近三十年的曾铖，就要落地了。这么权衡着，时光的砝码立刻让李选心中的天平倾斜了。她给张立均回道：真不巧，晚上有个同学从外地回西安，已经约好见面了。她以为按着张立均的做派，是不会再发短信过来的，不料张立均的短信接踵而至：同学？那个画画的？李选有点吃惊，想起是自己跟张立均提过曾铖，就更吃惊了。她没有想到张立均会把这件事记住。所以，李选回复起来就感到了艰难，一个"是"字，过了半天，才被她鼓足力气发送了出去。

整个下午李选的情绪都很焦灼。她感到有些对不起张立均。这种情绪以前是不可想象的。李选从来不觉得自己欠张立均什么，两人之间，不过是经历着这个世界已经约定俗成的那部分规则。同时，"对不起张立均"这个感觉，又让她有些高兴。李选躺在床上，闭着眼睛想：自己拒绝了张立均，如果张立均没什么不快，那么自己就没什么对不起他的；如果他不快了，只说明他对她在意……那么，自己究竟想不想让张立均在意呢？这个问题把李选难住了，她睁开眼睛，定定地看着天花板上繁复的石膏花饰——那不是李选的品味。房子是父亲的，装修风格完全体现着父亲落伍的审美。此刻，这个事实通过天花板上的石膏花饰反应了出来，令李选的内心更加纠结。她想到自己已经快四十岁了，没有自己的家，单身带着一个年幼的儿子，今后怎么办呢？对于未来的眺望，更多时候李选是刻意避免的，她怕自己会把自己眺望得不寒而栗。抛开不切实际的幻想，李选知道，目前拯救自己的唯一方法就是——更加严格地去遵守世界已经约定俗成的那部分规则。而张立均，以一种一米八的姿态，站在那些规则的里面。

我现在就是不守规则。李选给自己下着结论。她把自己的这种任性，归咎于曾铖的出现。李选想，是曾铖让她变得有些不切实际了，想想吧，为一个将近三十年未见过面的小学同学，去慢待自己眼下生活中的一个重要角色！这么想着，李选就对曾铖有了些无端的埋怨，好像真的为曾铖破釜沉舟了似的。

曾铖到了晚上七点多钟还没有消息。李选在家等了大半天，渐渐等出了疲惫和气馁。在这大半天里，她心神不宁，瞻前顾后，时而兴奋时而惴惴不安，一度像是回到了自己的少女时代。情绪波动太大，最后就格外厌倦。实在等不下去了，李选给曾铖发短信：到了没！过了半天，曾铖电话打过来了，用一种没睡醒的音调说，李选我早到了，昨晚一宿没睡，困得要命，想先在酒店睡一会儿，没想到睡死过去了。李选既好笑又好气，问他，怎么跑到酒店睡去了，干吗不回你父母家？曾铖说，这次回来就是为了见你，明天一早就得走，不想回家了。李选听他这么说，心里的气就消了，问他酒店的位置，他说你等等，可能是跑去看酒店的资料了，过了一会儿给李选报出了店名和具体位置。出门前李选又照了照镜子，确信自己目前样子还好，并不"憔悴"。儿子已经被保姆从幼儿园接回来了，看到她对镜顾盼，说，妈妈你要去约会吧？现在的小孩电视剧看得多，懂得不少生活中的桥段。李选摸下儿子的头，故作神秘地挤了挤眼睛。

由于就要去上海，李选的车放在公司楼下没有开回来，她打了车往曾铖住的酒店去。车很难打，李选在路边站了有半个多小时。天上飘起了夹着雪粒的雨丝，夜色中的城市一下子显得有些凄凉。进入主城区，却是另一番景象，人头攒动，车流如织，比平常热闹很多。李选恍然想起，原来今天是平安夜。商铺门前的圣诞树流光溢彩，反射在雨雪淋湿了的路面上。李选看着窗外，心情变得有些恍惚。她感觉世界突然变得很寂静，自己好像无声地穿行在一条时光隧道之中，是在向着自己的童年回溯。到了曾铖住的酒店，李选坐在大堂的沙发里给曾铖发短信：找到了。她想曾铖会闻讯下楼，不想曾铖把自己的房间号发给了她。李选乘上电梯，心里有些紊乱。这时候她想起的是张立均。集团常年在市内的多家酒店留有客房，其中有一套是专供张立均使用的，李选被张立均带到这套客房去了几次。第一次被张立均带到酒店，李选的心里多少有些抵触和排斥，但不是很强烈，其后几次内心就很平静了。但是现在，置身一家酒店的电梯里，李选突然有了心理障碍。她发现，原来自己这么憎恶这种"酒店式的"逻辑。曾铖似乎现在就在这种"酒店式的"逻辑里，他要干吗？

房间找到了，李选摁门铃。里面一阵踢里趿拉的脚步声，曾铖跑着来开了门，睡眼惺忪地把李选让了进去。他上身穿着件咖色的长袖 T 恤，一边系裤子一边对李选说，你先坐，我去洗把脸。李选说，还在睡呐！曾铖嗯嗯着，转身进了卫生间。一切就是如此自然，没有丝毫的局促，很熟络，仿佛将近三十年来，李选天天都这样惊扰着曾铖的美梦。卫生间响起哗哗的水声，曾铖在响亮地擤着鼻涕。李选没有坐，站在这间酒店的客房里，心神更加恍惚了。她看到了曾铖的行李，一只拉杆皮箱平躺在地上，打开着，最上面是一双没有撕开包装的袜子，几本艺术杂志，下面是一件叠得很平展的衬衫。不知出于怎样的心情，李选突然很想看看这只皮箱里所有的内容，仿佛那里装着曾铖所有的秘密。她有些激动，又有些不安，回头看了看卫生间的门，毫无理由，只在一瞬间就为自己的这个念头而动情起来。

曾铖从卫生间出来了。他洗了脸，却没有擦，脸上水淋淋的，径直从李选的身边走过去。原来他的洗漱包放在床头柜上，他过去翻出自己的毛巾，很用力地擦着脸。就这么一个照面，李选便将如今的曾铖一览无余了。曾铖留着极短的头发，那张脸比小时候的线条清晰了，有了棱角，显得十分年轻，总体上可以说是英俊。李选看着曾铖的背影，很瘦，个头似乎要比她想象中的矮。但这不足以让她觉得意外，仿佛某些与预计中的偏差，也在她的预计之内。这就是李选认为的曾铖，即使令人大吃一惊，也好像大吃一惊得分毫不差。总之，她不觉得他陌生。曾铖回头了，向着她笑，说，怎么样李选，还认得吧？

李选说："认得。我呢，你还认得吗？"

曾铖看着她。李选有些紧张。她也在迫切等待眼前这个男人的确认，有种等待被鉴定的心情。好像曾铖将要做出的这份鉴定，就是对于她这个女人几十年来被岁月淘洗之后的盖棺定论。

曾铖说："李选你没变，雷铎说的不错，你变化很小。"

他回答得轻描淡写，李选有些失落。

曾铖套上一件高领毛衫，穿上羽绒外套，说："咱们吃饭去。"

李选跟在他身后，出了房间，进到电梯里，突然感到挺无聊的。但是此刻的情势似乎对两个人都有所要求，那就是，他们必须都打起精神。

李选热情地问曾铖："你想吃什么？"

曾铖说："吃什么都好，我无所谓，就是想跟你见一面。"

李选说："没跟雷锋联系？"

曾铖说："没有。这次就为见你。春节回来，再好好会会雷锋。"

李选高兴了一点儿，说："真的就为见我？"

曾铖说："当然。不过呢，也的确是要在西安落下脚，有个朋友托我捎些东西去北京。"

李选于是立刻又觉得无聊了。

出了酒店，"吃什么"又成了问题。旁边有家火锅店，曾铖提议说："咱们就火锅吧？"

李选说行。这时候她在问自己，自己拒绝了张立均，焦虑了大半天，就是为了吃一顿火锅吗？那么，不为了吃顿火锅，又为了什么？李选想不清楚。这家火锅店里人不是很多，他们找了相对偏僻的角落坐下。点菜，要茶，非常乏味。当锅里的汤沸腾起来时，隔着氤氲的水汽，曾铖说，李选我没想到你这么漂亮。

李选说："别蒙我，恐怕是有点儿失望吧。"

曾铖举起啤酒和她碰一下，说："没有，倒是做了失望的准备，毕竟快三十年了，这么长时间，够得上让物种进化一遍了，当然，也够得上让人变成猴子。"

李选想起曾铖说到过的李兰，心想这个曾铖够刻薄。她问："回来没联系李兰？"

曾铖说："没有，我说了，这趟主要是冲你来的。"

尽管李选不是太相信曾铖的说辞，但他这样一再强调，好像就有些可信了。李选渐渐有了兴致。"说说吧，你跟你这位初恋女友多年后重逢的滋味。"

曾铖说："不是初恋，对我不是，可能对她也不是。没有那种浓度，就是个儿戏。"

李选说："你这么说，李兰知道该多难受。"

曾铖说："我对她也是这么说的。但这并不表示我轻视当年的那件事儿，相反，现在我觉得那都是很宝贵的记忆。见面后，李兰跟我说，她当年对我示爱，其实是怀有目的的，这个目的很单纯——她听人说参军后，在部队里要是没有一个恋人给自己写信，会非常丢人。她不过是想给自己落实一个写信的人。可是就连这个目的也落空了。她给我写过很多信，我却只字未回。她说，每次看到其他战友接到信，她都会感到难过。后来，当这种情绪难以克服的时候，她就找机会离开部队，跑远些，在异地写一封信寄给自己，然后返回部队，带着一种十拿九稳的盼望，等待着这封信的到来。"

李选说："曾铖你真残忍。"

曾铖说："李兰跟我说这些话的时候，我也很难受。我当然自责，但更多是在为那些憔悴的少年时代感到悲伤。一切伤害都在无知和粗糙中酿成了，但回过头，冤找不到头，债找不到主，人只能默默承受生命给予我们的所有失误。"

李选说："当年你们真的没有发生点儿具体的事？"

曾铖说："那个夏天的午后，李兰找到我，在我家我们接吻了，那倒是初吻。"

李选笑道："什么感觉你？"

曾铖说："如遭雷击。迄今我还认为，再也没有那种难以言表的滋味了，嗯，她的嘴唇竟那么柔软。不如说，我是从那一刻，才知道女性的嘴唇会那么柔软。李兰的嘴唇在当时对我，就是喻示了所有女性的嘴唇，这算是启蒙，无以复加，其后女人的嘴唇也就只是嘴唇了。"

李选有些走神。曾铖说话的时候打着手势，毛衣袖口下露出的手腕上好像有块文身。李选想，放心曾铖，我不会追问得太多。她问：

"我想知道，你们见面后，没有再发生什么吗？"

曾铖喝了口啤酒："应该不算有什么。她是去成都办事，跑业务，我陪她跟几个需要走动的关系应酬。她现在酒量大得惊人，那几天我们几乎天天喝醉，从饭桌上下来，去她酒店的房间接着喝，直喝得人事不省。"

李选说："酒是淫媒……"

曾铖打断她，说："没有，我们只是喝酒，第二天醒来，面面相觑，感到非常空虚。"

李选相信曾铖所说的，问："那现在你们俩啥感觉？"

曾铖说："我觉得就像至死不渝的亲人了，很贴心那种。要说我俩之间也没什么更多的交集，但好像岁月本身就给了人无中生有的依据——大家小时候就认识，这一点突然变得非常有说服力。前段时间我母亲身体不好，在电话里李兰跟我说，需要的话，她可以去照顾我母亲，我听了真的很感动。"

李选说："你没想到吗，也许李兰现在还喜欢你？"

曾铖说："不会，她不会。"

李选说："那她的家庭现在可能挺幸福的。"

曾铖说："倒不是。李兰好像和她丈夫的关系也不怎么好。我没细问。但是你看，如果是一个家庭幸福的女人，她需要为什么狗屁业务在酒桌上把自己喝成那样吗？我觉得李兰现在那么胖，就是让酒给闹的。"

李选一阵黯然。她想到了自己眼下的生活。李选不是一个有酒量的女人，但现在做了公司的副总，在某些饭局上，也是免不了要违心地咽下许多苦酒。原来，是否豪饮，可以鉴定一个女人的婚姻。

李选说："既然这样，她为什么就不能喜欢你？"

曾铖说："首先，我们彼此之间没有那种感觉。其次呢，似乎真的涉及那种感觉了，反而对我们彼此会是损害。我想，经过了漫长的蹉跎，和大部分女人一样，起码李兰现在会变得不再相信爱情。"

李选几乎要脱口而出"我也不再相信爱情"，但她克制住自己，问曾铖："你呢，你还相信爱情吗？"

曾铖说："老实说，我也不信了，但我要求自己必须还得一次一次地去信，没有了这种相信，我们会活得更加糟糕。"

李选还想继续追问下去，曾铖挥下筷子说："说说你吧，怎么从韩国跑回来了？"

李选说："过不下去，自然只有跑回来了。"

曾铖举下酒杯，意思是洗耳恭听。

李选说："我和他认识得很偶然。那时候他在西安开餐馆，和我的朋友认识。有一次大家出去玩，玩到热闹的时候，我问了一句他，我漂亮不。

事后这人我差不多就忘干净了。过了很久，他突然从韩国给我打来电话，问我能不能嫁给他。整个过程有些莫名其妙，我们开始通话，随后他就来西安了，见了我的父母，然后又带我去了长春，见了他的一些亲戚——他其实是在中国长大的朝鲜族人。韩国政府有政策，光复前——他们那儿把朝鲜战争结束叫光复——跑到中国的朝鲜人可以回国定居，原则上允许带一个未婚的子女。他就跟着他母亲回去了。他父亲去世的早，哥哥姐姐都留在中国。"

曾铖说："原来这样，我还在想，李选如何跟一个韩国人谈恋爱呢，原来你们有汉语基础，可以谈得起来。"

李选说："他要是不会说汉语，我们根本就不会走到一起。我爸当时的态度就是——中国男人都死光啦？就这，后来我们离了婚，我爸还在强调说外国人就是靠不住。"

曾铖说："真的靠不住吗？"

李选说："我当时嫁他也没想着要靠他，没那么多想法。就是觉得年龄也不小了，好像所有的力量都把自己往一个方向推，于是就那么嫁出去了。三十岁之前我很喜欢热闹，有点没心没肺。中专毕业后，我爸把我安排到市政公司上班了，工作上也没什么压力，就是玩，玩来玩去，直到把自己玩得有点儿犯恶心了。对了，他比我大很多。"

曾铖问："大多少？"

李选说："十二岁。"

说着李选从自己的钱包里找出了前夫的照片，递给曾铖看。曾铖很认真地看了，说："还不错，不显得老。"

李选接着说："婚后那段时间，我真的很安静，像换了个人似的。他家在浦项市——你听说过没？"

曾铖点下头："我去过，几年前去韩国办画展，去过浦项，山多。"

李选说："哈，哪年去的？"

曾铖说："五年前吧。"

李选说："那时候我正在浦项！"

曾铖说："真遗憾，那是咱俩二十多年来距离最近的时候。要是能在街头遇到你，我一定要拥抱你。"

李选竟对这样假想的一幕有些渴望。她说："就算遇到，你也不会认出我。"

曾铖说："嗯，可能是认不出。但是我会想，咦，这个漂亮的韩国女人怎么会如此眼熟？莫非，她是我前生的伴侣？"

吃了不少，喝了不少，也说了不少，曾铖好像松弛了许多，话里有了随便的味道。李选喜欢听他这么说话。

李选说："去你的。你不会在街头遇到我。那时候我几乎足不出户。现在想起来，我都感到惊讶，甚至不能相信，那时候的我，真的是我？他在中国做生意，我留在韩国，聚少离多，家里只有他母亲，周遭一片陌生。我就像活在一个孤岛上，但是心里却非常安宁，一点儿也不焦虑，也不感到孤独，好像很自然地接受了全人类都已经灭绝了的事实，心如止水地活下去，活上几万年也不是问题。"

曾铖很专注地看着她，问："这样不好吗？内心安宁多可贵。"

李选说："开始我也觉得还行。如果他不是总跟我吵，没准我就真的会这么老死在韩国那个叫浦项的小城市了——它真的很小，大概才五十多万人口。"

曾铖说："他跟你吵什么呢？"

李选说："他在中国做生意，挺艰难的，心情不是很好吧，加上韩国男人的那套做派，每次打电话回来，对我都是一副不客气的腔调。你知道，我脾气也不小……"

曾铖说："嗯，我知道，看得出。"

李选说："看得出？从哪儿看出来的？"

曾铖说："感觉吧，就是觉得李选应该不是个好脾气的女人，好像印象中，小时候就有点儿像个假小子。"

李选说："讨厌。其实我挺温柔的。"

曾铖说："我发现了，你爱说'讨厌'，骄横，可不就是脾气挺大。"

李选说："人家这是娇媚。我是双鱼座的嘛。哎，对了，你什么星座。"

曾铖说："金牛座。"

李选笑起来，说："金牛座的人外表闷骚，内心风骚。"

曾铖说："是这样吗？那也不错。你呢，内外是怎么个情况？"

李选笑而不答，继续前面的话题："他在电话里跟我没好气，我就挂电话。这就让他更来气了，简直是暴跳如雷，会一遍又一遍往家里打电话。我想这是何苦呢，越洋电话又不便宜，打过来就为了吵架，不是有病吗？有一次还是这种状况，他几乎要把家里电话打爆了，他母亲就让我接他电话。我接起电话，他劈面就给我一句：我操你妈！我一下就火了，回他一句：我操你妈！这下可好，他母亲在旁边听着呢，不干啦，问我，你操谁呐？"

曾铖大笑，问："这些话都是用韩语说的？"

李选说："汉语，在家他们都说汉语，要不我嘴也回不了这么快。"

曾铖举起杯，说："来，为汉语干一杯。"

两个人高兴地喝了一大口啤酒。曾铖喝酒上脸，眼见着脸已经很红了。他说："其实这都不是原则问题，中国夫妻也都这么对骂。"

李选说："我也觉得不是原则问题。也许跟个中国男人这么对骂，骂完也就完了，可当时我在一个世界上的人都死绝了的孤岛上，这么骂来骂去，就骂出问题了。我想有了孩子就会好点儿吧，没想到，儿子刚满月，我就抱着他回国了。"

曾铖凝视着她："刚满月？"

李选说："四十天。实在熬不下去了。其实当时嫁人，我有一个很重要的原因，就是想早点生个孩子。我妈身体很不好，常年有病，生我的时候都是费了九牛二虎之力才怀上，她本来还想再生一个，连名字都起好了，我叫李选，下一个孩子叫李择。但是这个愿望她没能实现。所以我妈非常想看到我的孩子。前些年我玩疯了，一直成不了家，等懂点儿事了，就想给我妈点儿安慰，哪怕是给她的在天之灵一点儿安慰……"

李选眼圈红了，让她感动的是，对面的曾铖抽着烟，好像眼睛也有些潮湿。

李选说："生孩子之前我就打算回国来生，但他们家不同意，说孩子生在中国，国籍问题又是麻烦事。我爸也说我，嫁出去的人，就听婆家的吧。我说我知道，在韩国生孩子，我肯定没人照顾。我爸说，谁让你嫁到外国去，忍吧！可那真是没法忍。生孩子的时候他在中国，我身边只有他母亲，他这个母亲挺不让人的，孩子一生下来，就跟我说，别以为生个孩子就是功臣了，哪个女人不会生啊？我压根就没那种想法，听了她这话心里真是委屈，感觉这下坏了，孤岛上来了个不讲理的。儿子的第一片尿布就是我洗的，她母亲倒是给我做饭，天天煮一锅白菜。我给儿子喂奶，乳房里有硬块，很疼，医生说得人来揉，要不会得乳疮，他母亲立刻声明，说坚决不会替我揉的，我只好自己来揉。就这样，洗着尿布，吃着煮白菜，听他在电话里跟我发脾气，自己揉着自己的乳房，我觉得在孤岛上待不下去了。我要抱着儿子回中国，把儿子抱到我妈的骨灰前……"

李选用纸巾揩泪水，突然有些茫然，心想自己怎么会跟曾铖说这么多呢，像一个祥林嫂。这些话她很少跟人说。此刻汹涌而来，是为了什么？也许，曾铖说的对：岁月本身就给了人无中生有的依据——大家小时候就认识，这一点突然变得非常有说服力。

曾铖默默不语。他一直在吸烟，李选这才观察到，他的烟瘾这么大。

李选说："不说我了，说说你吧。怎么跑到成都去了？"

曾铖说："大学毕业分那儿去了。本来想待段时间就离开，结果却娶妻生子，给留到那儿了。"

李选说："那现在为什么又鳏寡孤独了？"

曾铖似乎不大愿意说自己的事，他说："其实不幸的家庭也大多雷同吧，不就是尿布，白菜，乳疮这些令人伤感的玩意儿。"

李选也无语了，自己喝下去半杯啤酒，又替曾铖满上。一旦沉默下来，李选的心里就有些隐隐地不安。但是这种不安源自什么，她却一下子找不到根据。

曾铖开口了，问："他舍得不要自己的儿子？"

李选说："舍得，这个男人不大顾忌这些。"

曾铖说："哎，李选，不会这孩子不是人家的吧？"

李选说："讨厌！"

曾铖可能也觉得自己有些离谱，正色说："是不是他在外面有女人了？"

李选很有把握地说："不会。这点我确信。怎么说呢，他不是那种很会讨女人喜欢的男人，不像你。"

曾铖说："怎么跟我比？我也不会讨女人喜欢。不过我想，你们分开的这么坚决，也许就是因为彼此都太清白了。"

李选说："什么逻辑你？"

曾铖说："你看李选，人这种东西就是这么奇怪，彼此为对方不安，反而会成为纽带。你想一想，如果他在外面有女人，你会这么甘心跟他分手吗？"

李选想了一下那种状况，好像想象不出来，与此同时，她发觉了自己此刻不安的根源。李选想到了张立均。她拿起手机看了看，竟然已经快子夜了。之前她的手机一直放在餐桌上，她似乎一直在等待着什么。现在她知道了，自己是在等待那种"神秘短信"。李选有种预感，觉得今晚那种短信一定会再次出现。但是手机却一直安静着。

曾铖看到她看手机，也意识到时间不早了。他突然有些颓废，本来全神贯注的那张脸像是被什么力量篡改了，变得涣散而迟钝。他说："撤吧咱们。"

结账的时候李选坚持让她来，曾铖安静地默许了。两个人走到街上，雨雪依然在下，远处的霓虹透过雾气有种很哀愁的格调。他们置身的这条街道很冷清，但还是有些热闹的喧哗隐约传来。曾铖不知什么时候围了条围巾，把脖子裹得严严实实。从酒店出来的时候，李选好像没看到他围着围巾。两人站在路边等车，谁都不再说话，有种难言的落寞从李选的心头爬起。她嗅到曾铖的身上有股涩涩的气味。出租车很难打，过来过去，都载着客。这挺奇怪的，按理说这个点数不应该这样，可能和平安夜有关吧。李选说，往前走走吧，也许前面情况好些。曾铖默默地跟着她往前走。李选觉得有些冷，雨雪像纱一样蒙在脸上，让人有了彻骨的寒意。她说，怎么样曾铖，下次回来还找我吗？曾铖说，找，很快就春节了，春节前我就回来。李选说，祝你明天一路顺风，在北京过得愉快。曾铖说，好，谢谢你。两个人走出很远了，依然等不到空车。李选吸了口气，说，再等三辆，要是还坐不上，今晚就不回去了，陪你在酒店喝酒。曾铖说，好。结果紧接着就来了一辆空车。是曾铖先看到的，他很踊跃地跑了两步，在路当中替李选将车拦了下来。李选上了车，对曾铖说，拜拜。刚开出十几米，就遇到了红灯，车停了下来。李选回头张望，看到了这样一幕：曾铖背对着她，伸展双臂，以一种梦幻般的滑行姿态与她背道而驰。路面可能结冰了，曾铖在滑着走，有点儿游戏，有点儿孤单。他必然地趔趄了一下，继而又滑行起来。在这个瞬间，李选觉得心里痛楚，爱上了曾铖。

李选的家在西安城西三环以外了，在李选心里，这一路从来没有像今晚这样漫长。她一直握着手机，很想给曾铖打个电话。于是，当曾铖发来短信时，她的心一下子就跃动起来：到家给我个信儿。李选回：好。你好好休息，别抽太多烟，你烟抽太多了。曾铖回：好。李选回：今天开心吧？曾铖回：开心。但是又有些说不出的难受。李选回：怎么呢？我挺开心的，这么多年没见了。曾铖回：嗯，你开心就好。李选回：你也要开心点儿。

当这条短信进来的时候，李选下意识地以为还是来自曾铖的：回家没？她回道：还没到。回完之后，李选才醒悟过来，这条短信竟是张立均的号码。李选感到自己立刻窒息了。随后万籁俱寂，这个世界和她彻底失去了联系。无论是曾铖，还是张立均，或者是某个"她"，都集体沉默了。

到家后儿子还没睡，缩在被窝里眼巴巴地等着她。李选刚要训斥儿子几句，儿子却说："妈妈我想你，刚才我一想你，就闻一闻你的衣服。"

眼泪立刻汹涌而出，李选胸中所有的难过似乎都因为了儿子的这句话找到了正当的出口。

四

和李选一同去上海的还有公司的另一位副总，叫苏建亚，比李选年轻，三十岁出头，李选平时叫他小苏。到了上海，对方是家做建筑保温产品的公司，工厂在浦江镇。所谓培训，就是给李选他们讲解产品的性能、施工方式，并带着他们参观工厂。前后安排了一周的时间，李选觉得时间有点儿长了。每天用在培训上的时间顶多两三个小时，其余的时间基本上无事可做。浦江镇距离上海市区比较远，所以李选也懒得出去转转。

李选大部分时间待在酒店的房间里，百无聊赖，脑子里不免经常想着曾铖。和曾铖短暂地见了一面，李选觉得有些事情既好像开了个头，又好像结了个尾。让她萦绕于怀的，似乎不是两个人之间发生了什么，而是这一切正在发生的方式。李选给曾铖发短信，问他在北京是否愉快。曾铖回说还好，让李选感到他似乎怏怏的。李选告诉曾铖她在上海。曾铖说，要不，我再到上海转次机？李选发现，曾铖和她天各一方的时候口无遮拦，但见了面，反而不太信口开河。比如，当着面，他根本没再提"干脆凑一块儿过日子"这茬。两个人现在一个在北京，一个在上海，曾铖又恢复了他的腔调。他在短信里问李选，咱俩也算是见面了，非但鳏寡孤独，而且各自身无残疾，算是相了次亲，怎么样，能一块儿过不？身在异地，让李选的情绪少了些现实的约束，面对曾铖的这些话，就放任自己做了些非现实的憧憬。李选真的想象了一下，和曾铖"干脆凑一块儿过日子"，会是怎样的状况？在李选的想象中，曾铖这个男人具备一个好伴侣的指标，唯一的缺点是——他太多情了，像《北京爱情故事》里的那个男主角。而这唯一的缺点，就足以抹杀其他所有的指标。这么想着，李选又觉得自己有点儿傻，好像真的在挑选着丈夫一样。

第三天的晚上，李选忍不住给曾铖打了电话。接通后，手机里响起很嘈杂的音乐声。曾铖大声嚷嚷，大点儿声，李选你大点儿声！李选说，曾铖你干吗呢，这么吵。曾铖喊道，在酒吧里！李选不由自主也喊了起来，那你玩儿吧，没什么事！挂了手机，李选感到有些委屈，好像自己现在一个人寂寞地待在酒店里，而曾铖却在花天酒地，就是辜负了她。这不是荒唐嘛！李选在心里批评自己，承认说到底曾铖现在还是一个和她没有丝毫瓜葛的人。正准备冲澡，房间的电话响了起来，李选接听，原来是住在隔壁的小苏。小苏说，李姐你还没谁吧？李选说，没呢。小苏迟疑了一下，提议道，要不咱两下去喝点儿什么？李选想想就同意了，进卫生间补了补妆。

到了楼下，小苏已经等在大堂里了。小苏很挺拔地站在一棵盆栽的棕榈树旁，看到她，脸上露出殷勤的笑。这家酒店里有清吧，他们进去找了位置坐下。小苏征求了李选的意见，给她点了咖啡，自己则要了啤酒。小苏一边喝啤酒一边叹气，说，真的很无聊，李姐你也很闷吧？李选说，我还好，在家除了上班还得照顾儿子，现在只当休假了，倒是你们年轻人热闹惯了，一下子可能受不了冷清。小苏说，哈，李姐，别这么老气横秋的，你也很年轻呢！李选说，比起你我就不算年轻了。小苏说，我不这么觉得，真的，有时候我还觉得你比我小呢。李选笑道，小苏你是不是觉得女人都比你小啊？小苏正色说，绝对不是，我只觉得美女们都比我小，李姐你就是一个标准的美女。李选平时在公司里人缘不错，偶尔也和同事们开开玩笑，但小苏现在这样的表现，还是让她有些惊讶。难道，人一旦少了环境的约束，都会变得有点儿想入非非？李选说，那你喊我李姐干吗？小苏说，《红楼梦》里的贾宝玉，也是把所有美女都喊姐姐的，这个称呼和年龄没有关系，是爱称。李选差点儿笑出声，心想，完了完了，这个小苏失心疯了。李选建议道，要不小苏你明天玩儿去吧，我给咱守在这儿就行了。小苏叹息着说，那怎么行，你知道吗，就是因为这次你来上海，我才申请一起来的。李选说，真的吗，为什么？小苏更悠长地叹息了一声，是一切尽在不言中的意思。李选想，这个小苏如果知道她和张立均的关系，还会这么叹气吗？一想到张立均，李选的情绪就有些失控，下意识摸出手机翻弄着。小苏也不说话了，长吁短叹地喝着自己的啤酒，但是眼睛一直看着李选，眼神可以说是含情脉脉。李选被他看得不自在，借口去洗手间离开了一会儿。离开小苏的视线，李选站在一扇屏风后面深深地呼吸。旁边的窗子开着，夜晚潮湿的空气吹进来。一缕古筝和着笛子的丝竹声若隐若现，缓慢、婉转，断断续续地带着些回音。李选用手机再次打给曾铖。曾铖在嘈杂的音乐声中大叫，李选你别挂，我出去跟你说！李选能够听到曾铖脱离那个环境的过程，一度手机里的噪音又升高了，可能是曾铖跑过了喧哗的中心，紧接着的安静突如其来，好像世界陡然翻转了一周。

曾铖说："李选你还在听吗？"

李选说："在听。"

曾铖说："我想问问，想好几天了。那天分手后，我觉得有个问题一直挺困扰我的，可一时又想不清楚是什么问题，心里总不踏实，脑门都想破了，好像总有个疑问悬而未解。"

李选说："曾铖你喝多了吧，说话颠三倒四的。"

曾铖说："咦，我喝酒了你都知道？"

李选不作声。

曾铖说："喂，喂？李选你没挂吧？"

李选说："没。"

曾铖顿了顿，说："你等会儿，我得找棵树扶着点儿。"

过了半晌，曾铖一字一顿地说："就是在刚才，我突然想出来了，那就是——李选你干吗还随身带着那个韩国人的照片？"

李选怔住了。她没想到曾铖会问这个，而且更是被曾铖问得自己都有些吃惊。是啊，干吗还随身带着那个韩国人的照片？没道理的，只有李选自己清楚，对于那个男人，她的心已经死到什么程度了。李选回国后，那段婚姻又维持了三年，前夫在东北做生意，偶尔来一趟西安。其间有一次，前夫前脚刚走，李选就发现自己又怀孕了。她在电话里告诉了前夫，不料对方开口就说，不可能！这话可是真伤人。李选说怎么就不可能呢？前夫还是一口咬定，不可能！李选说，好，你奶奶的，不可能是吧？我把这孩子生下来，做完鉴定，咱就离婚！过了段日子，前夫打电话来，说，还是去做掉吧。结果当然还是把这个孩子做掉了，但不需要做什么鉴定了，李选仍然坚决地选择了离婚。

曾铖在手机里喊："喂，李选？"

李选说："听着呢！"

曾铖说："怎么不说话呢？"

李选说："说什么？我自己也不知道，正想着呢！"

曾铖说："不用想了，潜意识，这是潜意识。李选你潜意识里可能还在惦记那韩国男人。"

李选被他说得没了把握。难道，自己真的这么"潜意识"着？她说："就算是吧，曾铖这点儿事值得你想破脑门吗？"

曾铖像发表宣言，回答得掷地有声："当然值！我嫉妒了！"

李选说："真是喝多了你。少喝点儿！"

曾铖说："你别说我喝多了。"

李选说："好好好，你没喝多。我挂了啊，我同事还在等我呢。"

曾铖说："肯定是男同事。"

李选说："是。"

曾铖说："罗敷，你这个罗敷，伤着我了。"

李选叹口气，"唉，曾铖你真的太容易受伤了"，怅然挂断了手机。

走回座位，小苏依然还是一副含情脉脉的神情。李选说她困了，上楼休息吧。小苏顺从地跟在她后面，在电梯里依然通过镜子认真地看她。李选被他看得有些恼了，愠怒地说，小苏你眼睛直啦？孰料小苏很有风情地应道，嗯！李选无奈地摆摆手，出了电梯自顾往房间走。小苏的房间和她挨着，但却是过门而不入，一直尾随在她身后。李选开了房门，听小苏说了声"李姐晚安"，心里的石头才落了地。房门在身后关住，李选靠在门上，一瞬间竟是万念俱灰的滋味。

第二天观摩产品流水线的时候，小苏低声对李选说，李姐我昨晚上喝多了——其实是晚餐的时候就喝多了，你别生气。李选想起来了，昨天晚餐招待方的确是灌了小苏不少酒。穿着连体工装的工人在身边走来走去。李选莞尔一笑，说，生什么气，小苏你别多想。小苏如释重负地耸耸肩膀。好像是约好了似的，曾铖这时候也发来一条短信：李选昨晚上我喝多了，跟你瞎闹了吧？别介意。但是对于曾铖，李选却不想莞尔一笑。她本来没什么，被曾铖这么一提醒，反而感到有些气恼。闹什么闹啊，这些男人！李选在心里暗自发脾气——都把自己当"使君"啦？没接到李选的回复，傍晚的时候曾铖又发短信过来了。是一首诗：

> 亲爱的，把我的心也拿去洗一洗
>
> 它悬空太久，孤单，痛
>
> 积满水火未济的灰烬
>
> 你务必把它洗净
>
> 亲爱的，洗净后请把我的心
>
> 放在你的心上晾晒
>
> 晾晒时间不能少于后半生
>
> 也就是从晾晒之日至心跳静止
>
> 亲爱的，当你把我的心拿走
>
> 就像拿走一件自己的衣服
>
> 从心跳的加速中我听到了渴望
>
> 那种由圆到缺的声律启蒙
>
> 亲爱的，把心放在水火之中再从心启动
>
> 万物天生一颗爱美之心
>
> 我爱你是因为你符合我的审美
>
> 你爱我是因为命运的安排

这时候暮色四合，斜阳温煦地洒进酒店的房间里。曾铖伸展双臂，以一种梦幻般的滑行姿态背道而驰的样子浮现出来。李选觉得她似乎看见了——这个曾铖，的确悬空太久，孤单，痛……他都经历了些什么？李选对艺术不是很能理解，但是，即使以那种《北京爱情故事》的方式来感受曾铖，她也能够被这样的一个男人打动。

离开上海的前一天，李选和小苏结伴去了上海市区。小苏在上海有位读研时候的同学，一定要请他们吃顿饭。这位同学姓王，开车带着自己的妻子和女儿专门来浦江镇接他们。接受这样的款待，李选完全是出于礼貌。饭桌上，小苏和他的同学开怀畅饮，王同学的妻子很贤惠，说，既然是老同学，就放开喝好了，回去她来开车。王同学的女儿也是四岁，和李选的儿子一样大，李选挨着小女孩坐，一直逗孩子玩。两个男人喝得很热闹，李选注意到了，他们不时用眼睛心照不宣地看自己。

被送回浦江镇的时候，已经很晚了。大家在酒店外面告别，王同学醉醺醺地趴在车窗里叮咛李选，李总你照顾好小苏啊！拜托啦！小苏的确醉得不轻，李选不扶着他，他便要就地不起的架势。李选勉力支撑着，尽量保持微笑，向着车里摆了摆手。好不容易进到电梯里，小苏依着李选，傻呵呵地笑，说，李姐，我同学把你当我女朋友啦，还问我你比我小几岁呢！这话不像是假话，被人看得那么年轻，李选心里还是有点儿高兴的。但是小苏的这个状态，实在又让她感到讨厌。将小苏扶到房门前，李选从小苏口袋摸出了房卡，打开门把他弄进去。小苏跌进床上，趴着央求李选，李姐你别走，帮我弄口水，我渴死啦。李选皱着眉去冰箱里替他拿了罐可乐，刚递在他手里，就被他拽着不放了。李选甩手说，小苏松手，别闹了！小苏撑起身子，想要表达什么，手机却响了起来。于是小苏开始摸自己的口袋，摸来摸去，像捉一只唧啾着的麻雀似的，把自己的手机捉了出来。他看一下手机屏幕，笑嘻嘻地对李选说，老大，是老大。说着他炫耀地按下了手机的免提功能。

张立均的声音在房间里响起来："明天机票定好了吧？"

小苏直着舌头说："定好啦！"

张立均说："突然想起个事，明天走之前，你买份礼物给人家留下。"

小苏说："董事长放心，我也是懂事的，嘿嘿，这个我早想到了，已经办妥了……"

张立均声音沉下去："你喝多了？"

小苏说："和老同学喝了两杯，不多。"

张立均说："那早点儿睡吧，明天一早给我电话。"

小苏说："好，好的。李姐你帮我记着点儿——明早让我给董事长打电话。"

李选一直听着，此刻心里响亮地惊呼了一声。

张立均缓慢地问道："李总在你身边？"

小苏说："在，董事长你跟李姐说话不？"

小苏醉眼蒙眬地瞪着自己的手机，但是李选知道，张立均已经挂机了。

回到西安的第二天，小苏就被集团解雇了。李选站在自己办公室的窗前向下俯瞰，从十九层楼的高度望下去，小苏就像一只微不足道的蝼蚁。他上了自己的车，歪歪扭扭地开了十几米，突然冲上路面，像一头疯狂的野牛疾驰而去。李选抱着自己的肩膀，忍不住微微战栗。这个事实有力地释放出来的那个信号，令李选感到了震惊。她看到了，张立均能够这样不由分说地毁掉一个人的生活。正在歆歆，办公桌上的电话响了，张立均在电话里简短地说，下午过来喝茶。

中午李选没有下去吃饭，心思纷乱地躺在办公室的沙发里。张立均的态度让她没了主意。她从未像现在这样清楚地认识到——自己是张立均的附庸。她依靠他，于是他支配她。这一切是能够改变的吗？现在的李选，害怕重新变得心如死灰，大半年的好日子，反而让她变得软弱了。她觉得自己的人生经不起颠簸了。这时候她就想起了曾铖。想起了曾铖，好像立刻又有了选择。即使以最世俗的标准来衡量，如今的曾铖也是一个说得过去的男人。李选在网上搜过，曾铖的画儿，最高卖近百万。重要的是，李选认为自己已经爱上了曾铖。李选在手机上翻看着曾铖发来的那首诗，眼泪不禁夺眶而出。她由衷地觉得自己爱上曾铖，真的是命运的安排，于是急迫地给曾铖发短信，问他：曾铖，我真的符合你的审美吗？曾铖回复得很快，但她还是觉得太慢了。曾铖问：什么？她回：你发来的诗啊。曾铖回：诗？我发你诗了？她将那首诗发回给曾铖。曾铖半天回道：天啦！居然跟你演这出，喝多了喝多了，李选你不许笑话我！一瞬间李选的心就冷了。也许曾铖真的是喝多了才发来的这首诗，但这么长的句子，滴水不漏，显然不是一个喝多了的人能在手机上做到的。那么，这是别人发给曾铖的，曾铖不过是转发了一下……

可是李选却不怎么恨曾铖。这原本就只是一个将近三十年没见过面的小学同学——李选几乎是很平静地回到了常识里。尽管她心痛。她有些怜悯曾铖——这个男人，悬空太久，孤单，痛，真是太不靠谱了。

下午三点多钟李选去了尔雅茶舍。张立均早到了，蹲在一盆小叶栀子花前用喷壶给花喷水。李选坐在惯常的位置上，喝着惯常的祁红。张立均一边侍弄着盆景，一边问了几句她在上海学习的情况，对她说翻过年她就需要忙起来了，建筑保温材料这部分业务，集团要求她完全负起责任来。这本来是正常的工作部署，可李选却感到是生活正在向她索要应该支付的成本。李选应着声，过了一会儿，她装作不经意地问起了小苏被解雇的原因。张立均站起来，拍拍手，回到茶台前喝了口茶，说，我不喜欢公司同事之间姐姐弟弟地称呼。李选突然执拗起来，挑衅般地说，可是公司里比我小的人都叫我李姐。张立均不看她，说，那以后别让他们这么叫了，我是让你去做副总，不是让你去做李姐。在一家正规的企业里，这一套不合适。然后张立均补充道，你能想象吗，微软公司的人都把盖茨叫盖哥？这句话挺逗的，但是李选一点儿也笑不起来。又坐了一会儿，张立均起身说，走吧。

李选被张立均带到了附近的一家酒店。张立均去停车，李选一个人先进去了。张立均在车上把房卡交给了她。虽然只来过不多的几次，但李选已经是熟门熟路。这套客房常年供张立均一个人使用，里面多了些他的私人物品，茶海，拖鞋，几本商业人物的传记，还有几只陶罐。李选把门给张立均留着，自己进了卫生间。没有关闭的房门发出嘀嘀的警报声，李选置若罔闻，脱掉衣服，把脑后绾住的头发披散下来。打开淋浴，蓬头的热水堪称滂沱。李选面对着墙壁，让水花从头到脚地在自己身上奔流。张立均上来了，她听到房间的门被重重地关闭上。过了一会儿，张立均进了卫生间，从身后抱住了她。李选没有回头，用手捂着自己的脸，让水流漫漶进嘴里，再轻轻地吐出来。张立均一动不动，双臂从身后环抱在她的腹部。过了一会儿，李选让出位置，让张立均站在了水流中，自己裹起一条浴巾出去了。这条浴巾是紫色的，显然不是酒店的物品。但是李选不能确定，自己就是唯一使用它的女人。她站在房间的床边，用这条浴巾揉搓自己的头发。张立均的衣服搭在一把椅子上，写字台上扔着他的钥匙包，钱夹，还有手机。有双无形的手在操控着李选，让她向着那只手机走去。她一点儿也没有感到紧张，以一种梦游般的姿态翻看着这部手机里的内容。这样的一幕曾经出现在李选的想象中：卫生间里传来哗哗的水声，一个女人用两只手（是的，两只手）握着手机……她打开了手机短信的收件箱。里面的内容无比繁杂，像阳光下投射出的影子，它的主人永远摆脱不掉的那部分东西，都呈现了出来。商场的阴暗倾轧，情场的虚与委蛇。一切那么波诡云谲，一切又那么稀疏平常。李选迅速地浏览着，像是在检索张立均生活的底牌。终于，当她看到那几条内容时，仿佛如梦初醒，被自己的行为惊吓得几乎要失声尖叫。她像扔掉一条蛇似的扔下了这只手机，继而赤身蹲在地上，将头埋在膝盖上，紧紧地抱住自己的双腿。

正准备睡，已经上床了。你喝多了？

昨晚喝多了？

没呢，在跟同学聊天。

……

五

曾铖春节前回到了西安。这次他先联系了雷铎。雷铎打电话给李选，兴奋地说："李选，曾铖回来了，我俩现在在一块儿，晚上一起吃饭！"

李选说："今晚可能不行，集团今晚开年会。"

雷铎说："开什么年会，没劲！老同学见面比那重要多了。"

李选说："雷铎你站着说话不腰疼，你现在自己做神仙，我可是个凡人，人在屋檐下呢。"

这个年会是很重要，起码被张立均强调得很重要。张立均通知各个部门和分公司，说这是对过去一年的最后总结，也是对于未来的展望，没有充分理由，任何人不得迟到早退。

雷锋说："什么屋檐，大家都不是活在野地里的，我也活在屋檐下。"

李选说："你是活在四百多平米的屋檐下，或者是活在美国的屋檐下。"

雷锋从小就是学习尖子，一路被保送着读完了博士，其后成了国内最早涉足互联网的那部分人，在国外待了几年，如今住在西安，拿着美国绿卡声称自己已经提前退休了。

雷锋嘿嘿笑了一阵，说："你还是争取过来吧，能早点儿溜出来最好，我们等你。"

但是李选早不了。年会开始的时间在晚上七点，勉为其难，李选还报了个节目，她翻看制作好的节目单，自己的节目被安排在靠后的位置。李选想，要不自己就不过去了。她知道曾铖已经回来了，两人之间一直保持着短信联系——往往是曾铖在夜里发短信跟她说些比较煽情的话，第二天又懊悔地道歉，说他不记得了，一定是喝多了。渐渐地，在李选心中，曾铖都快成一个酒鬼的形象了。李选被他弄得有些无奈，也有了麻木感，好像也习惯了他的这种风格。但是李选并不反感曾铖，她承认，曾铖对她有种无法解释的吸引力，尽管也常常带给她某种无法抗拒的忧愁。

晚上的年会包在一家温泉山庄举行。集团的高层们围坐在张立均身边。本来李选不太适合跟他们坐在一起，她不过是子公司的一个副总，但是张立均示意她坐了过去。由于派发了年终奖金，上上下下都很高兴，上台表演节目的人都铆足了力气。气氛很热烈，好像一切真的是在蒸蒸日上。李选却心事惴惴。她不断地看手机，因为曾铖不断给她发短信：快来。你快来。快点儿李选。我们吃完了，在喝茶。雷锋也发短信催她，告诉她具体的地点。李选坐卧不宁的样子被张立均看在了眼里。他坐在她的右侧，不时回头不动声色地扫视一下。轮到李选上台的时候，已经快九点了。她唱了首《因为爱情》。当唱到"因为爱情怎么会有沧桑，所以我们还是年轻的模样"时，她不禁哽咽。她一只手握着麦克风，一只手攥着自己的手机。手机在轻微地震动，表明有新的短信进来。这一刻，李选像所有女人一样，在岁月面前百感交集。她的嗓音一般，但唱得如此动情，所以就博得了热烈的掌声。在掌声中，李选走下舞台，匆匆回到自己的座位，拿起自己的包，匆匆离去。掌声依然在持续，所有的人都在用目光追随着她。李选为自己的这种义无反顾感到骄傲。她想她做到了，她在心里问，曾铖，我听从了你的召唤，妈的你看到了吗？当她一走出年会的现场，不禁就像飞奔一样地跑了起来。

刚刚发动起车子，张立均的电话就打来了："你什么意思，大庭广众的！"

李选调整着自己的呼吸，说："董事长，我有自己的自由吧？"

张立均一时语塞，似乎也调整了一下呼吸："好吧，你好好的。"

他的口气令人费解，仿佛换了一个人。李选迷惘地开着车。她不明白，这个男人都是为什么。她从他的手机中看到了那些短信，而那些短信，张立均否认自己接到过。反过来说，深夜再三出现的那些"神秘短信"，也是张立均发的。他想要什么？为什么要如此捉弄人？他这是怎么了？李选觉得这一切太玄奥叵测，像是用什么柔韧的材质在她的周围织就了一道罗网，而她刚刚的率然离席，就带着一股破茧而出般的激情。

但是到了地方，一切却平淡得令人气馁。曾铖和雷铎倚在沙发里，看到李选，像是看到了一个茶楼的服务生。还有一个挺胖的女人坐在曾铖的旁边，李选一眼就认出了她是李兰。李兰很热情地过来拉起李选的手说，猜猜我是谁？李选也热情地说，李兰，你是李兰。于是当年的两个女生做出亲昵状。雷铎干涉道，李选你座我身边儿。李选说，为啥？雷铎分赃似的讲出他的道理：你看，咱们四个小学同学，上了初中就分道扬镳了，曾铖你跟李兰上了同一所中学，把你的人弄走；李选咱俩上了同一所中学，你是我的人。李选嗔道，谁是你的人？说着她看了眼曾铖。曾铖可能之前喝酒了，脸有些红，神情漠然。李选心里有些不快，忽然觉得自己手机短信里那些火热的召唤并不是出自这个人之手。

雷铎指着曾铖问李选："这人是谁？"

李选平静地说："是曾铖吧，还是老样子。"

曾铖说："李选你也还是老样子。"

雷铎揭发说："什么老样子，弄得跟铭记在心似的，曾铖你不是说记不清李选长什么样了吗？"

曾铖说："现在一见就记起来了，这人刻在我心里。"

李选有些紧张，觉得曾铖还是木然一些好。她怕他继续说出什么离谱的话。李选坐在了雷锋的身边，问道："你们喝酒了？"

雷锋说："我没喝，他俩喝的，而且基本上算是李兰喝的。曾铖喝得还没李兰多。"

这时候服务生进来问李选喝什么茶，李选随口报出了"祁红"。

大家开始说起一些童年往事，继而说起各自的现状。雷锋说他不喝酒，是因为有"造人"的重任在身，年近不惑，他现在迫切地想要孩子了。李兰避而不谈自己的家庭，说了阵自己买房子的事。雷锋对西安的地产界很熟悉，给了她一些建议。当雷锋把话题引向李选时，李选叫道，雷锋你别那么嘴快，我的事儿对外保密。这时候曾铖开口说，那李选你把我们当外人了。李选说，也不是，是那些事儿鸡毛蒜皮，无足轻重。曾铖低头像是自言自语了一句：真的是无足轻重吗？说完他就不吭声了，又点着一根烟。他抽烟抽得太凶，几乎没有间隔。李选看到他身边的李兰很自然地把这根烟从他嘴上摘下来，在烟缸里摁灭了。接着又说了说其他同学的现状，一边说，一边各自联络能够联络上的。渐渐有了共识，大家找时间正式聚会一次，地点就定在雷锋家——雷锋家宽敞，楼上楼下有四百多平米。整个气氛有些小小的激动，又有些隐约的索然。

坐到快十二点，四个人从茶楼里出来，雷锋拉着曾铖去找人打牌，李选说她送李兰，李兰却说自己家就在附近，过了街就是。这家茶楼在一条仿古街里，车子不让开进来，他们一起往巷子外走，雷锋和曾铖走在前面，李选和李兰走在后面。两个男人在前面勾肩搭背的，两个女人并肩走着，却都感到无话可说。李选看着曾铖的背影，内心似乎突然有所期待。真的是很神奇，当这种期待的念头刚刚生出，李选就看到前面的曾铖甩开了雷锋的胳膊，伸展双臂，沿着路面薄薄的积冰，以一种梦幻般的姿态滑行起来。李选自己都没有觉察地笑了，有种欣慰之感。身边的李兰轻声说，这个曾铖，永远是个没长大的孩子。李选注意打量一下李兰，路灯下李兰的影子都显得沉甸甸的。李选想起了曾铖说过的话：曾经那么轻的一个女生，被岁月弄成了这么重，难道不令人心碎吗？而且，这种分量的改变是跟我们同步的，由此及彼，我们就看到了我们的不堪……

可不是吗？

李选的车刚开到自家楼下，曾铖的电话打过来了。

曾铖说："李选你不高兴了吧？"

李选熄了火，坐在黑暗的车里不言不语。她是感到不愉快，但还没有到生气的程度。她赶去见了这几个人，性质上都有些义无反顾的意思，结果去了之后，曾铖却完全是一副视而不见的态度。对此，她也难以指责什么，因为她难以想象，如果曾铖不冷漠，又会是怎样的局面。毕竟，大家都是这样的年纪了，已经羞于当着别人的面再去炽热地表演。

李选说："嗯，不高兴。李兰挺高兴的吧？"

曾铖说："她高兴什么？"

李选说："又见着你了呗。"

曾铖说："那你也是又见着我了。"

李选说："我不一样，我又不会把你嘴上的烟拿走。"

说完这话李选有些后悔，问道："雷铎不是拉你打牌去了吗？"

曾铖说："我没去，没心思。"

又说："我的心思全在你那儿。"

李选说："在我这儿怎么见了又不理我？"

曾铖沉默了一会儿说："李选我想你，我就是想看看你。"

他的语气让李选想到了自己的儿子。李选觉得曾铖说的这句话，就像她儿子的那种语气——妈妈我想你，刚才我一想你，就闻一闻你的衣服。李选的心柔软了。她打开拉手箱摸出一包烟，给自己点着了一根。李选平时不抽烟，只在心情特别不好的时候才抽一根。

李选闭着眼睛说："曾铖我问你个事儿。"

曾铖说："嗯。"

李选尽量让自己的声音不显得那么愚蠢，她说："我有个女朋友，在一家公司做事，她的老板对她不错，两个人也上过床——但并不牵涉感情。后来这个老板突然经常在夜里给她发短信，但又否认是他发的。他这么做，是为什么？"

曾铖好像也点了根烟，李选似乎可以嗅到烟雾从他那里弥散而来。

曾铖说："我想，这个男人是为了得到她吧。"

李选说："可他已经得到了。"

曾铖说："我们说的不是同一个概念。他想得到她的情感，你说了——

这两个人不牵涉情感。"

李选说："通过这种方式，他就会得到她的情感了？"

曾铖说："有可能的。这是邪恶的游戏。那个女人因此会臆想，会揣测，甚至因为臆想和揣测而嫉妒，会生出怪异的热情，变得跃跃欲试，因为她会被谜面所吸引。"

李选深吸口气，被烟呛得轻微咳嗽了一下。"那么，得到了她的情感，他又能如何呢？他绝对没有让她做妻子的愿望——她也从来没这样指望过。"

曾铖说："但他会有满足感。这种满足感，远远大于肉体给予人的满足。"

李选说："仅仅为了自己的满足，就玩弄出这样的花招？这么做，不可耻吗？"

曾铖沉吟着说："我觉得这个男人可以被原谅，他可能也很孤独。"

李选有种空洞的愤怒："凭什么原谅他，他这是在捉弄人！"

曾铖说："那个女人一定很漂亮——而万物天生一颗爱美之心。"

李选觉得一下子无力了，嗫嚅着问："难道一个女人漂亮了，就应当被这样捉弄？"

曾铖说："从某种意义上讲，这就是一个漂亮女人的宿命。你是一个罗敷，就要面对纷至沓来的使君，你让人踟蹰，自己也要踟蹰。"

李选虚弱地自辩："不是我，你别往我身上扯……"

曾铖不作声，过了很久，他说："李选我想看到你。"

李选说："你在哪儿？没回家吗？"

曾铖说："就在家门口。"

曾铖没有像李选想象的那样站在深夜的街头。他父母家的对面有一家不大的酒吧，李选到了的时候，曾铖已经喝掉了半打啤酒。太晚了，酒吧里很冷清，除了曾铖，只有一对看不清男女的客人坐在暗处的角落里。曾铖没有脱外套，给李选的感觉就是"悬空"着的。那样子，就好像他跟摆在他面前的那些啤酒瓶，那些蒙上水汽的玻璃窗、挂在墙上的轮胎、海报、爆米花机等等，完全没有一点儿关系。李选在曾铖身边坐下，曾铖的手揽一下她的肩膀，她就依偎在了曾铖的肩头。李选说，你看上去不大好。曾铖说，是。又说，你好像也不见得比我好到哪儿去。李选的眼眶中噙满了泪水。她说，曾铖，我苦。曾铖说，我知道。李选说，你不知道。曾铖说，我知道，你都告诉我了，尿布，白菜，乳疮……李选拼命地摇头，说，不是这些，不仅仅是这些，能说出来的，其实都不是真的苦。曾铖说，嗯，我知道，所以我不对你说我的事儿。李选抚摸着曾铖的脸，他的脸很烫。如此贴近地看，他的脸似乎完全变得陌生了，显得多么疲惫和衰老。李选说，你不说我也知道。

曾铖说："大家都是从苦里熬出来的，像熬成了药渣的中药。"

李选说："差不多。我三十多岁才嫁人，就是因为之前……"

曾铖说："李选你不要说，我不想听，听了只能让我不安。"

两个小学时候的同学在这一刻像一对多年的挚友枯坐在浩大的岁月面前。这也许就是他们邂逅的全部意义和价值。他们喝着酒。李选的手机不时发出震动。起初她还看一眼，后来就不看了。她向曾铖问起了那首诗，问他真是酒后发来的吗？曾铖避而不答，说那首诗其实挺庸俗的，却有一句打动人心——万物天生一颗爱美之心。他说这是以一当百的借口，也是以一当百的理由。李选上了趟洗手间，她有种很强烈的错觉，那就是回来后她就看不到曾铖还坐在那儿了。

后来李选问："曾铖你也是那样的男人吗？"

曾铖说："哪样？"

李选说："为了满足什么就去捉弄女人。"

曾铖说："其实，当男人捉弄女人的时候也是在捉弄着自己。"

李选说："曾铖你还相信爱情吗？"

曾铖说："我对你说过，我不信了，但我要求自己必须还得一次一次地去信，没有了这种相信，我们会活得更加糟糕。还能试图去爱，会让我们显得比较像一根还有被煎熬价值的药材，而不是已经成了可以废弃的药渣。"

李选说："但是我不信了。"

曾铖说："李选你依然渴望爱。"

李选说："也许是。但是过了今夜，从明天起，我就不再允许自己渴望。从明天起，我要做一个废弃的药渣，要告别那些让自己神魂颠倒的煎熬，简简单单地，哪怕是麻木地生活。"

她把此刻与曾铖的会面也当成了一个年会，用以总结过去和展望未来。

曾铖一只手支着头，闭着眼，表示一种沉默的赞同。他说："好吧李选。不过人在渴望着什么的时候，一般会尽量让自己显得瑕疵少一些，尽量让自己显得不那么恶心……"

李选突然失声哭泣。她抽噎着说："可是妈的人就是挺恶心的。"

曾铖并不安慰她，默默地喝着酒。

李选说："曾铖你得逞了，我对你动情了。可我知道，你从没想过和我实质性地去相爱。"

一辆车从窗外驶过，车灯无声地从曾铖的脸上扫过。他捂着自己的脸，呻吟一般地说："可是李选我觉得我爱上你了。"

李选说："使君站在罗敷面前的时候，也会觉得爱上了这个女人。"

曾铖说："分不清了，我已经分不清这些爱与爱之间的区别……"

李选呆呆地说："男人真可怕。"

服务生过来委婉地提醒他们该打烊了。两个人几乎是同时无言地站起来。外面很冷，不知道什么时候下起了雪，街面上一片银白，人行道上的积雪踩上去让脚底有种轻微被吮吸的感觉。开车门的时候，曾铖抢先坐进了驾驶位。他说，他不能允许自己和一个女人坐在车里时，是由女人来开车的。李选说，可是你喝多了。曾铖说，你不也喝多了吗？李选站在车外，一时间，脑海里浮现出这样的画面：曾铖驾车而去，将她一个人扔在了深夜雨雪交加的街头。这幅画面很逼真，但的确没什么意义。曾铖的胳膊从车窗伸出来，打着催促的手势。李选摇摇头，绕过车头上了车。车子启动起来，感觉像是滑行在冰面上。李选想起了曾铖在夜晚的大街上滑着走的样子。李选说，曾铖你永远是个没长大的孩子。雨刮器摆幅稳定地在眼前刮过来，刮过去。他们没有目的地。但仿佛都对要去的地方了然于胸。那也许就是李选所决定的去处——过了今夜，就是药渣的人生。他们为了告别而向前驱动着车轮。

李选说："曾铖你身上有股味儿。"

曾铖说："酒味儿吧，还是烟味儿？"

李选说："都不是。"

曾铖使劲嗅了嗅，说："那可能是松节油的味儿。"

李选说："画画用的吗？好闻。"

车子在这一刻飞快地闯过了一个红灯。车身震荡了一下，有一声闷响。直到驶出几十米后，两个人几乎同时低叫了一声。车子刹住了，曾铖脸色煞白地看向李选。刚刚他的脸上还是通红的。

当他们下车跑向那个倒在远处的一团红色时，李选再次看到了曾铖跟跄滑行的样子。

那的确是一个穿着红色羽绒衣的女人，蜷缩在雪地上，感觉很厚实。曾铖蹲下去看了一眼，有两三秒钟的时间，李选以为他要去抱这个人。但是曾铖又迅速地站了起来，眼睛直视着她。李选在那一刻，看到的是他的脖子上又一次神奇地裹着条凭空而来的围巾。

在这之前和在这之后，李选都不会想到自己生命中居然会有如此镇静的时刻。她捧起了曾铖的脸，踮起脚尖，深深地吻他。她想让他永远记得，她的嘴唇竟那么柔软，让他在这一刻，再次感受女性的嘴唇会那么柔软，给他预示出所有女性的嘴唇，再次对他启蒙，无以复加，让他其后亲吻着的女人的嘴唇，也就只是嘴唇了……

李选推开曾铖，说："走！"

曾铖呆呆地站着。

李选说："你快走！"

曾铖望着她。

李选说："酒驾，闯红灯，你找死啊！"

曾铖怔忪地说："你也喝酒了……"

李选说："我喝得比你少。"

这当然不是理由。

曾铖呼出大团的雾气。世界被消了音。飘着雪的夜晚弥散着的是一种奔涌的寂静。

李选开始用手机报警。

曾铖歪着头说："李选，你确定？"

李选觉得自己的眼睛都冒出火来了，这一刻她觉得眼前这个人比眼前这件事更可怕。她冲着他声嘶力竭地喊："走！你走！"

曾铖转身走了。走出几步，他伸展开了双臂。

六

曾铖电话打进来的时候，李选在医院里守着昏迷不醒的受害人。这是一个看上去不到二十岁的姑娘，身上找不到任何可以查明身份的线索，没有证件，没有票据，没有手机，仿佛从天而降。她随身只带了一只洗漱包，里面装着甘油，避孕套，湿巾。警方推断这是一名深夜谋生的"失足妇女"。——这个指称让李选觉得极不准确，她觉得这只是一个女孩，绝对不是妇女。同时，"失足"也让李选觉得，好像是这个女孩一不留神，自己跌进了这起事故当中。按理现在李选应当待在拘留所里。但她当天夜里报警之后，紧跟着拨通了张立均的手机。一切都由张立均去处理了，张立均以他一米八的身姿站在现实的逻辑里，堪可处理这桩极具现实感的事件。李选只需要守在医院。受害人的安危将决定这件事情的性质。这个"失足妇女"被送进医院做了开颅手术后，已经昏迷了三天。其间雷锋给李选打电话，问她曾铖出什么事儿了——怎么春节也不陪父母过了，一个人跑到了海口？李选说，他去海口了吗？我怎么知道他出什么事了？雷锋说，李选你别瞒我，我看得出来，你跟曾铖有事儿。李选说，雷锋你别瞎猜，我真的不知道他的事。

曾铖在电话里问李选："李选你还好吗？"

李选说："还好。"

说着，她看了一眼坐在病房里的张立均。张立均是刚过来的，这几天他天天会到医院来看看情况。张立均好像等候着她的目光，他面无表情却又显得饶有兴味地看着她，就像是一个医生看着一个病人，一个法官看着一个证人，一个主人看着一个客人。

曾铖问："伤者的情况呢？"

李选说："还昏迷着。"

曾铖说："你告诉我卡号，我打钱给你……这种事，少不了用钱的……"

将这件事情落实在"钱"上，似乎令曾铖痛苦，听得出，在他那种听起来漫不经心的声音背后，伴随着不断地深呼吸。

李选说："不用。"

曾铖最后说："你看李选，现在我成一个肇事逃逸的人了。我知道，李选，你不愿让人知道有我这样一个家伙存在——那天夜里，你的眼神告诉我了。那一刻，我感到你将我当成了一个对你有着极大妨碍的敌人。可是我真的想问问你，既然是这样，李选，为什么你还会那么深沉地吻我？"

李选认为自己听到了貌似啜泣的声音。她在内心不遗余力地告诫着自己，冷静，麻木，做一个简单安宁的药渣，那天夜里，你已经与所有的踟蹰做了告别！

李选挂断了手机，向张立均轻松地侧下头，说："一个老同学，知道我出事儿了，问我需不需要钱。"

说完，尽管竭力不去那么想，但是李选依旧觉得自己陡然平添了一些底气，仿佛成功地在一场竞赛中领先了什么。

张立均揉一下鼻子，不置可否。

这时候病床上昏迷已久的人用一种指控的语气发出了呓语般的呻吟："我看见了，一个男人，一个男人，一个男人……"

须臾间，李选仿佛看到"一个男人，一个男人，一个男人"，络绎不绝，以一种四列纵队般的规模向她走来。他们既像是在被她检阅，又像是检阅着她。

金枝夫人

因为我们成了一台戏，给世人和天使观看。

——《圣经·哥林多前书》

第一幕

我有个哥们，平时不大爱说话，但一开口，就有些让人忍俊不禁。譬如，形容阴天，他会说阴霾，形容晴天，他会说万里无云。这看起来好像没什么稀奇，但是，我说"形容"，只是个笼统的说法，其实不如说是"瞎聊"。这就好玩了，想一想，一个正随口和你打着招呼的人，一张口，就带着股舞台味儿和戏剧感，你是不是会有点儿傻眼呢？你也许会认为，我的这位哥们可能有些迂腐，文人嘛，就爱酸文假醋。不是这样的，这哥们其实挺朴素——他是我们小区的保安。有一回，我拉着他喝小酒，喝到差不多的时候，他跟我来了一句："不管你是谁，在你身体里，总有那么一部分，渴望自己是另外一个人。"我的确是有些震惊，当时的酒意，也恰好有助于我领会这句话的真谛。我定定神，琢磨了一下，突然就冒出了一声咏叹调般的叹息：啊！这一声"啊"可不简单，完全是舞台上的发声方式，是那种高屋建瓴的声音。我觉得我是从内心最深处释放的这声叹息，虽然带着股酒味儿，但在那一个瞬间，我的确成了"另外一个人"。这声共鸣很好的叹息，让我顿感疲惫，甚至还有些痛苦，但就像打了个酒嗝一样，其后又让我通体舒坦。

另外一个人，戏剧感，舞台化，不借助点儿酒意，是挺难把这些东西糅合在一块儿的。但我喝得差不多了，所以，我就有些理解我的这位哥们了，从此把他视作是让我感到敬畏的少数人之一。

在这一点上，金枝是有些心得的。读大学时，金枝参加过学校的话剧团，《麦克白》，金枝饰演女主角，麦克白夫人。当然，相对于那位著名的舞台人物，当时的金枝，完全称得上是一张白纸。在见到唐树科之前，二十岁的金枝连恋爱都没有谈过（即使对于一个小县城长大的姑娘，这都是很少见的了。不是吗？文学作品早就教导我们，好像越是蛮荒之地，少女们的情窦越是萌动得剧烈一些）。但这不妨碍金枝在舞台上获得成功。淋漓尽致的表演，当年为金枝赢得了"金枝夫人"的称谓，同学们这样叫金枝，就连有些不太严肃的老师，也这样叫金枝。这说明，人类的确是有些微妙的共通点，一个十六世纪的苏格兰贵妇，在本质上，能被一个当代中国小县城里的姑娘所把握。

说到戏剧性，在我们的生活中并不鲜见，我们缺乏的，只是大师们那样宏观的提炼与概括。金枝和唐树科的恋情便可佐证：

——校门口那排公用电话前人满为患，焦急的金枝在每个人背后乱转。金枝急需打一个电话给家里，父亲托人给她带话说，母亲煤气中毒，被送进了医院。可是每一部电话的使用者都仿佛有着说不完的话，根本没有放下电话的意思。好不容易有人挂断了，金枝却恰好转到了另一头。当金枝飞奔过去时，另一只手已经拿起了话筒。这是一个又瘦又硬的家伙。他的瘦一目了然，而他的硬，体现在他的眼睛上——这个家伙不用正眼看人，目光斜斜地觑向天边。金枝认为这就是感觉了。本来，在一个小县城长大的金枝，感觉并没有这样灵敏，但是如今金枝读了中文系，并且在学校的舞台上饰演过了麦克白夫人，用悲伤的语调大声朗诵过："我们的行为本来是光明坦白的，可是我们的疑虑却使我们成为叛徒"，所以，感觉已经被熏陶出来了。

唐树科的身材挺标准，稍微有点儿佝，面孔算不上英俊，但很好看地有着一股孩子气。有的成年人长着一张孩子脸显得古怪，而有的却非常自然，让人觉得标致。在金枝眼里，唐树科的脸就属于后者。尤其是他的那双眼睛，旁枝斜逸，于是就给同样来自小县城的这位男青年平添了一份难得的傲慢。后来金枝知道了，唐树科的这番派头，完全是源自一个无可奈何的生理缺陷——他天生有些斜视。但这已经无法推翻金枝的感觉了。金枝觉得，对于他们这样来自小县城的青年，斜视反而是一种必要的气质，仿佛尊严会由此提升，与其那样司空见惯地低眉顺眼，倒真不如这样对着世界摆出一副目空一切的样子。

他们在一部紧俏的电话前遭遇，唐树科眼望天边，把电话递给了金枝。金枝被唐树科打动了。他的瘦和硬，他令人喜欢的孩子脸，他斜向一边的视野以及友好的举动，让金枝在一瞬间爱意萌生。金枝一下子变得心猿意马，拨通家里电话后都只是匆忙地询问了几句，在得知母亲已经没有什么危险后，就飞快地挂断了电话。追出几百米，金枝在一个书报亭前堵住了唐树科。

这就是他们的开始，依靠青春的直觉和勇气，依靠着《麦克白》所滋养出的态度，金枝夫人撞开了爱情的门。原来唐树科是物理系的，他们分别在两个不同的学区上学，如果不是盯上了同一部电话，也许他们一辈子都没有对视的机会。

他们相爱了，热乎乎地抱在一起接吻，粗重地喘息着探索对方的身体。

这个时候，即使在那样一个地级师范院校，也已经有很多学生恋爱后纷纷搬出校门，在校外租房子同居在一起。金枝和唐树科也租了一间小平房，把自己的行李和爱情安顿进去。但他们的同居却是有名无实的。这的确又是一件挺有戏剧感的事。他们在自己的小天地里舒展着年轻的身体，完全赤裸着拥抱在一起，彼此之间毫无秘密。他们相互抚摸与撩拨，唐树科非常敏感，一个湿乎乎的吻就能让他坚硬。但每每到了情难自禁的关头，唐树科都会坚决地控制住自己，当然，有时还需要控制住金枝，来个急刹车，让两个正风驰电掣着的身体一阵趔趄。唐树科艰难地说："不！"他让自己的欲望熄火，有个不错的理由：这件事，他认为应当是新婚之夜的保留节目，届时，才能隆重推出。天哪天哪！这多么让人感动！完全是舞台化的效果，让金枝几乎要像麦克白夫人那样脱口感叹："我却为你的天性忧虑，你那太多的慈悲心肠使你不敢采取最近的捷径。"

金枝觉得自己是遇到了一个天使，或者一个舞台上演对手戏的搭档，这个天使一样的搭档，对她的爱，可以战胜肉体上的那些事儿。两个年轻人兴味盎然地研究对方的身体，花样百出，心旌摇曳，又在身体爆裂的时刻呻吟着停顿，使之前的一切都在一种华丽的戏剧感中休止，没有虚空，不感到颓废，总是把那股子劲儿蓄积在身体里。

这样的同居让金枝产生出自豪感，觉得自己与众不同，纯洁，干净，活在一份正当性很充分的美中，清清白白地爱着。这爱奇特，是一个灵异的秘密，给了金枝夫人一种光荣的底气，身体都骄傲起来，趾高气扬，走在校园里都是昂首挺胸的，宛如迈着舞台之上的步履，内心那种源自"小县城"的天然的卑怯也大为减弱。

有一天早晨，金枝醒来时发现唐树科鬼鬼祟祟地擦拭着自己。金枝问他怎么了呢？他的脸一下子涨得通红，紧接着，金枝也恍然大悟了。作为一名大学生，这点儿生理常识金枝还是具备的。眼下，这个常识让金枝大为感动，年轻的身体在清晨一瞬间湿润。金枝紧抱住唐树科说："要了我吧，今天我就是你的新娘。"唐树科的喘息一声比一声粗重，哼哧哼哧地和自己做着斗争。最终，他还是用两只手扳住金枝赤裸的肩膀，喉咙冒烟地说："金枝，看着我的眼睛。"

"看着我的眼睛"，这句话是唐树科的专利，就好像胎痣一样长在他身上。唐树科在每一个自认为严峻的时刻，都会用手扳住金枝的肩膀，脸对着金枝的脸，提纲挈领，用"看着我的眼睛"这句话，作为诉说的开始。当然，即使是与人对视，天然的眼疾也总是令唐树科的眼睛朝向天边，就是一个目中无人的效果，但是在他"看着我的眼睛"的强调之下，这双斜视的眼睛就有了夺人的力量，使人迅速地被它裹挟而去，仿佛是带离了大地，飘向了天空。

金枝看着唐树科那双旁若无人的眼睛，听他毫不含糊地说："我们不能够做任何有可能损坏我们爱情的事，要知道有多少爱情是被身体损坏的吗？金枝夫人我们不能冒这个险。"

这样的措辞，以及措辞的音韵和腔调，本身就足以打动金枝，而且这份情绪对他们也实在有效——时代浩荡啊，一对儿小县城出来的恋人，需要如此的高蹈以资翱翔。

金枝大学读的是一所地级师范院校。在我们国家的行政区分中，地级是介于省级和县级之间的那么一个行政区域，包括地区、自治州、行政区和盟。金枝和唐树科，都是县城长大的孩子，就是说，他们是这个国家处在金字塔最底端的那部分城里人。当年他们考上地级的师范院校，差强人意，也算是在这个敦实的金字塔上，迈上了一级台阶。

毕业后，他们继续攀登，来到兰城。人往高处走，这也没什么好说的。这样的攀登，我们已经习以为常了，好像也不值得大书特书。其实金枝自己，也并没有觉得自己是在经历着什么波澜壮阔的事。人在二十多岁的时候，世界给予人的历练几乎都有点儿按部就班的意思，太阳之下无新事，这同样也没什么好说的。要说传奇，早就被历代大师们弄到了舞台上。经过浓缩，经过夸张，我们的那点儿攀登史，都被矫揉造作地提炼概括在里面了。所以有个捷径，我们要事半功倍地体验人生况味，最直接的办法，就是去参考戏剧。舞台上演绎出来的人生，总是有些夸大其实，用的那股劲儿，就是"矫枉过正"。但你要知道，当我们打量这个世界的时候，天然是有些愚蠢的，那么，针对我们的愚蠢，矫枉，就必须过正了——不如此，不足以使我们受到教育。而且，戏剧感这种东西，实在叵测得很，有时候颇能蛊惑人心，要是你在悲伤的时候，依旧能像在舞台上一般地慷慨陈词，如我那位保安哥们所言，成为"另外一个人"，那么悲伤一定就会大大地打个折扣。说什么不要紧，要紧的是说的方式，如果我们总是能以一种戏剧的铿锵来面对生活，对着所有的不堪雄辩滔滔，是不是就会获得某种超然的安慰？

舅舅在兰城的一所私立学校为金枝找了份工作。金枝还记得，一下火车自己头上的帽子就被风吹跑了。唐树科撂下行李去给金枝追帽子，一直追出十几米才把它抓住。旁边的几个民工哈哈大笑。那时候金枝和唐树科都很乐观，警惕性不像后来那么高，他们也跟着笑，觉得这个城市真有趣，风居然会把人的帽子吹跑。可是这种乐观的态度很快就像金枝的帽子一样，被兰城的风给吹跑了。

他们在一个叫"砂坪"的地方租了套一居室的房子。他们把它称为"窝"。"砂坪"这样的地名，不太像是一个兰城的地名，像是他们县城里一个耳熟能详的地方，听起来倒有种亲切感。他们在砂坪的"窝"里一住就是四年。这样算是不错的了，要知道，有多少像他们这样的外来者，在一座新的城市攀爬时，总是难免居无定所，颠沛流离。

四年来，金枝对兰城整体的认识，几乎就是"砂坪"这个概念。金枝更觉得自己是来了"砂坪"，而不是那山高水阔的兰城。他们把自己租住的房子叫做"窝"，最初这是爱巢的昵称，可渐渐地，它越来越贴近了"窝"的本意。它真的是个"窝"，只能够容得下一对恋人蜷缩在里面，粉刷一新的墙壁也渐渐布满了可疑的划痕和污迹——有一只鞋印落在墙上，高度让人大惑不解，金枝和唐树科谁也想不起，是在怎样的状况下，他们会让一只鞋飞到了墙上。

初到兰城，唐树科情绪高涨地找了两个月的工作，最后终于在一家贸易公司落下了脚。可是只干了一周，就喉咙起伏着回来了。具体原因金枝到现在也不清楚，只是明白唐树科一定是受了莫大的委屈，以至于坚决不肯再靠着报纸上的招聘广告找工作了。这也的确是难为唐树科，他学的是物理，兰城不可能是他的一间实验室，而离开他的专业，他又能做什么呢？唐树科不善交际，有时候甚至有些虚张声势，他其实对自己的眼疾挺在乎的，很难和他不喜欢的人相处。可是，兰城又有几个人会喜欢他唐树科呢？最后还是舅舅收留了唐树科，安排进了自己的广告公司。这样才算初步稳定下来。但是，稳定住的，也只是艰苦的生活。两个年轻人刚刚开始驾驭自己的日子，却一下子被抛到了一个完全陌生的城市里，他们得在这里练习生活，练习爱，练习方方面面的承担。这比金枝在学校时排练一场十六世纪的异国戏剧难多了。好的心态非常迅速地被瓦解掉，两个人再也不觉得兰城有趣了。

开始的时候，两个年轻人还都暗自克制着自己，总想让对方觉得"前途是光明的"，又要掩盖住"道路是曲折的"。他们躺在床上手握着手发誓说，等到攒够一定的钱，就在兰城买幢房子结婚。毫无疑问，谁也没有去确定这"一定的钱"究竟是多少。他们岂敢去计算，小心地回避着某一个吓人的数字。后来这种温暖的谨慎也慢慢地消失掉。他们开始吵架了。是从哪天开始的，是为了什么，现在都记不清楚了，只是记得有几次吵得特别的凶，都发展到互相侮辱的地步。其实真的是没有具体的原因，都是些模糊的情绪成了导火索。

有一次金枝买了双鞋子，回去试穿时说了句"我们同事都说这鞋漂亮"，唐树科的脸就冻住了，一直不理金枝。到了晚上，唐树科陡地用手扳住金枝的肩膀，说："金枝，看着我的眼睛，你告诉我，你真的就那么在乎别人的看法吗？"这事来得蹊跷，金枝一下子没弄明白，等回过神，才和几小时前的那句话联系在一起。金枝委屈死了，她一个人又想了几个小时，想自从来到兰城，自己只买过这一双鞋子，想他们从来没有比较正式地在外面吃过一顿饭（唐树科倒是带她上过一次酒吧，不过那也是路边一个自称是酒吧的破棚子），想自己推掉学校组织的所有活动，只是怕唐树科一个人在家里寂寞……而唐树科，现在让她看着他的眼睛。这样金枝就在深夜尖叫了起来，直挺挺地从床上一跃而起。

金枝冲着身边熟睡的唐树科大喊："是的！我在乎别人的看法！和你在一起我感到羞耻！"

这么一喊，金枝内心与世界之间的通道就洞开了，通风良好，块垒顿消。就像是自己也万般错愕一样，金枝瞪圆了眼睛，原来是这样呀，无论悲喜，只要陷身在一种戏剧化的氛围里，只要能像站在舞台上表演一般的激越诉说，自己就有种解脱与释放的滋味了。

唐树科被人从梦中吼醒，劈面听到的又是这么一句杀伤力极强的话，端的是有一种心胆俱裂的滋味。他喉咙夸张地起伏着，既像是在吞口水，又像是在吞苦水。然后他起来穿上衣服就走了，第二天的清晨才回来，敲开门后一把抱住金枝放声大哭。金枝也是一夜没睡，被唐树科这样一搞，吓得也跟着大哭。金枝觉得天都要塌了。以前唐树科从来没在金枝面前哭过，他的斜视在金枝眼里就是桀骜不驯，就是坚忍不拔，金枝根本接受不了他的恸哭。

"金枝，你看着我的眼睛！"唐树科大哭着要求金枝。

两个年轻人泪眼婆娑地相互凝视。当然，在金枝看来，唐树科一如既往地熟视无睹着。

唐树科说："我们永远不要分开！"

他这话与其说是在要求金枝，不如说是在自我起誓，像宣言，也像告诫。

金枝的心抽得紧紧的，一句话也说不出来，只是一个劲地呜呜大哭。但是哭着哭着，意志就跑开了，另辟蹊径，往一种演绎与诠释的路子上去，效果随之而来，把这个泪人儿带进了"金枝夫人"的情绪里。

第二幕

转眼间他们来兰城四年了。不时从家里传来一些消息：同学里面谁和谁结婚了，谁和谁已经有了孩子。舅母也不厌其烦地劝金枝，说她和唐树科在一起是没啥希望的，说得金枝心烦意乱，终于有一次恼了，厉声喝问舅母："那你和舅舅在一起又有啥希望？"舅母张口结舌，当时她正在织毛衣，织来织去，正是厌倦陡生的一刻，突然被人问起希望何在，瞅着自己手里的编织物，这个四十多岁的妇女，一下子倒也无从回答了。

这个时候，金枝和唐树科的同居依然是名不副实的。加起来，他们同居有六年之久了，金枝却依然守身如玉。这真的像是一个传说吧，有时候连金枝自己都觉得匪夷所思。他们已经完全熟悉了彼此的身体，却始终没有结合在一起。这种局面在金枝的心里渐渐异化成了另外一番滋味，变成一种难以启齿的隐疾，不再能够给予金枝力量，反而让金枝多了份尴尬的狼狈和特殊的忧愁。他们像一对八十岁的夫妻那样相互抚摸着，身体渐渐地变得难以点燃，棉渍渍，软塌塌。他们接吻，拥抱，抚摸，然后瞌睡。眼看着自己身体中一样重要的东西像水一样地蒸发掉，金枝才意识到，某些像小金币一样熠熠生辉的情感，却正在败坏自己年轻的身体。总是把情难自禁搞成情何以堪，换了谁也吃不消啊。其实学物理的唐树科应该明白，他总这样紧急制动，实际上是有风险的，好比一辆性能优越的快车，路面情况不好时骤然急停，过低的附着系数反而会使车子失去控制，发生侧滑、甩尾，甚至翻车。

终于有一天，金枝目睹了自己的舅舅像训斥一个民工似的训斥唐树科，声色俱厉，一根遒劲的食指几乎要戳在唐树科的脑门上。金枝只见过一次舅舅对人发这么大的火。那一次是因为装修房子的民工砸漏了他们家的暖气管，舅舅暴跳如雷，愤怒的食指像一把利剑上下飞舞，朝着肇事者的脸上穿刺。可怜的民工躲避不及，脸上被点击得红一块白一块。而这一次，舅舅的食指指向了唐树科。但唐树科毕竟不是一个民工，他倔强地用脸对着舅舅，像一个迎着子弹挺身而上的战士。他如此认不清形势，倒叫舅舅的食指在最后关头失去了一往无前的劲头，不得不点到为止。这就有些滑稽了——子弹却躲避着目标。

"滚蛋！你给我滚蛋！"舅舅快要疯掉了，激昂的食指变成了哆嗦的面条，他只有让唐树科滚蛋了。

唐树科像一头牛似的冲出来，站在门外的金枝慌忙躲进了隔壁的办公室。

金枝是抽空来舅舅的公司看唐树科的，却看到了这样的一幕。

金枝不能让唐树科发现自己，他会受不了，金枝也会。唐树科是金枝的天使和搭档，他的不堪就是他们共同的不堪。金枝看到办公室里的两个小姐故意装出若无其事的样子，一个对着镜子补口红，一个站起来整理办公桌。她们和唐树科都是舅舅广告公司的员工，她们也知道金枝和唐树科的关系，所以她们需要装模作样，仿佛没有听到那边的风暴。她们越是这样，金枝越是伤心。

金枝进到舅舅的办公室，了解了事情的缘由：唐树科擅作主张，把几十公里高速公路的户外广告赠送般地签给了一家客户。舅舅余怒未消，刚刚没有击中目标的食指再一次对准金枝飞舞了起来。他形象地比喻道："你的这个斜眼把我的别墅当鸡窝给卖了！"

金枝很自觉地配合着舅舅的指头，主动地左躲右闪。

金枝嗫嚅着问："没有补救的余地了吗？"

舅舅吼道："合同已经签了，这里是兰城！什么都是有规矩的，你以为是在你们那个破县城！"

这句话比舅舅的食指更厉害，正中金枝自尊的靶心。一股中弹的滋味把金枝击穿，同时，一种舞台化的情绪在金枝心里蔓延，以至于让她忘记了躲避迎面而来的指头。"噗"的一声，金枝感觉到鼻腔里一阵酸涩，然后有股热流涌了出来。舅舅显然没有料到他虚晃一枪的指头居然会真的找到了目标，并且造成了血淋淋的后果，他傻在那里，翻来覆去地研究起自己的食指来。金枝转身捂住自己的鼻孔走了。

当天下午，舅舅找到学校来，把一只大信封袋子放在金枝的办公桌上，那里面装着百安大厦三十层楼顶广告位的手续。

舅舅不无沉痛地说："你拿给唐树科去做，即使他再当鸡窝给卖了，也值个一二十万，权当是舅舅给你的嫁妆。"

舅舅是金枝在兰城唯一的亲人，他这么做，算得上是仁至义尽。一二十万，就是金枝的亲生父母，也拿不出这样的嫁妆。金枝的父亲是个手艺人，在小县城里用竹篾编筐子筛子之类的东西，直到金枝考上大学之前，这个父亲一直是把金枝当成个继承人来培养的，他没什么愿望，要说有，也就是让自己的那门手艺成为一个祖传的行当，编竹篾，家族里他算是第一代，而手艺人总爱讲究个师承，弄成家传的，含金量就会提升。一个只有这么点儿朴素抱负的父亲，哪儿能给姑娘陪上一二十万的嫁妆？

金枝的心里一瞬间光明涌现。她和唐树科的爱情跋涉终于见着了曙光，这笔钱，意思有点儿接近那笔"一定的钱"了吧？但曙光照亮了的，不仅是道路，还有荆棘。金枝发现，原来如此，自己和唐树科的爱情，用一二十万，就可以为其称出重量。金枝从来没有过这样的认识，直到今天看到了光明，才让那份黑暗暴露了出来。这多让人心酸。他们在兰城，除了你看我看你，从来就不敢理直气壮地去打量这个城市。在他们的视野里，兰城的舞台与自己毫无关系。充其量，他们只是躲在最后一排的观众，时时还有股"逃票者"的紧张与不安，有意无意地，他们都很少在这个剧院般的城市里穿梭，有好几次，金枝都在里面迷了路。

好在如今有了这份嫁妆，金枝要用它把自己嫁出去。这件事悬置得太久了，突破性的那一刻已经从盼望成了终极性的任务，而这项任务的完成，在唐树科那里，是必须要以婚姻作为前提的。有时候金枝也想，自己怎么就这样呢，好像必须要让委身成为一个货真价实的事实。实际上，对于结婚，金枝并没有多么迫切，就像大多数人一样，干工作并不是觉得在干事业，大家只不过是被扔进了惯性的大轮子下，随波逐流罢了。

金枝想，结婚以后，再努力让自己的爱情升值吧。她不打算把这个消息透露给唐树科，怕他真的会把"别墅当做鸡窝卖掉"。金枝已经接受了这样的一个事实：她的"这个斜眼"，的确不是一个善于改变生活的人，他那"看着我的眼睛"在面对生活时是徒劳无益的，生活不会在他罔顾左右的注视下松动，只会越来越坚硬。

金枝第一个念头就想到了刘利。那个房地产商，四十来岁，脸上全是青春期内分泌过度旺盛时留下的坑洞，鼻子大到无以复加的地步，几乎要让人忽视其他五官的存在。他是不是很丑？当然是的。但丑得并不让人格外惊讶，因为四十多岁的丑男人实在是比比皆是。所以说，以外貌论，刘利也就是一个一般人。但这个人的名字，在金枝的女同事们中，就是理想男人的代名词。他有一双儿女在金枝任教的私立小学读书，因此，放学的时候，偶尔会出现在学校门口。那是这样的一幕：经常会是傍晚时分，他站在自己那辆白色的奔驰车外，俨然只是一根鼻子悬浮在夕阳之下。夕阳照着他的鼻子，也照着他身后的车身，反射出金黄的光芒，而他，就隐匿在这光芒之中，成了一种符号，成了一个标尺。

看到其他老师，这个男人会彬彬有礼地点点头，有时还会客气地问候一声。但他从来没对金枝点过头，每次看到金枝从学校出来，他都只是将鼻子毫不客气地对准金枝，仿佛是在用力地嗅着。金枝被他嗅得周身涣散，感觉自己正被什么东西包围和挤压，被一根吸管一样的大鼻子一点点地吸走注意力。这种感觉的依据是什么？无非有一次，四年级学生刘开跑到办公室里响亮地问金枝："老师，我爸问你愿不愿意到我们家做家教？"谁都知道，刘开和刘放的父亲，就是校门外那道著名的风景。金枝当时十分坚定地拒绝道："不去！"语气严厉得令金枝自己都吃了一惊，不去就不去吧，干吗这样气急败坏呢？可这又说明不了什么，没法成为金枝对这个男人产生异常反应的理由。但这个男人对于金枝而言，的确是一个不言而喻的存在。只能这么理解了——金枝受过戏剧训练，知道剧情往往会怎么安排，即使是陈词滥调，也足以让金枝面对每一根蠢蠢欲动的鼻子时，都会直觉地惴惴不安了。

这个念头在金枝心里盘算了一周。金枝这样说服自己：我只要让他答应在百安大厦的楼顶做广告，然后，立刻结束他们家的工作，这样他几乎就没什么机会。而且，有他的两个孩子在，他总不至于对我无理吧？这样应该是万无一失的吧？那么，还有什么可怕的呢！

金枝找准机会，在学校的操场边，压底嗓子对自己的学生刘开说："回去告诉你爸爸，我愿意给你做家教。"

刘开听了这话咧开嘴笑起来。他一笑金枝的心情就乱掉了。金枝觉得这个学生笑得实在有些不三不四。

当天傍晚金枝就坐进了那辆白色的奔驰车里。

但是金枝马上就后悔了。金枝突然间很害怕，也是突然间就想起了唐树科。金枝意识到，自己是在去做一笔危险的交易。唐树科让金枝看着他的眼睛，对她说"我们不能够做任何有可能损坏我们爱情的事"，那么金枝她现在所做的，能够保证不损坏他们的爱情吗？金枝从后视镜里观察身边的这个男人，却在他的脸上看不出任何迹象，除了那鼻子，金枝既没有找到使自己踏实的东西，也没有找到足以使自己畏惧的东西。金枝决定立刻说出自己的目的。她想，也许被干脆地拒绝掉，反而能使自己死心塌地。

他们几乎就是两个陌生人，金枝和这个男人之间没有任何的寒暄，没有任何的铺垫，却好像熟人一样地做起生意来。介绍了广告位的基本情况后，金枝劈面便问刘利愿不愿意做广告。这的确冒昧，可是某些因素——或多或少的单纯、可以被称作迫切的利欲熏心、上帝知道也许还有一种莫名其妙的权力感，使得金枝就这么直奔主题。刘利听得挺仔细，眉头皱着不时插进来一句话，比如楼层是多少，手续是否齐备。他的仔细缓解了金枝的情绪。金枝慢慢平静下来，语气也自然多了。

他们就这么掰扯着，金枝坐在副驾驶的位子上，她的两个学生在后排探头探脑。

突然前面被一辆摩托车拦住，下来一个警察向车里敬礼，告诉刘利他的车违章了。金枝很紧张，想这个麻烦应该是自己干扰出来的。结果事情处理得格外平静，刘利把鼻子探出车外，和那个警察耳语了几句，就又重新启动了车子。

金枝在一瞬间想起一件事。刚来兰城的时候，有一次唐树科骑自行车带着金枝上街闲逛，他们在马路上被一个戴红袖章的老头挡住。老头凶巴巴地命令他们下来。唐树科想解释几句，一开口，夹着方言的普通话就暴露了他们的身份，而且，唐树科的斜视，在这样的状况下，就是个寻衅滋事的架势。这下子老头更加凶了，一个把掌伸在唐树科的鼻子底下，声音瘪瘪地说："罚款，五元！"金枝不想纠缠，塞过去五元钱拉着唐树科就走。可是兰城老头却在身后用他那世代相传的瘪声瘪气吐出了恶毒的话："兰城都是让你们这帮盲流闹乱的！"推着车子的唐树科停住了。金枝看到他的喉结夸张地起伏耸动，似乎是要把这句话嚼烂咬碎，然后生吞进肚子里去。他在逼视那老头，但实际效果看起来却是在瞪金枝。金枝怕他会惹事，忙拉紧他的袖子。后来他们就这么推着车子往回走，像是和什么人赌气一样，一直走到天黑才回到家。一路上，唐树科目光迷离，天知道他在看着哪个幽暗的方向，但在身边的金枝看来，阴差阳错，这眼神当然是瞄准着自己的，好像一刻不离的谴责，盯得金枝都有些手足无措了。金枝和唐树科谁都没有勇气坐回到车子上。他们不敢在这个城市违反规则，紧随其后的羞辱会让他四脚朝天。但这种心照不宣，更让人深感羞耻。从那以后，唐树科再也没有用自行车带过金枝。

金枝拿这两件事情来比较：同样是违规，可眼前的这个男人就能三言两语地解决掉，他那么松弛，似乎一切在他这辆奔驰车的轮子下都是通畅的。金枝坐在车里就是这么想的，再也没有其他的语言。刘利没有遇到麻烦，这辆车也委实让人舒适，这一切都该使人感到轻松，但又跟沮丧气馁的滋味何其相似。

车子停在刘利家的门前时，金枝的心里又一次产生出了比较。这个家位于兰城的新港，"新港"，多么兰城化的一个地名。金枝几乎是毫无余地地想到了自己和唐树科的"窝"。眼前的这幢房子称得上是庞大，一眼看到它金枝吃了一惊，心里就那么咯噔了一下。你有过这样的感觉吗？某一天，在一个陌生的景物面前，却产生出强烈的认同感，它似乎是你上一辈子就到达过的地方。这就是似曾相识吧。金枝在这幢大房子的面前产生出反应。这并不是说金枝没见过大房子，舅舅家住的，也不见得比眼前这幢房子小多少，但意思却不同了，怎么说，舅舅终究也不会是一个把鼻子对准金枝的男人。而在刘利家的房子前，金枝便有了戏剧感，那就是一种煞有介事的情绪。金枝觉得，自己在这里上演过人世的悲喜，在这里，如此的独白才是相得益彰的：祝福，吾王陛下！你就是国王了。

同时金枝的心里也升起了一股寒流。金枝想，唐树科为了他们的爱情，都能够把身体的欲望撂倒摆平，可是她，在一幢大房子面前就遇到了试探。

第三幕

和金枝不同，唐树科的家里在他们那个小县城还是有些办法的，如果唐树科愿意，回去做个中学教师没什么大问题。但是唐树科知道，金枝夫人的舞台不在一个小县城，他只有尾随其后，努力去扮演自己并不擅长的角色。公允地说，唐树科是努力的，常常奔波在外面，也常常对金枝夸耀自己做成了某单大业务。但他不知道，舅舅同样常常在金枝耳边抱怨他的无能。自从舅舅怒吼着让唐树科滚蛋后，这个人依然还早出晚归，让金枝觉得他一切正常。其实金枝知道，唐树科已经不能踏进舅舅公司的大门了，他这么兢兢业业地表演着，让金枝怎么来欣赏呢？

唐树科的一天一天是在哪儿打发的——背着一只大公文包，匆匆地出门，灰头土脸地回来？就有一天，金枝尾随了唐树科。金枝在灰白的晨曦中悄悄地跟在唐树科后面，看到他一路缩着脖子在大街上漫无目的地乱转。渐渐地，上班高峰来临了，车辆和行人在街道上汇聚成一股浩浩荡荡的洪流。唐树科混迹其中，因此好像也具备了某种方向感。他和上班的人潮一同前进，只争朝夕，混入到一种成群结伙的规模里，有几次甚至还小跑了几步，干什么？追公共汽车，不过追到车门前又来个急停。金枝看出来了，这个唐树科是在自己跟自己玩儿，内心指不定在虚拟着什么情节，没准儿，他现在真挺把一切当回事儿。渐渐地，洪流开始消退，最后变得稀稀拉拉。清晨的空寂一下子突现出来，变得有些荒凉。唐树科像是被某种化学实验分离了出来，突兀地晾晒在了清晨的街头。他一定有些诧异吧，拔剑四顾，远远地，金枝从他的背影中都看出了仓皇与茫然。后来大街上又渐渐热闹，但性质迥异，与那股积极向上的洪流相比，此时上街游荡的多是些城市中的闲散分子了。唐树科依然瞎转着，在路边买了份"阳光早餐"，后来他又买了份报纸，这让他一下子似乎找到了自己置身街头的意义所在。他在一块街心花园的草坪上席地躺下，揪了根草衔在嘴里，饶有兴致地读起报来。

这一切都没什么，而且也并未超出金枝的想象，唐树科除了这么瞎玩儿，除了买份报纸看，还能做什么呢？但是，此刻金枝突然就哭了。让金枝不能自己的是，这个唐树科，他居然会在草坪上躺下。金枝觉得，哪怕唐树科是坐在草坪上，她也不会这样难过，但唐树科却躺下了！在金枝夫人眼里，这样的姿势，具有一种摧毁性的效果，就是缴械，就是投降，而且，还有点儿无赖。不用再看下去了，金枝可以肯定，躺下的唐树科，接下来势必还会睡着的，用报纸遮在脸上，胳膊垫在脑袋下面……

金枝一边哭一边往学校走，走着走着又跑起来，仿佛这样就能弥补唐树科躺下的那份消极。金枝想，她必须尽快拿到那笔嫁妆，她不知道这个唐树科还能撑多久。

金枝自己是撑不住了。

金枝的家教工作收效甚微，刘利的孩子们根本不把她放在眼里。金枝对他们没什么怒气，这本来就不是金枝的初衷。可是关于广告的事，刘利一直不给金枝明确的答复，他总是说公司还需要研究一下。金枝知道他是在有意拖延时间，这就是一个阴谋，而对于阴谋的甄别，金枝当年排练《麦克白》时，就有了感性的认识。这就是戏剧的功效，它可以提前让一张白纸一样的姑娘预习狰狞的诡诈。

而且，金枝自幼受过编织竹篾的训练，自有一股泾渭分明、条分缕析的能力。金枝明白，这个兰城男人要在既定的时间里达到他的目的，在他心里，是有张时刻表的，哪儿是起点哪儿是终点，都了然于胸。这个男人坐在一旁欣赏金枝给他的儿女上课，鼻子闲适地嗅着，一副胜券在握的模样，像一个踏实的乘客，完全信赖火车一定会正点到达。这并不可怕，对此，金枝也有着必要的思想准备。可怕的是，对于这嗅来嗅去的鼻子，金枝竟然没有什么格外的反感。金枝惧怕的是自己，她不知道自己是否能够赢得这场较量，得到自己想要得到的，然后中途跳车，全身而退。金枝靠着默念《麦克白》中凶恶的台词来给自己鼓劲："我曾经哺乳过婴孩，知道一个母亲是怎样怜爱吮吸她乳汁的子女，可是我会在他看着我的脸微笑的时候，从他的柔软的嫩嘴里摘下我的乳头，把他的脑袋砸碎！"这当然有些南辕北辙，八竿子打不着，但破釜沉舟的意思却是一致的，金枝就从这点儿意思中，汲取力量。金枝需要力量。她越来越不能够确定，自己"想要得到的"究竟是什么。金枝害怕自己的内心会跳出个鬼来，暗算掉自己的爱情。

有一次结束家教后，刘利开车送金枝回去，在车上突然把一只手放在了金枝的腿上。金枝的呼吸一下子窒住，想让他拿开，却一句话也说不出来。这只手肆无忌惮地放在金枝的腿上，直到车开到金枝在砂坪的"窝"时才缩回去。金枝赤裸的腿被风吹着，只有那块巴掌大的地方始终温热，渐渐地，形成了一涡汗渍，像天气预报说的那样，局部地区有小雨。下车时刘利塞给金枝一个信封，说是这段时间金枝做家教的报酬。

金枝在黑暗的楼道中借着月光拆开信封，里面居然装着一万块钱。这难道是合理的报酬吗？如果要和她的付出等值，是不是还要加上刚刚在车上任凭这个男人把手放在自己腿上的那份特权？这样一想，金枝倒有了一些失落，似乎更愿意刘利白白地把手放在她的腿上似的，而不是像这样，成了一种暧昧的交换。此刻那块巴掌大的部位依旧感觉奇特，多久了，即使唐树科的抚摸日复一日，但金枝已经很难感觉到这样的一份撩拨了。

受到撩拨的，不仅仅是金枝的腿。金枝在那幢大房子里从未见过刘利的老婆，不由自主，她的好奇心也被撩拨了起来。

金枝几乎是采用了哄骗的手段，问自己的学生刘放："你是像爸爸呢还是像妈妈？"

那个二年级的小女生却不怎么配合，她一言不发地看着金老师，用一根手指将自己的鼻子向上顶起来。金枝打量了半天，才明白过来，原来这个小女生是用自己的生理特征回答了她的问题。

金枝定定神，继续诱导："那你哥哥呢，像谁？"

小女生警惕地看着她："不知道！"

金枝四下望一望，这时她们同样是站在学校操场边的角落里，但金枝总觉得众目睽睽。

"怎么会不知道呢？"金枝都有些急眼了，"你哥哥更像妈妈吧？他的鼻子可不大。你妈妈鼻子也很大吗……"

小女生大吼一声："我鼻子也不大！"

"是的是的，也不大，"金枝忙去安抚自己的学生，用推心置腹的态度继续问，"你妈妈呢，老师怎么从来没见过？"

"她在广东做生意，好了吧！好了吧！"小女生说完就跑了，她好像看透了什么，无端端地就愤怒起来。

金枝站在操场边，好一阵缓不过神来。

金枝没有勇气再周旋下去了，她要紧急制动。当然，这同样有失去控制、发生侧滑、甩尾，甚至翻车的风险。《麦克白》中尖锐的台词在金枝心里回环往复："从这一刻起，我要把你的爱情看作是同样靠不住的东西。"

再一次见到刘利，金枝明确地告诉他，如果他对广告的事没兴趣，她也不打算继续做家教了。这个急停来得有些早，不在兰城男人的时间表里，打乱了他循序渐进的计划，给他来了个措手不及。刘利沉吟了片刻，终于答应下来，约好周日和金枝上百安大厦的楼顶实地考察一下。

周日他们如约站在了百安大厦三十层的楼顶。打开一扇铁皮门，平台上的热浪顿时迎面滚来，一只破皮鞋引人注目地躺在烈日下，冒着烟，一副随时要蒸腾而去的派头。刘利的兴致很高，这个阔绰男人在酷暑中依然扎着根领带，他一边用一块手帕抹着汗，一边在楼顶上高视阔步，不住地说是块好地方，的确具有广告价值。他还和金枝研究起广告的创意来，说："金老师你来给我们做模特，把你放上去，我的房子一定好卖。"金枝不予作答，眼睛忧郁地盯着那只即将羽化的破皮鞋。她的本意应该是多少摆出些冷淡的婉拒，但即刻省察了，自己这样装腔作势，其实是想以此来打动这个男人，用一副冰冷美人的姿态，为下一步的交涉赢得筹码。

刘利站在了平台的边缘，向金枝伸出一只手："过来过来，看看，从高处看看兰城的风光。"

金枝走过去，在他的身后停住。金枝从小就恐高，这么高的高度会让金枝像喝醉酒一样地眩晕。刘利伸出手来握住了金枝的左手，将她又向前拽了一步，直接圈在了自己怀里。金枝扫了一眼远处，围住兰城四周的山岭像舞台背景似的映现在眼前，盛夏的烈日让一切都仿佛在袅袅浮动。金枝觉得自己好像被太阳咬了一口，一阵头晕目眩，身体遽然虚弱下去。与此同时，金枝发现刘利的手勒紧了她的腰，而另一只手已经伸进了她的裙子。金枝像一个被鞭子猛抽了一下的陀螺，飞快地旋转起来，身体下意识地挣扎，于是半个身子就探到了平台低矮的护栏外面。高空燠热的风一瞬间灌满了金枝的肺，缺氧的感觉使金枝瞬间失防。金枝没有感到痛。天知道是什么让金枝失去了知觉——也许是这三十层楼的高度，也许是眩晕之时加速的旋转，也许是被唐树科无数次地抚摸之后，她的身体已经在一次次虚拟的高潮中丧失了灵敏。金枝只觉得自己在失重中被涨满，再被抽空，不断地被鞭策着，仿佛被投放在了某项尖端的物理实验之中。

金枝的上身悬垂在三十层楼顶的边缘，不断向前俯冲，长发在千米之上的热浪中随风飞舞。这好像也是不足为奇的事，但是，如果采用戏剧性的语言来描述这件平常之事，那就是：金枝被一个兰城的男人和兰城的天空合谋攻陷了。

一切在沉闷的撞击之下停止。刘利弯腰去替金枝拉起垂在脚踝上的短裤。金枝有一瞬间的冲动，想抬起脚狠狠地踢他的脸。但是天知道，金枝为什么没有那样去做。金枝只是觉得难受极了，天这么热，她的全身沾满了汗水和尘土，而这两样东西混合在一起，可不就是污垢吗。金枝有些迟钝，脑子里回响着的，是《麦克白》中的句子："你宁愿像一只畏首畏尾的猫儿，顾全你所认为的生命的装饰品的名誉，不惜让你在自己眼中成为一个懦夫……"

金枝用手背抹一下额头的汗，说："你强奸我。"

刘利坦白地说："是的。"

金枝转身离开，他慢条斯理地跟在后面，一边走一边整理自己的领带。回到了地面，刘利说："你去哪里，我送你。"金枝一言不发地坐进他的车子，脑子里长满了蓬茸的草。金枝觉得自己现在就是一摊烂泥，所有的不适都是生理上的，脏，太脏，脏得好像都有了不良的气味，身上像是粘了层黏腻的壳，随时会板结。刘利发动起车子，然后开始喋喋不休。他似乎说了"我喜欢你"，还说刚才在楼顶上被热风一吹就昏了头……这个兰城男人似乎挺委屈的，不像个加害者，倒像个被害者，他好像是在抱怨，意思是，如果不是金枝打乱计划，中途跳车，他原本会把这件事处理得合乎体面的。

最后，这个兰城男人居然把车停到了公安厅的门前。荷枪实弹的武警战士笔直地立在那里瞪他们。

刘利说："如果你要告我，我现在就跟你进去。"

这真是——太戏剧化了。金枝烦躁地大笑起来："公安厅？要是在北京，你会把我拉到公安部去吧？处理这种破事，在我们那儿，找派出所就可以了。"

这么一说，金枝觉得自己是出了口气。这番话不但贬斥了这个兰城男人，连兰城也捎带着一同贬斥了。兰城算什么？在伟大祖国的版图里，几乎也是块边角料，空气中不是废气就是粉尘，风大得把人的帽子都能吹跑，金枝早就对这一切心生厌恶了，她只是没有机会表达出来，因为缺乏本钱，现在，金枝把自己搭上了，终于可以这样理直气壮地发言了。

金枝下了车，她要回家，回自己砂坪的"窝"。

唐树科买了一条鱼在等着金枝。唐树科最喜欢吃金枝烧的糖醋鱼。金枝进到厨房里去为他烧鱼。厨房里当然很热，金枝依然一身肮脏，那身板结了的壳，都开始龟裂了。但是她竭力抵抗着，仿佛身陷泥泞，又仿佛沉浸于一场歇斯底里的表演，在不能自拔中惩戒着自己，同时，也安慰着自己。出锅时，金枝非常小心地把鱼揽进盘子里。往常金枝总是会把鱼斩成两截，那样熟得快一些。可是今天，金枝顽固地呵护着这条鱼的完整。

唐树科是敏感的，尽管他没有一个大鼻子，但是也嗅到了异样的气息。他们在饭桌旁坐定，唐树科突然站起来，双臂越过饭桌扳住了金枝的肩膀："金枝夫人，看着我的眼睛——没出什么事吧？"他这个时候以"金枝夫人"相称，无外乎是想给压抑的气氛留出条缝，但怎么听，怎么都让人觉得诚惶诚恐。

金枝夫人一脸的油汗，她镇定地与唐树科的斜眼对视，回答得粗暴而又急促："没有，会出什么事呢？吃你的鱼！"

吃过饭后金枝躲进了厕所。金枝不知道自己是不是哭了，淋雨蓬头里的水流汹涌地在她脸上冲刷。金枝宁愿自己脸上激荡着的，只是水流，她不愿意在内心里明确自己发生的改变。金枝不能去夸大自己受到的伤害，她怕自己承受不起。

金枝夫人在水中大张着嘴，无声地朗诵："解除我女性的柔弱。用最凶恶的残忍自顶至踵贯注在我的全身，凝结我的血液，不要让怜悯钻进我的心头……"

是的，没有，会出什么事呢？吃你的鱼！金枝还是金枝，还是那个曾经在学校舞台上纵情演绎经典悲剧的女学生，还是那个相信在公用电话前都可以邂逅爱情的女孩子。然而，金枝担心的是，这个唐树科，他还能是他吗？

唐树科似乎还是唐树科。第二天他依然爬起来得比金枝还早，背着个大公文包匆匆忙忙地上路。金枝正在做梦，在梦里跟父亲一起编一张大竹席，一根竹篾从父亲手中弹起来，抽在她的下身，她疼得跳脚，一张眼，看到的却是唐树科的背影。在这样的梦醒时分，金枝才被迫清晰地感受到了疼痛。其他时候，金枝要求自己把一切都淡化掉，不去仔细体会那些严峻的转变。她要像麦克白夫人那样，甚至在行凶后，还能泰然说出："我的双手跟你同样颜色了，可是我的心却羞于像你这样惨白。"

整个一天过得波澜不兴。站在讲台上，金枝有过片刻的走神，她望着讲台下的学生，突然想，同学们！你们不过是一些茁壮成长的悲剧。

刘利傍晚出现在校门口，快步迎上走出来的金枝。

刘利对金枝说的第一句话是："对不起。"

金枝不知道该跟他说什么，她说："要我说没关系吗？"

他说："这个，真是没想到，你是处女。"

这句话太恶劣了。也不知道这个兰城男人怎么现在才回过味来。金枝一下子就痛起来，几乎完全是生理性的，那份延迟了的疼痛霎时洞穿了金枝的身体。

金枝又坐进了刘利的车子。不坐进去，在金枝看来，反而真的好像到了穷途末路那一步似的。金枝如今面对的，不只是一个大鼻子男人，更是这个男人身后的一座城市，几乎是有了一种要去捍卫什么的心情，金枝不允许自己落荒而逃。金枝不知道这个男人在她耳边唠叨些什么，只是偶尔被一两个字抓住。比如，她听到了"孤独"。哎呀，这个和兰城一样山高水阔的男人，这个似乎一切都在他的车轮下通畅无阻的男人，居然说出了"孤独"。这样一来，金枝的屈辱感似乎就有所减弱了，局面，也好像扭转了一些。金枝想她已经部分地原谅了这个男人。

下来的日子，金枝照旧去做家教。但金枝的内心会自发地保护自己，使她一踏进那幢大房子，就立刻条件反射般的忘乎所以。一些很久以前的无足轻重的经历翻然涌现，让金枝产生出错觉，事不关己似的，成了另外的一个人。当自己成了另外的一个人时，金枝就只是一个表演者了，而一个表演者，当然是超然于厉害之外的。刘利再也没有侵犯过金枝。而金枝，也忘记了自己的目的。广告的事似乎被金枝遗忘了，她暂时不能涉及百安大厦三十层的楼顶，在这样的时刻，一切交易对金枝而言，都不啻是出卖。

金枝在一个清晨用双手扳住了唐树科的肩膀，对他说："嗨，看着我的眼睛，不要再去上班了。"

唐树科肩膀上那只大公文包滑落到地上。他们焦点不准地对视着，突然心领神会地笑起来，最后都有些嬉皮笑脸了，相互搔对方的胳肢窝，乐不可支地闹做一团。

从这以后唐树科就老老实实地待在家里了。为了不显得无所事事，他开始有步骤地打扫起他们的"窝"来。但成效有些适得其反，这个"窝"一旦重新变得干净整洁，飞扬的尘埃反而显得格外明亮了。

第四幕

周末是金枝做家教的日子。

刘开和刘放，这对兄妹把他们家完全不当作学校看。他们一个十岁，一个八岁，但也完全明白，金枝只要进了这幢房子，摇身一变，就不再是学校里的金老师了。金枝是他们家雇佣的，性质等同于他们家的保姆。他们为这种局面而兴奋，根本不配合金枝的说教，甚至是在恶狠狠地抵触。金枝知道，即使她开出"一加一等于几"这样的题目，他们也会凶恶地回答出"三"来。

金枝缩在沙发里听任自己的学生发飙，没有一点火气。这幢房子仿佛被人灌进了蒙汗药，只要一进去，金枝就会陷入一种无力的虚脱之中，思想也因此常常走神，昏昏沉沉地想起一些过去的事情，而且都是一些正常状态下肯定会彻底遗忘的事情。此刻金枝就想起，有一次自己坐公交车，从窗子玻璃的反射中，完整地读完了一则其他乘客手中报纸上的新闻，甚至这则新闻的标题都历历在目——"执法人员到宋家滩肉菜市场检查时大吃一惊——所有粮油经营户都没办证"。金枝似乎是记忆着别人的记忆，因此反而丧失了自己，有了不知自己是谁的迷惑感。

混淆在陌生的记忆中，唯一能够使金枝略感妥帖的，是唐树科那双神气的眼睛，它们总是派头十足地斜视着，叠加在这些荒唐的记忆之中，时而虚幻成背景，时而凸显成特写。这是金枝所熟悉的，因此金枝被这双眼睛间歇性地还原成自己。

金枝开出两张不同的习题后，刘利从楼上下来了，一如既往地鼻子先行。刘利亲昵地抚摸了自己儿女的脑袋，然后那只手平滑地落在了金枝的肩膀上，非常自然地揉捏一下，仿佛是在爱抚他的第三个孩子。金枝脑袋麻了一下，但还是听清楚刘利懒洋洋地说道："上楼去坐坐吧。"这是一道和蔼的命令，刘利下达后就自顾朝楼上走。金枝的脑袋懵懵的，但已经起身跟了过去。

金枝被领进一间巨大的书房。一张巨大的书桌上亮着一盏黯淡的台灯，把一切衬托得更加巨大，这巨大隐匿在台灯照射以外的黑暗中，就更加地被放大成了一股势力。他们对坐在书桌两端的椅子上，刚好坐在台灯光影的边缘，彼此的身体隐没在黑暗中，脸也是若隐若现。只有刘利那只放在书桌上的手是显赫的。它处在灯光最核心的范围，像黑暗舞台上被聚光灯瞄准的主角。这只手，像一块方方正正的海绵，又像一把待磨的钝刀。金枝被这只手吸引，仿佛一个观众，屏神宁息，等待着舞台上的主角倾情演出。金枝听不到声音，但感觉到了语言。那只手在强光下开始了孤独的诉说。它顿了一下，仿佛清了清嗓子，然后，滔滔不绝，时而低回，时而昂扬，时而舒缓，时而急促，完全是舞台化的，准确，富有穿透力，当然，不免大而无当。

"去，该死的血迹！去吧！一点、两点，啊，那么现在可以动手了。地狱里是这样幽暗！呸，我的爷，呸！你是一个军人，也会害怕吗？既然谁也不能奈何我们，为什么我们要怕被人知道？可是谁想得到这老头儿会有这么多血？"

——这是什么？哦，《麦克白》。

那只手游向金枝。金枝似乎听到一头鲸鱼破水而来的声音，一把钝刀散发着金属微酸的气味，贴在她滚烫的脸上。这只手海绵一样的温柔，完全没有重量，如同精确的语言，不会锋利地指向皮肤，而是能够抵达心灵。它是黑暗中忽然飘来的一阵耳语，辗转呢喃，水草一样地缠绕住金枝的神经，将她托向一种昏昏欲睡的恍惚状态……

"费辅爵士从前有一个妻子，现在她在哪儿？什么！这两只手再也不会干净了吗？算了，我的爷，算了，你这样大惊小怪，把事情都弄糟了……"

金枝的呼吸局促起来。那种舞台之上才有的戏剧感促使她将脸一点点埋下去，直到完全和那只手贴合得无比紧密。

书房的门骤然被撞开，强烈的光线夺门而入。金枝完全没有消化这个过程，只是看到另一只手在自己的眼前晃一晃，同样地如同一头鲸鱼破水而来，却突然飞舞了起来，左一下，右一下，正正反反，响亮地在自己的脸上击打出声音。两只手之间的嬗变没有丝毫过度，它们仿佛根本就是同一只翻云覆雨的手，以至于金枝不能将它们清晰地区别开。

金枝夫人意识不到疼痛，没有像剧中所要求的那样，挨揍后，脸上有种"火辣辣"的感觉。金枝只是觉得眼前越来越模糊，越来越模糊，像是蒙上了一层雾……却在突然间清晰地看到了唐树科那双斜视的眼睛，这让她立刻觉醒了。

金枝用双手蒙住自己的脸，喊道："别碰我的眼睛。"

刘利终于出手了，但没能让他的老婆安静下来，只是暂时阻止住了对金枝的攻击。透过指缝，金枝看到一男一女，像两个假人儿，在自己眼前扭曲着纠缠。金枝想努力看得清楚些，但是没用，眼前的一切反而更加模糊。金枝向门外跑去，脚下却被什么东西绊住，一下子扑倒在地上。"这儿还是有一股血腥气，所有阿拉伯的香科都不能叫这只小手变得香一点。啊！啊！啊！"——这句记忆深处的台词硬是给摔了出来，令金枝的两只手表演般地向前探摸着。

"门在这里！门在这里！"她的两个学生欢乐地叫喊着，为他们的老师指点出迷津。

宛如一场话剧，最终，金枝被一通响亮的耳光还原成了自己。

金枝冲出那幢大房子，在夜晚的兰城奔跑。金枝的样子一定非常难看，因为不时有人张大着嘴看金枝。金枝知道自己的脸受伤了，眼睛可能有瘀血，视力都模糊了。金枝觉得新港离她砂坪的"窝"非常遥远，遥远到几乎不在同一个空间里。金枝想自己是迷路了，因为她居然跑到了兰城的中心广场。金枝想起刚来兰城时，自己和唐树科跑到这里来看升旗仪式，当旗帜升至顶端的一瞬间，自己心里面真的是感觉到了欣欣向荣的蓬勃朝气。那时候他们刚刚毕业，而且恋情依然，整个人的状态都比较良好，爱国心都很强烈。今晚，金枝却像一根羽毛，飘在兰城布满废气与粉尘的夜晚里。

最后金枝是靠一辆出租车把自己送了回去。

唐树科已经睡了，这是金枝所希望的。金枝怕唐树科看到她受伤的脸，她的脸现在是一张即将登台却化错了妆的脸。金枝更怕唐树科会扳住她的肩膀，给她来一句："看着我的眼睛。"

金枝没有开灯，没有去洗漱，小心翼翼地在唐树科身边躺下，静悄悄地不发出一点声音。金枝的身体硬邦邦的，脑子却是柔软的，像是塞进去了一些软体生物。她很困倦。然而在睡着之前，却一直在身不由己地默诵着《麦克白》里的台词，那些台词和金枝夫人当下的境况毫不搭界，但它们流淌而过，却有着镇痛的效果："费尽了心机，还是一无所得，我们的目的虽然达到，却一点不感满足。要用毁灭他人的手段使自己置身在充满疑虑的欢娱里，那么还不如那被我们所害的人倒落得无忧无愁……"

金枝在深夜里醒来。一双眼睛俯在她的上方，在月光下闪烁其词，凝视着某个未知而玄秘的方向。金枝从一瞬间的惊恐中缓过神来，就被唐树科用双手扳直了身体。

唐树科说："金枝，看着我的眼睛——告诉我实话。"

金枝的身体顷刻坍塌。好像她就是一堵拦水的堤坝，如今被冲毁了，眼泪像大水一样地席卷而来。但是金枝的意识却在混乱中飞快地跳向另一种清醒，那完全是表演性质的。金枝并不刻意，仁慈一些说，金枝甚至还是无辜的。

《麦克白》，第一幕，第三场，"魔鬼为了要陷害我们，使我们受伤害，往往故意向我们说真话，在小事情上取得我们的信任，然后在重要的关头使我们掉入圈套……"

金枝在夜幕中，语言也如台词般的波涛翻涌。金枝坦言，说她已经不再是处女，说她被那个男人的老婆揍成了这副样子。金枝知道自己独白的逻辑是什么，根据剧情，她现在需要竭力表达的，是一份脆弱的侥幸，以此去回避某个最核心的本质问题。

孰料，唐树科却致命地问道："他强奸了你吗？"

金枝的哭泣一下子被止住，像被人用抹布塞进了嘴里，像一出被导演厉声喊停的错误表演。是刘利强奸了她吗？实际上，对于那个嗅上来的鼻子，金枝她发出来的是一波又一波的默许。她原谅了一个强奸了自己的人，难道只是因为他说出了"孤独"？如果是另外一个男人，比如，一个民工，强奸了金枝，金枝也能够在他"孤独"的说辞下原谅他吗？也许能，如果你假装总是活在戏剧里，你就不必承认喇叭是铜锅是铁，而且可以把自己塑造成任何一个自己想成为的人。

有什么好说的呢，假如生活欺骗了你。一旦进入这种拷问式的凝重，金枝就明白了，她所经历的，更类似于一次通奸。

唐树科开始剥金枝的衣服。这个青年以爱情的名义坚守住的一块阵地被人偷袭了，他带着反攻般的决心全力以赴地要脱光金枝的衣服。明白了唐树科的企图，金枝立刻恐惧了。金枝确凿地知道，一旦让唐树科得逞，他们的爱情就真的该谢幕了。难道用伤口可以覆盖住伤口？金枝哭号着挣扎，从他的手中挣脱，在房子里来回奔逃。最终金枝还是被唐树科捉住。他把她撂倒在地板上，膝盖顶住腰，一只手揪住头发，死命地往下扯，直到让她的半边脸紧紧地挤住了冰冷的地面，一动也不能动。唐树科的力气真大，金枝的脸被地面挤得变了形，几乎要陷入坚硬的水泥了。金枝没了声音。这个时候，金枝的内心一扫悲戚之情，就是一种缴械与投降的态度了，好像唐树科百无聊赖地躺卧在草坪时那样。金枝在唐树科凶猛地挺进下凶猛地疼起来。她处女的身体被袭击时麻木不仁，可是现在却痛彻肺腑。世界这个舞台在金枝夫人心里一下子变得空空如也，剧院的灯，灭了。

他们躺在地板上，月光照着他们毁坏过的赤裸的身体。以前他们也在地板上嬉戏过，在气喘吁吁后也被砂坪的月亮这样抒情地笼罩着。那时，他们互相说着舞台上的对白：

那哭声是为了什么事？

陛下，王后死了。

……

这一切，都让夜晚显得高贵迷人。

金枝从地板上爬起来，摇摇晃晃地走进厕所。月光下，金枝从厕所的镜子里看到了自己。金枝的脸是变形的，眼眶几乎和鼻子一样高，金枝的身上挂着一缕一缕破碎的衣服。这让金枝有了愤懑的恼怒。"这不是我，"金枝对自己抗议道，"她面目全非，与我无关！"金枝打开淋雨器，蓬头里的热水刚刚喷射下来，门就被唐树科"咣"的一声踢开。

唐树科光着下身冲进来，两只手狠狠地卡住金枝的肩膀："金枝，你看着我的眼睛！"

金枝看着他的眼睛，在月光下的水雾中看着他的眼睛。金枝等着他后面的话，但是他的喉咙剧烈地起伏了一下，就把一切都吞到了肚子里。唐树科铆足了劲，转而攻击那只淋雨器。那是唐树科自己加工的一件物什：一个铁皮桶，两根管子接在上面，一根接电，一根接水，加热后，就能从蓬头里喷出几近澎湃的热流。它曾经算是件爱的信物，代表着唐树科的心灵手巧和专业优势，因陋就简，还蕴含着一股相濡以沫的温馨。可是现在，砸了，只有砸了。

金枝请了三天假，脸上弄成这样，哪儿还上得了讲台。这三天艰难。风暴过后，大家都变得小心翼翼。他们之间没说过一句话，因为彼此都知道，这个时候任何一个字从嘴里出来都有可能成为判决。他们是两个被判处了死刑的人，不过在进行着最后的申诉，渴望被宽大赦免。愿神的灵在最后的时刻光照他们。唐树科总是以手掩面，肩膀剧烈地觳觫。金枝知道，这个人是在无声地哭。可是每当他发现被金枝注视着，就会用力地把头埋下去，再抬起来时，脸上就没有一滴眼泪了。金枝震惊地发现，几个回合下来，就在这样的动作之下，唐树科斜视的眼睛，居然一点一点被矫正了过来，逐渐在变成一个焕然一新的目光笔直的陌生人。这并不是件好事，因为此时大家恰恰不堪正视。

唐树科还吃金枝烧的饭，他们还和以前一样对坐在饭桌前。唐树科甚至还给金枝夹了菜，筷子有些不稳，好像准星有点儿拿不准。得以矫正的眼疾一定搞得唐树科很不适应，新的视野带来的就是新的世界，他难免有个调整的过程，所以垂着脑袋，多少有些羞涩的样子。这都让人看到一些微弱的希望，似乎一切真的可以收拾。

他们的屋除了床没别的地方可躺，每一次共同睡下，金枝总有得到了缓刑的感觉。

三天后金枝去学校上班了。办公室里欢声笑语，金枝以为又有谁讲了黄段子。但是欢乐的气氛在金枝推门进去的一刹那戛然而止，几位同事立刻赶走脸上的笑，一个个正襟危坐。金枝就明白了，自己是他们刚刚欢乐的根源。第一节课后，教四年级语文的郭老师把金枝拉到操场上，塞给她一本学生的作业。金枝翻开就看到了这样一篇作文，题目是《记周末一件有趣的事》：

> 周末金老师到我们家给我和妹妹辅导功课，我们很高兴，我爸爸更高兴。金老师给我们出了练习题后就和我爸爸上楼了。就在这个时候，我妈妈突然从外地回来了，她到楼上找我爸爸，我

和妹妹就听到上面打了起来。我们赶快跑上去看，原来是妈妈在抽金老师的耳光。妈妈的手像电视里会功夫的侠女一样快如闪电，而金老师的脸就像个气球，有趣地飘来晃去……

作文已经批改了，红墨水在"快如闪电""气球""飘来晃去"下打了圈，表示对这些好词好句的嘉许，一个挺拔的"A+"，赫然画在上边。

金枝笑了。

郭老师不安地看着金枝，问她："金枝你不要紧吧？"

金枝把这看作是兰城对她打出的又一个挺拔的"A+"，她对郭老师说："你看着我的眼睛，像有事吗？"她说这话的时候还真的眨了眨眼，把好心的郭老师惊得直往后退。

然后金枝就向校门走去。金枝的包还在办公室里，可她不打算要了。兰城已经对金枝亮出了红牌，而金枝也像对待自己的包一样不留恋兰城。金枝边走边用手机拨通了刘利的电话。

刘利在电话那头对金枝说："你好。"

"你必须买下那块广告位。"金枝言简意赅。

刘利似乎叹了口气，说："你开个价吧。"

"三十万。"金枝咬了咬牙，因为她想起了三十层楼顶的风。

刘利说："不。"

金枝一下子就崩溃了，像是被这个男人通畅无阻的车轮碾过了身体。

然后金枝听到他说："我给你三十一万。"

三十一万？这多出的一万是为哪般？在前面的那个基数下，这一万就好像有些画蛇添足了，它当然是别有深意的，是一个商人运算后的结果，但究竟，也算是 A 后面的那个"+"，是格外的强调和优待。金枝拿到了一份不错的成绩单，这让她好像从一场复杂的梦中苏醒，梦里的过程都可以忽略，只被梦的结果鼓舞起来。金枝甚至坚定地相信，唐树科会愿意和她拿着这笔钱回到他们的小县城，回到他们没有瘪声瘪气的语言里去举行盛大的婚礼。金枝真的是兴冲冲地往砂坪走，怀着一种重整旗鼓的喜悦。可是当金枝用钥匙插进锁孔时，立刻明白自己其实是又掉到了另一个梦里。钥匙在锁孔里旋转了两圈，说明门是被人在外面上了保险。这道门从来没有被这样仔细地锁过，因为他们的"窝"简陋到没有被偷窃的危险。于是金枝就知道了，这个唐树科，哎呀，走掉了。

屋里也发生了变化。那只铁皮桶重新挂在了厕所的墙上，虽然坑洼不平，但两根管子接在上面，一根接电，一根接水，显然已经恢复了一个淋浴器的基本面貌。这也是一个佐证：这个唐树科，哎呀，走掉了。

金枝重新走回到街上。她漫不经心地四处乱走。金枝难得这样闲散地走在兰城街头，此刻，不尽相同，但颇为相近，金枝体会到了唐树科游荡街头时的心情。金枝觉得自己只要循着这样的心情，按图索骥，似乎便可以走到唐树科的身边，没准儿，一同在小县城里做起中学老师来。穿过砂坪，穿过繁华的街道，穿过正午阳光下的过街天桥，穿过绵延无尽的车流和人群，商铺的喇叭震天响，散发小传单的人随处可见，世界是个舞台，到处都在表演，表演，表演。金枝那种离丧的心情在一点一点地松懈，百转千回，曲折逶迤，在蠕动，在拱耸，逐渐地流淌起来，最后一下子破壳而出，雪亮了：金枝觉得自己已经在潜移默化中融入了这座城市，她在这座城市高楼的顶层失身，头发飘扬在这座城市的天空中，就如同在它巨大的子宫里被重新孕育，兰城的废气和粉尘，兰城能把人帽子刮跑的大风，不过是栉风沐雨的孵化，如今，她终于被分娩了。

来兰城四年了，金枝根本没有搞清楚这座城市的脉络，也没有交上什么朋友，金枝熟悉的，无外乎砂坪周围的几个菜市场和那几条徜徉其间的狗。现在，金枝扬眉吐气，是种开脱和解放的滋味。她用自己最纯熟的家乡话向身边的人问路，一点也不觉得羞怯局促，她并不想去那些自己打问着的地方，她这么做，只是一种姿态。后来，金枝在一个街心花园的草坪上坐下了，她迟疑了一下，还是任由自己躺了下去。当金枝的眼睛望向天空的一瞬间，她决定了自己的去向：留在这里。

金枝知道自己已经被这座城市接纳了，成了这个舞台上的角色。

金枝仰卧在草坪上，对着天空中几块散落着的斑驳的蔚蓝，用那种自己钟情的语式，在心里恳切地朗诵起来："当我们年轻的爱情与一座城市遭遇，我们还只是羸弱的孩子，我们蜷缩在一个叫作'砂坪'的角落里，当我们的爱情轰然破裂的时候，在这座城市的怀里只发出一声细碎的叹息……"

渐渐地，这种内心的独白开始从她的喉咙中发出声音来。金枝在不知不觉间坐直了身子，她的头依然向着天空，她打着手势，张弛有致地大声告白："唐树科，现在，我重新渴望爱情，重新确认纯洁就是一种力量和价值。我怀念我们干干净净的抚摸和在那种抚摸下绽放的身体，怀念彼此忠诚时那种爱的神圣的同在。唐树科，如果让我们再一次相爱，我会在你干干净净的抚摸下再一次产生出力量，这力量将如同一个灵异的秘密，使我像当年昂首挺胸地走在校园一样走在兰城的马路上，使我有勇气再一次看着你的眼睛……"

兰城的路人吃惊地看着草坪上的这一幕。在这些兜里多出几百上千块闲钱就会高兴好几天的人眼里，这个用方言浑然忘我地宣讲着的姑娘，一定是，疯了。但是在这些发出此类轻薄感慨的围观者中，有一位慧眼独具的保安，沉思良久后，深邃地向大家指出："不，这姑娘只是一位刻苦的演员。"

这位哥们猜的没错，在这样沉醉的诉说中，金枝夫人再一次获得了那种戏剧性的，庄重的安慰。

年轻人

　　我们经常听到一句话，其实往往就是半句话，只说出这么三个字，便没了下文："年轻人……"。什么意思呢？不太好说。半句话的后面，拖着些腔调，可能是喟叹，可能是惋惜，也可能是表示轻蔑和表示不理解。总之含义万千，复杂得很。和我玩得比较好的朋友，差不多都大我几岁，这句话有时候也从他们嘴里冒出来。尽管无论怎么说，我也不该算是个年轻人了，但每次听闻，不由得都会有些别扭。我会觉得他们由此和我产生隔膜了，把我划到另一个物种里去了。年轻人怎么了？少不更事还是后生可畏？其实都无所谓。谁没"年轻人"过呢？而且，谁都会有这一天吧，一睁眼，发现自己已经老了，不再年轻了，看起来也德高望重了。到了那一天，如果有幸不是一个行将就木的老家伙，多半会认识到吧，将别人视为"年轻人"，滋味也未见得有多好。

　　这事挺虚无的。还是说说年轻人的故事吧。

　　姬武和虞搏是两个来自小城市的年轻人，小学就在一个班做同学。后来一同上少年宫的美术兴趣班，再后来，又一同考上了师范大学，来到了省城，读美术专业。本来两个年轻人的志向还挺高，目标是定在北京，定在中央美院这样的艺术学府。但他俩从小厮混在一起，也说不上是谁影响了谁，总之文化课都不大争气，尽管专业挺强，目标还是落了空。

　　原则上，师范大学是给未来培养师资力量的地方。姬武和虞搏考上的这所师范大学，也不是太拔尖的那种。第一堂课搞学前教育，开宗明义，班主任首先要打消学生们好高骛远的思想。班主任说，诸位不要觉得自己是来做艺术家的，大家的本分是将自己训练成一名合格的中学教师——这同样是一件高尚的事情，值得大家毕生孜孜以求。

话当然是不错，可这本来不错的话听在耳朵里，就让人沮丧了。这帮年轻人，不乏在艺术上很有一些天赋的，就是因为了文化课差，才落到现在这么一个不尴不尬的地步。入学之际，对待他们的正确做法，也许应当是安抚大于鞭策，来点心理辅导，给年轻人一点缓冲，一点余地，甚至一点口是心非的鼓励，等缓过劲了，来日方长，再进行必要的教育。熟料校方凌厉得很，不由分说，就是要给他们雪上加霜一下，像是一个下马威。

可不就是一个下马威？校方有校方的态度。相对于这所在师范序列里都不怎么显眼的大学，如果不旗帜鲜明地强调办学宗旨，一味任由年轻人不切实际地做梦，显然也不是个办法。尤其是这帮学美术的年轻人，看看都叫人发愁，还没怎么样，异彩纷呈，一个个的面目就已经光怪陆离起来，如果不严加管束，不干净利落地打击一下，可怎么好？

所以说校方也有校方的苦衷。各有各的理，看你从哪方面说。

姬武和虞搏从小城市来到省城，没有去成梦想中的北京，这算是他们人生的第一个挫折。其实想一想，也没那么绝望。本本分分去做一名教师，不也是很光荣的吗？这个道理挺简单的，但姬武和虞搏却想不通。因为他们是年轻人呗。我也想过，换了是我，在自己年轻的时候，也掉进梦想与现实的落差里，我会怎样呢？没的说，我也是要想不通。这就是年轻人，挺简单的事，到他们那儿，就要拧一下，等转过弯，青春也就过去差不多有一大半了。

挺快的，姬武和虞搏，两个读师范大学的年轻人，这一拧，就拧到了大三。

世界此时在姬武心里变了模样。怎么说呢，姬武被拧得狠了点儿，矫枉过正，从艺术之梦中被拧醒，就去直面现实了。那份浪漫的情怀，被姬武从脑袋里斩草除根。这么说，学前教育还是收到了效果，无论如何，姬武是不做艺术家的梦了。艺术之光不再能穿透姬武渐渐结了壳的心。姬武拒绝再拿遥不可及的梦想来作茧自缚，妨碍自己去抓住世界的本质。什么是世界的本质呢？在姬武这里就是——当一个中学教师便是人生的悲剧，不啻掉进了壕沟里。这个见识来自姬武的父母。不幸得很，姬武的父母就是做中学教师的，一个教语文，一个教物理。姬武对于中学教师的偏见，挺直观的，就是来自于他的父母。这其实也没什么可指责的，年轻人嘛，经验就是这么有限。姬武耳濡目染，只看到他的父母窝囊了半辈子，世界观就是这么来的，你不能要求他有更加悠远的视野。

姬武用手中的画笔来跟世界做交易，和班上几个志同道合的同学购买了设备，投入到行画的制作中去。什么是行画呢？就是商业性临画。在投影仪的照射下，年轻人组织起一条流水线，分工明确，各司其职，你画头，我画脖子，你画房子，我画树，一幅幅鲁本斯，伦布朗，以及塞尚，高更，就从笔下成批生产出来了。年轻人像卖破烂一样将大师们卖给专门的画廊。画商们呢，他们派出的捎客也真像是收破烂的一样，蹲在学校的大门口吆喝：有画的卖？

虞搏变化不大。这个年轻人从小就有些恍恍惚惚的样子。如果把世界看成信号源，把人看作接收器，那么虞搏的接收系统好像就有些不太灵敏。当然，这会妨碍虞搏吸纳有益的信号，对于成长，不能算好事。但过来人都知道，人在年轻的时候，世界给人发射的往往是凶恶的电波，更多的是让人张皇失措和六神无主，说是有害的辐射都不为过。所以，年轻的时候，接收系统迟钝些，也就不一定必然是坏事了。还是各有各的理，看你从哪方面说。由此，年轻的虞搏受到的刺激和干扰就少一些。但这并不说明虞搏心里没想法。虞搏只是不表露，掖着，等待一个能和自己接收系统合拍的契机。

虞搏挺青涩的，始终保持着一个小城青年的模样，干净的衬衫，周正的外套，牛仔裤的颜色，也永远是那种青青白白的淡天蓝。他这副造型，入学之初都算是一个别致的，三年读过来，身边的同学们都沸腾了，就更显出了他的与众不同。这个时候，如果有人对着虞搏说出"年轻人……"这样的半句话，那八成是表示赞许，因为无论从哪个角度看，虞搏这样的年轻人都是值得期许的，符合年纪不轻人们的审美，挺主流的。其他年轻人早已经转移了目标，重新给自己的人生定了位，虞搏却安安稳稳，好像已经有了主意，正在笔直地走向未来的中学讲台。青春那双拧巴人的大手，在虞搏这儿，貌似无效了。他舒舒展展，像一棵喜人的树，长得还怪挺拔。是虞搏胸无大志吗？当然不是，每一个年轻人的胸膛里都有着一颗火热的心，一挨条件成熟，就要趁机燃烧一下。虞搏只是没有找到点燃他的方式。

在虞搏的比照下，姬武有时候也会反省自己，认为自己如今活得不怎么高级，反倒是虞搏，闷声不响，无形中却有了优越的体面感。但更多时候，这种比照会令姬武不满。姬武首先是替自己这位伙伴着急，他想这都什么时候了，虞搏怎么还这么颟顸呢？其次，姬武还有点愤愤不平。姬武不平什么呢？这跟虞搏的父母有关。虞搏的父母都是公务员，在他们的家乡，那座小城市，虞搏的父亲还有些不大不小的职务。这就成了小城市里中学教师和公务员之间的比照。姬武觉得自己现在这般手忙脚乱，根源就在这里。谁让他是中学教师的儿子呢？而虞搏，这个公务员的儿子，就可以保持一个从容的派头。姬武想，虞搏当然不用着急，他后面的路，早就被修直了——当然不是通往中学讲台。可通向何方呢？在姬武想来都不重要。在姬武这里，世界上只有一条死路，那就是去做一个中学教师。

毕竟是从小到大的伙伴。姬武的心里再纷扰，对于虞搏，他还是真心相待的。虞搏八风不动，姬武还是高兴的，觉得总比自己这样慌张着好。结果，虞搏却陡然有了状况。什么状况呢？出现了一个契机。

他们就读的这所师范大学，周边挺乱的。这一点好像是个社会现象——如今的大学周边几乎都挺乱的，钟点房啦，游戏厅啦，廉价KTV啦，比比皆是，还有就是既脏且乱的夜市，把校园外围搞得乌烟瘴气。

这天晚上，虞搏一个人出来找东西吃。夜市里人头攒聚，弥漫着辛辣的烧烤味。虞搏不知道在这人间烟火的背面，上帝已经将一个姑娘安排在了眼前，马上就要向他冲过来。姑娘的确是冲了过来，分开人群，径直撞在了虞搏的身上。两个人都被撞得东倒西歪。虞搏站稳脚跟，看到两个男人一左一右揪住了眼前的这个姑娘。周围很自觉地让出一个圈，路人们又惊慌又惊喜地看着圈中的四个人：两个男人厮打一名姑娘，另外一个则是不知所措的虞搏。两个男人很凶，作势要往死里打的样子。姑娘出人意料地顽强，毫不气馁，不屈不挠地与对手扭扯。只是力量对比太悬殊，很快姑娘脸上就见了血，也不知道鼻子还是嘴，破了。虞搏被围在那个圈子里，这让他在心理上觉得自己也是个当事者了。年轻人有些不知所措，眼前的事把他的本能刺激出来了。下意识的，虞搏就手拎起一条长凳，不轻不重地砸在一个男人的后背上，像是跟人打了个不咸不淡的招呼，直把对方招呼得愣了一下，不动了，挺想不通的样子。另一个男人松开姑娘的头发，机敏地向后跳开一步。

妈的你们怎么才来？姑娘骂虞搏。什么意思呢？原来是虚张声势。

虞搏不知所云地持凳而立，摆出个继续招呼人的架势。两个男人见对方来了帮手，而且还是"你们"这样一个规模，当即骂骂咧咧地走开了。

后面的事，就有些不像真实的事儿了，有些虚幻，有些浑噩和蒙昧，除了年轻人，一般人很难理解。姑娘把虞搏带到一个出租屋，她洗去脸上的血污，施施然朝着坐在一张木床上的虞搏靠过去。虞搏的心思乱糟糟的，还处在之前的亢奋中缓不过神，手里差不多还是那条板凳的手感。这种出租屋在校园周边比比皆是，因陋就简，符合年轻人的消费水平，派什么用场，大家心照不宣。但虞搏却是第一次涉足其间，正是有些好奇，就这么不清不楚的有了自己的第一次性经历。

第二天虞搏见到姬武的时候，姬武就感觉到虞搏有些异样。虞搏的脸上看不出什么，但心情却是真的变了。心情变了，即使脸上不带出来，整个人还是会有些令人说不出的异样。姬武挺敏感的，他现在正努力捕捉世界的本质，所以看问题就直接往本质上看。

姬武说，虞搏你去找小姐啦？

虞搏吓了一跳，有些生气地瞪着姬武。

姬武叹口气说，唉，干吗瞪我，你这个年轻人。

你看，姬武现在也是这种口气了。他是不是也觉得将同伴称为"年轻人"，自己就有了某种心理上的优势？可见，当人一直面现实，不自觉就会变得有些老气横秋。

虞搏不说话，瞪姬武，就是心虚的表现。他也正在拿不准，自己昨夜的经历是个什么性质？莫非，那个姑娘真是个小姐——就像大家盛传的那样，住在出租屋里的姑娘，都是做小姐的？但虞搏不愿意下这样的结论。一个年轻人，刚刚经历了自己人生中的第一次，当然不愿意妄自菲薄，而且，他还会放大自己的经历，最好将一切弄成一个传奇。

昨夜事情发展得太快，虞搏来不及仔细体会，像是做了一个无法复述的梦。但现在，虞搏就觉得此番遭遇颇具传奇色彩了。那个姑娘叫人难忘。难忘不是因为她赐予了虞搏人生的第一次，当然这也算是因素之一，但让虞搏耿耿于怀的，是那个姑娘不堪的处境。他们相遇了，这是上帝的安排。姑娘以一副被殴打、被侮辱的形象出场，其后呢，虞搏在一间粗鄙的出租屋里交出了自己的人生第一次。这一切，给夜晚的传奇构成了阴郁的背景。传奇是什么？字典里有解释，传奇就是情节离奇或人物行为不寻常的故事。虞搏陷在自我传奇化的情绪里，不免就有些悲天悯人，同情起那个姑娘。就像王子遇到了灰姑娘，没谁这么要求，虞搏却觉得自己对那个姑娘有了天然的义务。

下来的几天，虞搏骑着一辆不去碰它都会自己响起来的破自行车，频繁地离开校园。他们就读的这所师范大学，地处城乡接合部，周边的地貌有些特点，沟沟壑壑，此起彼伏。那些出租屋大多建在沟里，屋顶几乎与地面平行，让人担心遇有大雨它们身处的那个坡度就会沦为灾区。那间出租屋也在一个坡下面，给人的印象是，似乎谁都可以进去住一下——只要你愿意下到那个大坡下，推开那扇永不上锁的门，躺进屋里的那张木床，那么你就是它的居住者了。虞搏连续几天坐在一棵槐树下，远远看着出租屋露出地面的屋顶。屋顶是铁皮搭的，风吹雨淋，锈迹斑斑。中间隔着一条铁路，半个小时左右就会有一列火车铿锵而过。火车过后，灰尘落在虞搏干净的衬衫上。虞搏神情忧悒地望着自己的目标。总有一些装束可憎的人在那间出租屋进进出出。所谓"可憎"，大约只是虞搏的观感，人家不过也是些年轻人，年轻人奇装异服，标新立异，按理说虞搏是应当理解的。但现在的虞搏，看待这些事物，偏见就比较多。虞搏看着他们的脑袋一个个沉入到坡下，又一个个滑稽地浮上来。一些奇怪的喧哗飘在风里，吃惊的尖叫，放肆的大笑，以及语焉不详的谩骂。虞搏从中辨认出一个声音，于是如同被刀片割了一下，让他觉得自己的心都疼了起来。

终于有一天，一列火车过去后，虞搏下到了那个坡下。

是你呀。姑娘毫不吃惊地看着虞搏，好像跟他提前预约过一样。

屋里只有她一个人，虞搏是确定这一点才下来的。有那么一个瞬间，虞搏忘记了自己的目的，木讷地看着那扇足有一面墙大的西窗。其实那天晚上这面西窗已经让虞搏感到了震惊，不同的是，彼时是夜晚，窗外黑黢黢的一片，此时透过玻璃，窗外葳蕤的草丛摇曳在金色的晚霞之中。姑娘幽暗曲折地站在窗前，晚霞金色的背光使得她看起来好像一个剪影，也好像一个毛茸茸的标点符号。

逗号，虞搏脱口说道，你像个逗号。

姑娘哈哈大笑，说，干吗非是逗号？干吗不是感叹号？

虞搏说，还是像逗号。你的头这么大，轮廓就是像个逗号。而且你站得一点也不直，怎么会像感叹号呢！

其实姑娘的头不算大，不过是发型蓬松，给人一种烟熏火燎过的感觉而已。虞搏这么认真，姑娘觉得很好玩，大声说，好吧好吧，就逗号吧！我以后就叫逗号。

虞搏受到了鼓舞，进一步说道，嗯，逗号，你不能这样，别这样了。

不能怎样？逗号饶有兴趣地看着这个年轻人，问他，你要我怎样？

是呀，虞搏要人家怎样呢？他自己也说不清，总不能要求人家不要呼朋引伴吧？虞搏说，我不要你这样……

嗨！逗号说，你不要？

是，你答应我了，可你还这样。

我答应过你吗？逗号从窗前走过来说，坐下吧，坐在床上。

这间屋子里，除了床，没地方可坐。

虞搏扭捏了半天，说道，如果你不记得了，或者，你只是说说而已，我没什么可说了。说完虞搏转身走出小屋，他以为自己会被叫住，却没有听到期望中的声音。

这个逗号跟虞搏承诺过什么吗？对此谁都没有把握。但虞搏坚持说那天夜里他们俩就此有过一番谈话。后来虞搏对姬武说过，那天夜里，他已经领略了这个逗号的放诞，并且规劝过她，逗号呢，没什么含糊的，当即就答应了。想想吧，当时的虞搏，刚刚完成了他的成年礼，开口训诫一个姑娘，又立竿见影，当然成就感便要油然而生。所以虞搏很看重这个。他没有料到，再次见到这个姑娘，人家却矢口否认了。

出租屋的后面是一片大得令人生疑的旷地，野草长得漫无边际。虞搏走进这些稆生植物里，一个人在风吹草动中默默地走出很远，然后找了块地方坐下，将自己隐藏在草丛中。草茎不停地扫在虞搏的脸上。这时候的虞搏，内心还是比较平静的。他想，可能真的是自己记错了，或者是自己臆造了一些情节，如今，不过是梦醒了而已。如果这一天虞搏可以不受打扰地再坐一会儿，那么其后一切就会回到按部就班的轨道上，虞搏会拍拍屁股，回学校，继续去接受大学教育，直至走到中学讲台，或者其他什么岗位上去。但是逗号盲目地奔跑过来了，在草丛中漫无目的地寻找。透过那面西窗，她看到这个年轻人隐没在了野地里，给她的感觉好像是突然溺水了一样，需要被人打捞。草茎折断的声音纷乱动荡。她看到他了，两个人有些惊愕地对望在夕阳下。逗号向虞搏一步步趟过来，像涉着水。虞搏呢，站起来，跑了。

来日虞搏守在槐树下，再次看到逗号和一个男人消失到铁路对面的地平线下，泪水一下子涌了出来。虞搏的平静再也没有了。不要小看昨天傍晚逗号的那个靠近，这一张一弛之间，年轻人的心思却全乱了。虞搏骑上那辆破车子决定离开。骑了十几米，下来推着走了。现在这辆破车微不足道的速度都令他窒息。骑在车上，虞搏感到风一阵阵地灌进肺里，让他哽噎不已，像一条搁浅的鱼。

虞搏回到学校，坐进画室里失神地看着眼前的一组静物，深紫色的衫布，花里胡哨的锦鸡标本，仿真桃子和不锈钢的餐具，突然就觉得原来一切都是虚假的，是幻象，他们对着一堆假东西精心描摹，有什么意义呢？这就是产生疑问了，年轻人对自己的生活怀疑起来了。虞搏迟迟没有动笔，让绷好的画布始终空洞地洁白着。

我要搬出去住，虞搏冷不丁对身边的姬武嘀咕了一声。

姬武没听明白，回头看他，他已经扬长而去了。姬武追出画室，但没有从虞搏那里得到什么解释。虞搏拒绝解释，用一张恍恍惚惚的脸对着姬武，惹人徒费猜疑。这是怎么了？姬武想一定是师敏丽惹了虞搏。

说起来，师敏丽算是虞搏的女朋友。而且这个女朋友，也像姬武一样，和虞搏算得上是两小无猜。他们都是那座小城市里少年宫培养出来的，当年在一起学画画，一起提高了专业，一起荒废了文化课，所以像被安排好了似的，一起来上师范大学了。如今，他们是大学里的同学。师敏丽这个姑娘，走的是那种中性的路子，短发平胸，有些像一个假小子。年轻人的审美挺奇怪的，让人搞不懂，倒是这种假小子似的姑娘，如今行情很好。师敏丽在师范大学里行情也很好，追她的同学不少。但师敏丽不为所动。因为师敏丽的心里装着虞搏。

当年三个年轻人考上了师范大学，对于他们，是一次挫折，对于培养他们的小城少年宫，却是个业绩。可不是吗？一下子给省城输送了三名大学生，这个成果可不小。没考到北京，这个责任不在少年宫，在他们各自的学校。少年宫在专业上，是尽到自己责任了的，将他们培养出了画画的特长。据此，少年宫决定开个庆功会，祝贺一下他们，同时也宣传一下自己的办班水平。

三个年轻人的父母都受邀前来。虞搏的母亲在财政局工作，人是很精明的，当场有意无意放出些话，意思是让师敏丽在大学多"管着点儿"虞搏。这"管着点儿"，总要有个名堂吧？不明不白，人家姑娘凭啥替你"管着点儿"儿子？这就在话里话外说出些其他味道了。半开玩笑半认真，那意思就把师敏丽说成了虞家未来的媳妇。这样就名正言顺了，说得通了，算是做婆婆的一个交托。师敏丽的父母在小城开蛋糕房，女儿考上师范大学，对于他们是一件心满意足的事，跟虞搏家这种公务员家庭攀上情分，就是锦上添花，没有理由不半真半假地跟着附和。场面就很喜庆。

三个年轻人呢，却是各怀心事。姬武很郁闷。看着自己的两个伙伴这就又近了一步，姬武挺失落的，心里不免有些埋怨。埋怨谁呢？当然是他的父母。姬武的父母，那两位中学教师，落寞地坐在一旁，看着别人的家长谈笑风生。姬武教语文的父亲低声对儿子说，姬和虞，这两个姓，都是古姓。姬武愣了一下，终于忍不住瞪了父亲一眼。虞搏一贯恍惚着，偶尔听到自己的母亲夸赞师敏丽，就回头看一下母亲，心想，我怎么没看出师敏丽有这么好？在虞搏眼里，他把师敏丽当成一个兄弟，以前开玩笑，还让师敏丽背过他呢。虞搏挺单薄的，所以假小子似的师敏丽背得动。师敏丽呢，听着父母们嘻嘻哈哈，将她说成了一个主题，年轻的心一下子开了窍。怎么说呢？这姑娘动心了，突然发现，自己很喜欢虞搏。

所以上了大学后，师敏丽就"管着点儿"虞搏了。所谓"管着点儿"，不过就是照顾虞搏的生活，洗洗衣服啦，端个饭什么的。一来二去，虞搏没什么反应，舆论却认定了，师敏丽是虞搏的女朋友。

他们这批学生招的多，怎么说？扩招了呗。师敏丽在另外一个班。姬武站在教室门口，把师敏丽喊出来说话。

姬武说，虞搏说他要搬出去住，他这是唱哪出？

师敏丽说，我不知道啊。

姬武说，可你看起来一点也不吃惊，你怎么会不吃惊呢？他跟你也说了吧？

吃惊？我为什么要吃惊？师敏丽不看姬武，发了会儿呆说，他没跟我说，但我早知道他不会消消停停地在学校待下去。

师敏丽的回答更令姬武费解了，好像她和虞搏之间有着秘不示人的攻守同盟。师敏丽凭什么"早知道"呢？虞搏又因何"不会消消停停地在学校待下去"呢？对于虞搏，姬武一贯认为自己是最了解的，但此刻听了师敏丽的话，突然觉得自己并不是一个最掌握情况的人了。师敏丽放出这样的话，应该是基于一个姑娘对于自己心上人的那种把握。这种把握很微妙的，必须要用一颗开了窍的心。师敏丽用心地"管着点儿"虞搏，于是就看到了虞搏风平浪静之下的暗流。姬武抓世界的本质，师敏丽抓虞搏的本质，她看出来了，这个虞搏，内心比谁都汹涌。有一件事，姬武并不知道，那就是虞搏曾经一个人去过北京。虞搏对师敏丽说，他天天站在中央美院的校门口，看着人来人往，但一次也没有走进去。师敏丽从这件事和这些话中，看出了虞搏汹涌的内心。

姬武知道自己不能去刨根问底，那样会显得很蠢。对于师敏丽，姬武也有些难言的情绪。本来姬武并不是格外留意师敏丽，但师敏丽被舆论规定成虞搏的女朋友后，姬武的心里就有些变化了，但又不可告人，所以面对这两位伙伴时，常常有些左右为难。

姬武气鼓鼓地对师敏丽指出，师敏丽你要管着点儿虞搏！

师敏丽回过了神，转身找虞搏去了。但是显然，师敏丽没有管得住虞搏。虞搏当天晚上就没有回宿舍，第二天也没来上课。姬武和虞搏睡一个宿舍，这还是姬武想办法调在一起的。姬武已经习惯了，只要睡在宿舍里，就能看到虞搏的影子。以前是姬武常常夜不归宿，这天夜里没了虞搏，姬武几乎一夜没睡。虞搏的床空在那里，无端地让姬武觉得本来逼仄的宿舍陡然空旷辽阔起来。

几天后的夜里，姬武一个人躺在宿舍里思念他的兄弟虞搏。姬武想起一些酒醉的夜晚，虞搏用湿毛巾冰在他滚烫的脑袋上，怜悯地看着他，对他说，别把自己不当回事儿。姬武回答，凡·高把自己当回事儿，可这位前辈闹得"连椅子都摇晃起来"，最后割了耳朵都不行，还得朝自己肚子上来一枪……

就在这时，虞搏推门进来了。姬武还以为自己产生了幻觉。从小到大，姬武没见过虞搏这么狼狈：衬衫马马虎虎地皱成一团，裤子膝弯处更是沟壑纵横，屁股后面的一只口袋，居然恶劣地向外翻着舌头。虞搏一头扑到自己的床上，脸埋在被子里说，进来吧。显然这不是在对姬武说。于是一个姑娘迈了进来，蓝色的短裙，衬衫的袖口和领子是乳白色的，这身打扮，像个水兵。

逗号，姑娘向姬武笑了一下，然后坐在虞搏床边。

好半天姬武才判断出"逗号"这两个字是她的名字，这个姑娘是在作自我介绍。

虞搏说，姬武你去把师敏丽找来。

平时虞搏很少这么指使人。姬武糊里糊涂地遵命去了。一边走，姬武一边挠头。怎么了呢？姬武觉得这个姑娘很面熟。走到女生宿舍楼下时，姬武终于想起来了，可谓恍然大悟。我见过这姑娘的乳房！姬武在心里对自己大喝了一声。原来，学校附近有一家文身房，老板常请师范大学的美术生去给客人绘图样，只要是挣钱的事，姬武从来不落人后，姬武在那里给很多人的身体上画过画。其中有一次，来了个姑娘，要求给她的乳房上刺只蝙蝠。之前也有女顾客，也有怪要求，但这次算是格外离奇了些。姬武还记得，当时自己握笔的手是有些颤抖的，尤其当眼前那只乳房泛起一片米粒般的疹子时，他几乎有种缺氧般的眩晕。姬武记住了那只乳房，反而对那只乳房的主人，需要挠一阵头才能想得起来了。

姬武把这个发现说给了师敏丽，虞搏领回来一个姑娘，而这个姑娘的乳房上，姬武兴奋地宣布，有一只我画上去的蝙蝠！

师敏丽一路跟着姬武走，只听得浑身发颤，好像那只蝙蝠落在了她的乳房上一样。进了宿舍，虞搏已经换了一身衣服，又是那么干干净净的一个年轻人了。逗号斜倚在被子上，夹着一支烟，把自己的脸藏在烟雾后面，那两根夹着烟的手指，都套着很夸张的银指箍，看起来像两截铁筷子。虞搏过来拉着两个伙伴往外走。师敏丽很倔强，硬硬地挺在那儿，将抽烟的逗号死盯了足有一分钟，才勉强跟了出去。

三个年轻人站在宿舍楼的走道里，彼此的影子重叠在一起。

虞搏垂头丧气地说，我发现自己不能同时做好两件事情。

姬武问，没头没脑的，你指什么？

虞搏说，逗号，逗号和上学，我上着学就不能在她身边看住她。

看住她？师敏丽禁不住叫起来，她是谁？你干吗要看住她？

是的，是这样的。虞搏着急地陈述起来，逗号是个可怜的姑娘，十六岁的时候，被一个男人带到这座城市，那个男人是个流窜犯，流窜到她们那里时在火车站遇到了她……

可这关你什么事？姬武厌烦起来，说，况且这个故事也太戏剧化了，你能保证这个姑娘不是在给你讲故事？

虞搏的目光鞭子似的甩向姬武，他说，我不需要跟你保证什么！即使这是个故事，即使戏剧化，又怎样呢？我们生活的这个世界本身就是戏剧化的！

姬武没想到虞搏的反应会这么激烈，他像变了个人似的，让姬武感觉他跑回来就是为了找人吵几句。这倒也是个事实，姬武的感觉没错，虞搏把他们俩叫到面前，也真是想宣泄一下。虞搏在那间出租屋住了几天，和逗号做了各种各样的交流。但逗号和他交流的方式超出了他的经验。怎么说呢？虞搏觉得自己听不懂逗号的话。逗号的行为乖张，让人难以捉摸，即使好好说话，嘴里也常常冒出些古怪的言论，在虞搏听来，就像是黑社会的切口。其间有几次，虞搏终于听明白了一些内容，比如鲍勃·迪伦，虞搏马上表示这个他是知道的，摇滚歌手嘛！不料逗号却反驳他，说鲍勃·迪伦更应该算作诗人。"诗人"这个词从逗号嘴里说出来，出乎虞搏的意料。一方面，虞搏有些欣慰，感到一个隐忧被排除了——众所周知，一个小姐应该不会说出"诗人"这样的词吧？另一方面，虞搏又挺受打击的，觉得自己和逗号之间，有种客观存在着的不平等。这种不平等，说白了，就是一个小城市来的年轻人，在见识上，无论如何会稍逊一筹。这种不平等非常隐蔽，却能让一个大学生面对一个住在出租屋里的姑娘时，有些如坠雾里。本来虞搏在逗号面前是怀着些优势的，做着王子与灰姑娘的传奇梦，不料这个灰姑娘原来挺神气。后来说到了逗号的身世，她不耐烦了，扼要地给虞搏说了几句。这扼要的几句，虞搏完全听得懂，而且立刻从中找回了再续传奇的基点，那种可以去保护什么，怜恤什么的情绪，又回到了虞搏一厢情愿的心里。

所以姬武质疑逗号的故事，虞搏就很愤怒。

姬武的脾气也不小，平时他们俩在一起，是姬武更容易冲动的。姬武觉得虞搏的脑子坏掉了，如果要谈恋爱，要交女朋友，这也没什么可说的，干吗非要搞得这么离谱，像唱戏一样。

姬武说，虞搏你是被那只蝙蝠弄糊涂了吧。

虞搏吃惊地看着姬武。姬武还想说下去，被师敏丽打断了。

师敏丽问，虞搏你们怎么认识的？

虞搏摇手说，这不重要。

师敏丽顿一顿，问，你有什么打算？

虞搏说，她住的那个地方不好，必须给她换一个环境，这是最起码的事情。

师敏丽直截了当地问，虞搏你爱上她了？

虞搏躲避着师敏丽的目光，说，这也不重要，就像援助非洲难民，你并不一定非得先爱上他们才行。

说完他似乎也觉得这个比喻不太妥当，怏怏地看了姬武一眼。

姬武忍不住夸张地叹起气来，哎哟，年轻人，这也不重要那也不重要，什么对你是重要的？

虞搏抢着说，姬武你不要嘲笑人！

姬武一挥手，表示不想跟他说下去了。姬武觉得自己跟这个年轻人没什么可说的。

原来虞搏已经在外面租下了一套房子，他回学校是来取自己被褥的。作为公务员的儿子，虞搏有能力在校外租住房子。对此，姬武既有些哀其不幸，又有些怒其不争。有什么可说的呢？既然虞搏执意如此，而且他也有条件如此，那就让他如此好了。姬武想，由他去吧，要不了多久，吃了苦头，他自然就明白了。师敏丽大概也是这么想的，将希望寄托在虞搏的自我醒悟上。大家都是年轻人，对待同类，毕竟要宽容一些。所以，当天夜里，即使百般的不愉快，在虞搏的要求下，姬武和师敏丽还是跟着去认了认门。

房子离学校挺近，步行过去也用不了多长时间。到了楼下，师敏丽却坚决不上去了。姬武理解师敏丽的心情，她能跟着走这么一趟，已经算是个了不起的姑娘了。姬武决定陪着师敏丽回去。那个水兵一样的逗号，一路上顾自走在前头，旁若无人，对虞搏的两个伙伴视若无睹，好像一个自行其是的船长，挺傲慢的。此刻她更是头也不回地率先上了楼。虞搏将被褥扛在肩上，踌躇一下，结果还是尾随着逗号去了。师敏丽站在楼下久久不动。姬武提醒她再晚怕校门都进不去了，她突然发狠地对姬武嚷道，你怕什么？回不去今晚我就是你的！

当然最后还是回了学校。进校门时，师敏丽自言自语地冒出一句，完全是一个女流氓嘛！

姬武知道她这是在评价逗号。姬武说，当着虞搏的面你干吗不说？

师敏丽一声不响地蹲下去，半天不愿站起来。

姬武有些心疼师敏丽了，说，要不，把事情跟虞搏家里人说一声？

不料师敏丽发起火来，冲着他嚷嚷，你一天鬼混着，也跟你家里人说一声吗！

师敏丽这就是在保护虞搏了。保护他什么呢？也许，就是保护他年轻的权利。什么又是年轻的权力呢？如果我们还算公允，我们就会稍微承认这种权力，那就是，一个年轻人有权行止离奇，思路乖张吧？

姬武瞠目结舌地站在一边，最后干脆跺脚走了。

其实姬武心里的负担一点也不比别人轻。马上面临着毕业，就业状况又这么严峻，姬武的父母已经替他联系中学教职了。如果别无出路，好像姬武就只有掉进做一名中学教师的壕沟里去了。姬武觉得没有人会理解他，连自己的女朋友都不会。

这时候姬武也谈了一个女朋友，也是他们的同学，叫罗小沛。罗小沛人挺漂亮，但在姬武眼里，似乎有点傻乎乎的。姬武批评过她，说她没心没肺，一点危机感都没有。罗小沛说，我干吗要有危机感？危机感留给你们男人好了，我嫁一个没有危机的就 OK 啦。这么说来，罗小沛这个年轻人算是比较懂道理了，挺练达的。但这番话听在姬武耳朵里，却很不是滋味。尽管罗小沛说了"你们男人"，但姬武很识相，知道自己其实是不包括在这些男人里的。就是说，他不在罗小沛要嫁给的男人之列。因为姬武明白自己不是一个没有危机的男人。

这天姬武在操场上和罗小沛望天发呆，看到虞搏恍恍惚惚地走过来。虞搏已经旷课多日了，校方当然要严加申斥。虞搏却无所谓，他好像打定主意了，并不把事情看得太严重。在这一点上，姬武依然一边替虞搏担心，一边暗恨虞搏有过硬的家庭，可以让他这么肆无忌惮。姬武知道，虞搏的父亲是不会让虞搏拿不到毕业证的。

虞搏顺道来取几件衣服。姬武陪他回到宿舍，颇有些伤感地和他依依告别，仿佛虞搏这一走，就再也不会回来了。送走虞搏，姬武回到操场上继续和罗小沛望天发呆。这对年轻人挺爱这么做的，好像望着望着，天就会开。后来不经意开了口，话题便是围绕着虞搏了。这些天虞搏的行径成了同学们之间议论的焦点。这个看起来循规蹈矩的人，怎么一下子倒行逆施起来？其他人再怎么胡混，也不敢公然做出弃学的架势。年轻人都明白，无论如何，文凭总是要拿到手的，即使是一张末流师范大学的文凭。但这个虞搏，看来有些无所顾忌了。尽管大家无法效仿，但很乐于远距离欣赏。

罗小沛听完姬武似是而非的情况介绍后，神往地说，虞搏是个可爱的人。

姬武说，可爱吗？我怎么不觉得。再说了，光可爱有什么用。

有什么用？艺术有什么用呢？罗小沛反驳说，这根本不是问题。他的效果就和一道风景一样。

姬武听了这话，暗自分析，原来罗小沛既有嫁一个好男人的蓝图，又知道不耽误欣赏沿途的风景。姬武想，他目前也不过是罗小沛途径的一道风景吧，罗小沛穿越而过，目标却是在别处。但姬武在嘴上不认输。他没什么好讲的，只能来一句高深莫测的"年轻人……"。姬武这么拖着些腔调，是喟叹，是惋惜，也是表示轻蔑和表示不理解。总之也是含义万千，复杂得很。姬武还是牵挂虞搏的。同时，姬武也牵挂师敏丽。不用说，这段日子师敏丽的情绪很糟糕，整个人有种冷硬的气派，姬武想，自己的这两个伙伴，真是不能让人省心啊，真是年轻。

　　老实说，遇到逗号，算是虞搏的一个劫数。就像文身店的老板对姬武说的那样，逗号这个姑娘，"名堂多了"。虞搏觉得自己始终看不清逗号。这种看不清，居然会从心理上波及生理上。虞搏发现自己一面对逗号，本来不错的视力就会陡然变弱，变得模糊了，朦胧了，模棱两可了。其实这不怪虞搏。逗号这种姑娘，在大城市的年轻人中都是属于那种不被人理解的异类，是年轻人中的年轻人，如果非要把她排列在一张标准的视力表里，她就是最末一行中的一个字母"E"，特别考验人的眼神。虞搏从小地方来，即使也一腔热血，目光炯炯，但打量这个让人目迷五色的世界时，天然已经有些近视了。虞搏说，逗号你太颓废了。逗号说，我不颓废，我很积极。虞搏说，逗号你有时候挺冷漠的。逗号说，哪里，我是个热情的人。就是这么说不到一起去，一种积极的颓废和热情的冷漠摆在了虞搏的面前，这种态度超出了虞搏的目力所及。但逗号似乎无意纠正两人之间的差异。逗号对虞搏说，别变，虞搏你就像现在这样，挺好的。虞搏"挺好"在哪里呢？虞搏自己是不自知的。其实在逗号眼里，虞搏也是一道风景吧？一道风景当然不会知道自己好在哪里了。

　　这么说来，虞搏心里的传奇就是一个逆转的局面了，他和逗号之间，谁襄助谁，谁体恤谁，也是各有各的理，看你从哪方面说。逗号对于虞搏就是一个来路不明的谜。连逗号是做什么的，虞搏都始终没搞清楚。她好像什么也不做，可一个人什么也不做，怎么生活呢？这是虞搏的疑问。将"做什么"与"生活"挂起钩来，这种念头挺正常的，但逗号觉得这就是虞搏境界的局限了，是小城市思维，生活难道一定是要用来做什么的吗？逗号说，亏你还是个学艺术的。这也是个半句话，具体怎么个亏法，逗号并不解释。虞搏因此觉得自己的气更短了，却也因此更加欲罢不能。

　　一切都是新鲜的，年轻的姑娘，年轻的谜面，给虞搏打开了另一番天地。这番天地是何等景致，虞搏只看到些影子，但他已经隐约感到了，自己的接收系统，可以捕捉到频率一致的信号，就像心弦已经被拨动。所以虞搏这台接收器就启动了，要呼应。但逗号飘忽来去，跟虞搏住了几天，一声招呼都没打，突然就像电波一样地消失在空气里。

虞搏找到了那间出租屋，里面已经换了人间，住着一个拾荒的老头。虞搏并不死心，坚持守候在屋后人迹罕至的草丛里。结果还真让他等到了些状况。夜里，一列火车铿锵经过之后，危机四伏的野地响起哗哗的水声，其后虞搏看到一个白晃晃的屁股上下颠了几下，一个女人从草后站起来。咦？女人一边系腰带一边吃惊地走过来，问道，什么人敢偷看老子撒尿？虞搏惊恐地把头埋进怀里。女人看了他半天，突然使出蛮力来拽他，就是要把他拖走享用一番的架势。虞搏吓坏了，夺路而逃。就此，虞搏的神经就有些濒临崩溃的感觉，时时觉得有一双手在蛮横地拖拽自己，像是要将他拖到某个深不见底的深渊里去。

虞搏回到学校，令所有同学都禁不住错愕了一下。几天不见，虞搏的形象大大改观了，他灰头土脸地出现在同学们面前，衬衫袖子一只捋到腋下，一只垂在手背上。当时大家正在画室里完成作业。虞搏过来坐在姬武身边。姬武问他出事了吗，他摇摇头说，我就是想来看看你。这句话让姬武感到有些心酸，姬武听出了里面的情谊。虞搏示意姬武继续画，不要被他打扰。他安静地坐在姬武身边，看姬武作画，隔一会儿对姬武提出些建议。姬武采纳了他的意见，画面出现了意想不到的效果，对象在画布上呈现出一种被更多主观观照的面貌，那是一个新的空间，一个只存在于内心的新的形态。姬武得承认，虞搏的天赋不错，同时姬武也认识到，他俩眼中的世界，原来真的是有着天壤之别。

一直画到画室里只剩下他们俩，虞搏突然在背后说，姬武，逗号不见了。

虞搏的语气平淡，可是这句话让姬武的心缩了一下。姬武回头看虞搏。虞搏闭着眼睛，两只手合在一起夹在两条腿中间，身子像陶醉在什么旋律中似的摇来晃去。

姬武说，不见了？

虞搏却不再作声，就那么不停地摇来晃去。

姬武拍拍虞搏的肩膀，没话找话说，你该好好画，去考研。

考研这个事他俩说过无数次，早被否定了的。这两个年轻人，很要命，英语完全是一塌糊涂。所以考研这条路早被堵死了。

好半天，虞搏才摇晃着说了一句，我现在觉着老黑的话还是挺有道理的。

老黑就是黑格尔。黑格尔在《美学》中说：艺术不再是真理获得自我存在的最高样式，不再是精神实现的最高要求；艺术在现时代成了可有可无的东西，它在最高的使命上已不过是一种过去的事了。

黑格尔说得挺狠，比校方的学前教育更能给人雪上加霜。这段话最初是姬武传达给虞搏的，用来佐证当今世界的本质。虞搏对这段话很抵触，他说如果世界的本质真是如此，那他情愿活在假象里。虞搏那时也不把黑格尔叫老黑。可虞搏现在却觉得老黑有理了。姬武不知道怎么回答他，他觉得虞搏现在倒是应该被世界的假象继续蒙蔽住，那样，这个年轻人才不会显得如此让人揪心。姬武留虞搏在学校吃饭，虞搏却提出让姬武陪他出去坐坐。距学校不远有一片麦田，刚刚入校时，他俩常去田埂上坐一坐。后来姬武没有了守望麦田的闲情逸致，就是虞搏一个人去坐了。现在虞搏提出这样的要求，姬武觉得自己不能拒绝，一边和虞搏并肩往外走，一边给师敏丽发了短信。

师敏丽却先到了，让人感觉她本身就待在麦田边。三个年轻人坐在田埂上，脚下是一条灌溉用的水渠。以前他们常常扎堆，此刻不禁都想起些往事。空气很闷，天边波诡云谲，是风雨欲来的架势。三个朋友谁都不说话，各自酝酿着什么似的。这么坐了半天，姬武先憋不住了，说，吃饭去！但没人响应他。虞搏的手指绞在自己牛仔裤膝盖上的洞里，将那个洞一点点撕成一条口子。师敏丽看不下去了，伸过去一只手，盖在他的手背上，既是按捺他，也是按捺自己。

虞搏讨好地向师敏丽笑笑，说，逗号不见了。

看得出，这些天虞搏的日子不好过。谁都明白，虞搏此刻需要一些安慰。可他该如何来向自己的朋友们谋求安慰呢？结果是虞搏刚刚谨小慎微地张了口，就激起了波澜。

师敏丽酝酿够了，按捺不住了，叫起来，这种女人不见了有什么稀奇！她是个什么人虞搏你看不出来吗！

这下可好，虞搏像被咬了一口，跳起来，一只脚踩进了水渠，污水贱在他腿上，也溅在姬武和师敏丽的脸上。两个人狼狈地跳开，就像一颗炸弹突然落在了他们中间。虞搏索性将另一只脚也踩进了水里，他站在黑黄色的泥水中，像面对敌人一样地仇视着两个伙伴。

姬武说，虞搏你冷静些。

师敏丽满脸泥浆地哭起来。

姬武说，虞搏你听师敏丽的，这姑娘真的不值得让你这样，我打听过了，她的事儿可多着呢。

姬武真的是打听过。姬武找过那家文身店的老板，向人家打问过逗号。老板叽叽咕咕地笑了一通，说这姑娘名堂多了，屁股上都有刺青呢。姬武当时就觉得虞搏要倒霉了，和一个屁股上都有刺青的姑娘同居，会有什么好果子吃？

姬武说，虞搏你再这么下去你就成小丑了。

孰料师敏丽不可思议地冲着姬武叫起来，你滚开，你没有资格骂他。

姬武简直有些哭笑不得，吼一声，你们在这儿当疯子吧！顾自怒气冲冲地转身走了。走出很远，姬武回头，看到虞搏在麦田里疯狂地奔跑着。几个农民高声叱咤，从田埂四面向虞搏包围过去，最后终于抓住他了，扑倒，揪起，抬着往田边走。农民们义愤填膺地用拳头教训毁坏庄稼的虞搏。师敏丽像头母狮般地扑上去。姬武的眼前霎时模糊了，向着自己的伙伴们跑了回去。

保护麦田的农民将虞搏额前打出了几个包。师敏丽也没有受到礼遇，她的反应太激烈，农民们不得不让她也挨了几下。最后，姬武好说歹说，陪了话又赔了钱，才算平息了农民们的怒气。一个消了气的农民给他们撂下半句话，年轻人……

虞搏顶着额头的包回去了。那套房子没什么家具，在逗号的指导下，虞搏添置了一组沙发和一张床垫。床垫就地放在客厅的正中央，像个舞台。沙发摆在一旁，像是专门观礼用的。这个布局，也是逗号决定的，结果骤然驱动了两个年轻人欲望的马力。床垫上的事，虞搏完全是个学生。在这个舞台上，如同一幕大戏，虞搏被逗号引领着，上升，上升，尽情表演，无限上升，才知道了一切原来可以这么百无禁忌，这么邪恶并且快乐。浓度太浓，强度太强，弥散之后人就格外消沉。就像落幕的一刻，虞搏完全品尝到了挥霍之后那种身体与心灵的寂寞，会达到一个怎样消磨人的地步。

虞搏躺在床垫上，额头的包一阵一阵地跳着痛。他想自己可能是被打出脑震荡了。黑夜袭来，房子里没开灯。虞搏在黑暗中试图集中起自己的注意力，他想凝神回忆一下逗号，但是脑子里一片空茫。也不知道是虞搏的头被打坏了，还是逗号本身就是一个不清不楚的存在，总之，此刻虞搏想不起来什么了。

夜里虞搏被梦魇住了，一个强悍的女人把他往草丛里生拉硬拽，他很着急，知道这是在梦里，却无论如何醒不过来。他被人家摁倒，不由分说地吻住。这个吻太纠结了，虞搏分明觉得，对方的舌头像蛇的信子，分着叉。这一惊，倒是让虞搏彻底醒来了，但立刻又如坠梦中。他发现自己真的正被人拥吻着。虞搏失声叫起来，差点要去咬自己嘴里的异物。

别叫，逗号的声音在耳边响起，我们这是干吗？我们在一起就是为了互相拒绝吗？不是为了快乐吗不是为了快乐是为了什么我们要在一起呢？逗号的声音有着梦一样的音调，反复的疑问，反复的自语式的呢喃。突然她哭出了声，哭声瞬间而至，贴着耳朵飘进虞搏的脑袋里。她说，虞搏我爱你。接着就宛如登上了舞台，是再一次的上升，上升，尽情表演，无限上升。

当然了，落幕的时候，照旧是蚀骨的寂寞。已经是黎明了，天光渐亮。逗号的脸伏在虞搏头顶，问他，好看不？

说着她慢条斯理地向虞搏伸出了舌尖。

就着微弱的晨曦，虞搏眯起眼睛仔细端详了半天，越看越迷惘，越看越糊涂，因为，虞搏实在难以相信自己的眼睛。逗号的舌尖真的像蛇信子一样裂成两半，一左一右，并且上下各自灵巧地翘翻着。

虞搏没看错。逗号消失了这些天，就是干这个去了——裂舌。和刺青一样，这都是年轻人酷烈的风尚。

几天后姬武收到了虞搏的短信。虞搏委托姬武替他卖掉自己的几十幅油画习作。这些习作堆在学校一间专门的库房里。姬武曾经劝过虞搏，说毕业的时候这些画只能成为累赘，不如早早处理掉换酒喝。虞搏不听姬武的怂恿，似笑非笑地说，就像毕加索的蓝色时期，这些画是他虞搏的蓝色时期。收到短信，姬武第一个念头就是虞搏出事了，需要用钱。姬武觉得这事有必要跟师敏丽说一声。师敏丽听了，想了一阵，对姬武说，你照他说的办吧，送钱的时候叫上我。

姬武雇了辆车，将几十幅画送到了联系好的画廊，像倾倒垃圾一样地倒给了画商。做完这件事，连姬武的心情都阴郁起来。姬武为那些画难过，为所有年轻人的蓝色时期难过。这些画卖了不到两万块钱，算是贱卖了吗？不好说，依然是各有各的理，看你从哪方面说。

姬武叫上了师敏丽去给虞搏送钱。姬武看出来了，师敏丽出门前刻意收拾了自己。师敏丽和其他姑娘不同，所谓收拾，不过是把自己弄得更英姿飒爽，更不爱红装爱武装的样子。她穿了件冲锋衣，换上了登山鞋，那派头，像是要去跋山涉水。

两个人一进那套房子，首先便被沙发与床垫的组合刺激了，不约而同，相互对视了一眼，有点儿心照不宣的意思。逗号盘腿坐在窗子边，屁股下面是一只拖鞋。虞搏还是一副恍恍惚惚的样子，将他们迎进来，指着沙发说，坐吧，你们坐吧。姬武把装在一只塑料袋里的钱递给了虞搏，他想还是快些离开的好。但师敏丽不这想，她已经武装好了，现在见了山见了水，就是要跋涉一下的架势。师敏丽坐进沙发里去了，俯视着脚下的床垫，像是把一切都看透的样子，穿过床垫，都看到地板上了。

师敏丽说，虞搏你过来。

虞搏就垂着手走到师敏丽身边。

师敏丽从自己的双肩包里掏出一叠钱，一声不发地塞给虞搏。那只塑料袋还拎在虞搏手里，师敏丽的这叠钱就让虞搏显得有些手忙脚乱。这叠钱对于师敏丽来说，不是个小数目，她的父母在小城开蛋糕房，经济上并不宽裕。这说明了虞搏的母亲眼光很准，师敏丽就是这样一个踏踏实实对待虞搏的姑娘。虞搏好像是想拒绝师敏丽的，但一下子却是无从说起的感觉。场面就变得有些尴尬。

这时候坐在窗边的逗号发话了，她说，大家喝酒吧。

说完逗号站了起来，左脚勾起刚刚垫在屁股下的那只拖鞋，有些踉跄地去了厨房，随后一手一箱，拎出两箱啤酒来。姬武和师敏丽又是不约而同地对视了一眼，心照不宣——有什么好说的呢，喝吧！于是四个年轻人在这间空旷的客厅里喝了起来。起初姬武和师敏丽坐在沙发上，虞搏和逗号坐在床垫上，错落成两个阵营。一箱酒喝完，落差没了，都坐在床垫上了。师敏丽有备而来，但却用力过猛，她喝得太快了，而且酒量恐怕也最不济，山水跋涉了一半，就人仰马翻了，身子斜下去，倚在了虞搏的肩膀上。

逗号开始给大家表演，把自己的舌尖吐出来，用叉开的两瓣夹住烟。姬武吓了一跳，但他还能克制住自己。师敏丽就不行了，爬过去仔细研究这个现象，然后回头疑惑地看看自己的两个伙伴，突然就热烈地鼓起掌来。表演成功！这让虞搏也跟着松弛了，恍恍惚惚地对着大家信口开河。

虞搏说，我想去唐古拉山，你们想不想？

师敏丽迅速回应，说，想，我想！

姬武已经在大学喝了三年多的酒，比较能把握住，他笑了笑，举举手里的啤酒罐，算是表态。

逗号收回了舌头，很镇定地问，唐古拉山？在非洲吧？

大家都有些发呆，逗号却纵声笑起来，笑得空气都跟着哗啦啦地抖。她的笑声太有感染力了，姬武觉得有无数冒着酒气的黑色小蝙蝠正从她的胸怀中扑翅而出。

年轻人这就喝多了。姬武和师敏丽留下来过夜。四个人东倒西歪的，不知道是个什么睡法。深夜里姬武梦到一只黑色的大蝙蝠倒挂在自己的胸口，姬武忍不住呻吟，这只大蝙蝠在他耳边说，不要出声。第二天早上醒来，姬武在身下发现了一个耐人寻味的痕迹，不是很清晰，在沙发赭红色的布纹上它几乎难以辨识。但姬武却做出了自己的认定，知道那是个确凿无疑的凭据。是的，昨夜那一瞬间师敏丽的指甲锐利地嵌进了姬武的身体。回校的路上，姬武试图去搀扶有些蹒跚的师敏丽，却被她使劲地推开了。

师敏丽向姬武咆哮着喊道，我们什么也没有发生！

姬武心中那份疼痛的感觉瞬间消失。是的，什么也没有发生，姬武对自己说，年轻人，你不过是被一只大蝙蝠亲吻了。

虞搏再次出现在校园里，骑着一辆红色的哈雷摩托。原来他出卖了自己的蓝色时期，是为了换来这辆二手摩托。谁能想到呢？虞搏这个年轻人会像打出水漂的石子一样，弹跳着从一个极端飞跃到另一个极端，从静若止水，到了动若脱兔。现在虞搏是一个愤怒青年的造型，皮衣皮裤，坐在画室里不像个学生，像个杀手。有个开明些的老师，干脆让虞搏别画了，坐到台子上去，摆个造型，让大家画他。骨子里虞搏还是那个虞搏，老师吩咐了，他就照做，尽管有些不情愿，但还是颇为羞涩地做了一回模特。虞搏坐在台子上，姿势是沉思者那样的姿势，一只拳头拄着脑袋。

对于那辆哈雷摩托，虞搏骄傲地向姬武介绍了一番：一个世纪以来，哈雷的理念一直是自由大道，原始动力和美好时光。显然，这话是虞搏从逗号那学来的，买这辆摩托，当然也是逗号的建议。虞搏驾车在操场上给姬武演示了一圈，姬武就明白了，虞搏已经上了另外一个轨道。他开得一点也不快，多少还有些磨磨唧唧，但用心用力的态度，却是一目了然。这么看来，是逗号改造了虞搏，灰姑娘指引了王子。姬武突然觉得这样也不错。他甚至有些嫉妒虞搏了，很想跨上那辆摩托，如同纵马驰骋，怒火万丈地冲上几圈，把前途啦，现实啦什么的，都远远地甩在身后。

虞搏叫上姬武和师敏丽到校门口吃烤肉。烤肉的规矩是吃完了数扦子算账。姬武吃惊地看到虞搏边吃边三根两根地将铁扦扔进了路边的下水道里。姬武肯定虞搏不是为了蒙混那几块钱，这种近乎无赖的行为只是要表现出一种姿态，说明他已经开始向另一种境界靠拢过去了。

虞搏狡黠地对着姬武笑，说，姬武我是一个严肃的人。

姬武不动声色地说，是的，年轻人，我知道。

师敏丽突然站起来狂奔而去。姬武和虞搏在后面追了几步，她却像只羚羊般的迅速。这时虞搏就暴露出了他的无措，收住脚和姬武面面相觑。姬武指指路边的那辆摩托，有些幸灾乐祸地说，追吧。虞搏茅开顿塞地拍下大腿，就去发动那辆威武的摩托，结果却半天发动不起来。姬武站在一边看他穷忙乎，心里不知是喜是悲，觉得乏味极了。

就是这样，同样是被青春那双大手拧巴着，改弦更张，虞搏上了另外的路。姬武是被拧向了赤裸裸的现实，虞搏呢，梦想没了，现实又不放在眼里，干脆就拐个弯，背道而驰，往现实的反面而去，好像怕速度不够，他还要骑上一辆大马力的摩托。当然，在"自由大道，原始动力和美好时光"这条路上，虞搏这个小城市走出来的年轻人还是个生手，一起步，难免跌跌撞撞。不久他就出事了，逗号打电话给姬武，让姬武给虞搏送些画布和颜料去。姬武奇怪虞搏为什么不亲自打电话，逗号说，他骑车撞树上了。

姬武赶去看虞搏，好在虞搏伤得并不重，只是断了一条左腿。虞搏的左腿打着石膏，人一下子却显得沉稳了，好像受伤这件事，能够增添一个年轻人的分量。显得沉稳的虞搏让姬武给他送去画具，为的是不耽误毕业创作。看来还真是沉稳了。姬武却有些说不出的忧虑，他看到逗号的脸上也有些伤痕，以为是两个人一起撞了树。其实不是。逗号脸上的伤连虞搏都不知道是怎么来的。现在虞搏已经渐渐习惯了逗号的行为。她经常会莫名其妙地消失三两天，回来时又经常莫名其妙地带着些伤。虞搏认为自己已经理解了逗号，这就是一个喜欢居无定所，四处流浪的姑娘。从她的嘴里，你也别想问出个什么究竟来，她要么不说，要么这次说的和上次说的大相径庭，让人分不清孰是孰非，但你又无法质疑她的恳切，因为她的任何一种说法都让人觉得是肺腑之言。虞搏归纳不出这里面的逻辑，但他觉得自己开始可以理解了，作为视力表中的字母"E"，逗号在虞搏眼里，已经渐渐有了一个轮廓。这说明，小城市来的年轻人与大城市里的年轻人见识趋同了。

大学最后一个寒假姬武和罗小沛去了上海。罗小沛的一个亲戚举家回内地过年，空出的一套房子将年轻人的目光吸引到了这座大都市。走在上海街头，姬武像迎面遇到了一个全副武装的挑衅者，心里充满了要和对方打上一架的冲动。大都市坚硬的不锈钢般的气质和弥漫的奢华风格逼催着姬武年轻的心。这番风光不由分说地令姬武着迷，同时又让姬武伤感莫名。罗小沛整天闷在房子里画画，姬武就一个人从早到晚浮游在鳞次栉比的建筑丛林中。姬武才不去画什么画儿呢，在这个耳朵里听到的都是金钱撞击声的地方，姬武笔下画出来的只能是美元或者英镑。

罗小沛却才情迸发，躲在这座城市的角落里创作出了一幅油画。在这幅油画上，罗小沛大胆地使用着材料，结果产生了意想不到的效果。画面上一枚硕大的果实悬于空中。天空被罗小沛处心积虑地画成了血一般的猩红色。那枚果实硕大得充满了不祥的气息，是用一些拌成青红色的木屑直接粘贴上去的。它就那么无根无据地悬挂着。罗小沛叫它《盛夏的果实》。

新学期令人焦虑不安。行将毕业，激烈的现实一股脑包围过来。姬武忧心忡忡，夜夜做着站在中学讲台上的噩梦。指导老师在姬武的宿舍里看到了那幅《盛夏的果实》。姬武都忘记了罗小沛干吗将这枚妖果放在他这里。老师被吸引住了，建议姬武将这枚果实送去参加一个美展。姬武毫不迟疑地在参展表格上签下了自己的名字。对此，姬武没有感到太大的不安，依然和罗小沛在操场上望天发呆。

虞搏寒假也没有回家，他跟家里撒了谎，说自己在参加一个社会实践。虞搏实践什么了？倒也颇有收获，他的摩托骑得越来越快了。在逗号的引荐下，虞搏结识了一个玩哈雷摩托的圈子。让他惊讶的是，这个圈子里的成员居然不乏一些成功人士，到了夜晚，他们扔掉西装革履，亮出身上的刺青，一边用大油门的轰鸣制造出尘嚣，一边做着远离尘嚣的梦。虞搏夜夜和一帮人飙车，在立交桥上风驰电掣地呼啸来去，这反而让他获得了安静，没有像他的同学们那样惶惶不可终日。虞搏觉得自己已经找到了一种未来的生活方式，那就是"积极的颓废和热情的冷漠"并举。这实在是让人难以评价，年轻人的故事，就是这么难讲，因为你要用道理去跟他们讲，他们往往是听不进去的，所以他们的故事里没有道理可跟你讲。还是要老调重弹，各有各的理，看你从哪方面说。

姬武整天忙着做噩梦，多少忽略了自己的兄弟虞搏，直到虞搏被人抬着送到了眼前。虞搏的左腿又断了，还是因为骑摩托。这让姬武觉得上次的事故不过是个预演。不同的是，这次逗号不在，她又周期性地失踪了。所以虞搏要求和自己飙车的那几个人将他送回了学校。

临到毕业生离校之际，校园里都会失去秩序。和刚刚入学时的凌厉相比，校方的态度来了个大转弯，虎头蛇尾，在结局的时刻对一切都睁只眼闭只眼了，仿佛对一群怙恶不悛的子女失去了信心的父母，干脆听之任之，放任自流了。虞搏拖着一条打着石膏的腿进进出出，居然没有一个老师来关心一下——哪怕是干涉一下。师敏丽这就有了一个"管着点儿"虞搏的机会，她无微不至，女性的特征因此焕发出来。

虞搏拖着几公斤石膏在校园里晃荡，成了一个焦点，一个偶像。除了毕业生们心事重重反应迟钝外，低年级的同学几乎都被这个恍恍惚惚的伤病员吸引住了。他们喜欢虞搏，当然不是因为了那几公斤石膏，是因为虞搏热衷于给他们讲些稀奇古怪的事。虞搏郑重地对他们说，鲍勃·迪伦更应该算作诗人。

所以姬武常常被人追着问，见到虞搏了吗？虞搏在哪？我们找他聊天。

就在虞搏大受追捧的时候，失踪多日的逗号从天而降，脖子上带着些瘀伤找到了学校。

逗号先找到了姬武，姬武带着逗号在体育馆找到了虞搏。虞搏正被一帮低年级学生围坐在一张乒乓球桌上。那实在是一幅奇怪的景象，身披格子衬衫的虞搏安详地坐在一群年轻人中间，直着一条腿，像一个布道者似的。虞搏看到了逗号。姬武发现虞搏眼睛里的火花倏忽熄灭了一下，就好像一个正在吹牛的孩子，陡然见到了父母。姬武把他们送到校门外。逗号招手拦下辆出租车，上车前虞搏突然张开双手和姬武拥抱，说，再见了姬武。

姬武被他的举动闹得有些难为情。车子启动时，姬武看到虞搏的脸紧贴在车窗玻璃上向他说着什么。虞搏的脸挤在玻璃上，都挤变形了。

没过多久逗号就送来了虞搏被捕的消息。原来这次虞搏搞断了自己的腿，不是因为撞了树，是因为撞了人。被撞的是一名中年女人，要命的是，和虞搏飙车的那几个成功人士只顾着救助了虞搏，让虞搏基本上算是肇事后逃逸了。撞人撞得自己都断了一条腿，你想那该撞得有多重？结果中年女人死在了医院里。

姬武被逗号约了出去。

站在一个街角，逗号对姬武说，救救虞搏。

逗号神经质的诉说让姬武以为这个姑娘把他当成了法官。她颠三倒四的，让姬武好半天听不明白她要表达什么。但姬武的心却真的悬了起来。之前姬武还有些迟钝，首先想到的只是虞搏不能参加毕业考试怎么办。

逗号说，只有他们可以救他了。

姬武问，谁可以救虞搏，他们是谁？

逗号说，我父母，他们谁都可以，他们只要一句话就可以使虞搏获释。你陪我去一趟，跟他们证明虞搏是个好人，是一名大学生。

一对权势显赫、有能力罔顾法律的父母？这算不算又是一个传奇的故事呢？姬武想起另一个故事，十六岁的少女，流窜犯什么的，他无法判断这两个天差地远的故事哪个是真实的，哪个才是真正属于这个逗号的。逗号就是一个将自己披挂上了甲胄的姑娘，乳房上的蝙蝠，屁股上的刺青，唇中的裂舌，指上的银箍，她用这些东西武装了自己，那意思就是——别想知道我是谁。

即使将信将疑，姬武也必须和逗号走一趟。姬武跟着逗号走在路上，那感觉，就是从一个故事在走向另一个故事。大家可能看出来了，逗号这个姑娘才是我们这个故事里的主角，我之所以从虞搏和姬武这里开始讲，完全是因为对于逗号这个年轻人，我实在无力做出更多的说明。可不，我也一睁眼就发现自己已经老了，看不懂这样的年轻人了。

那是个有武警站岗的权力机构，进门时荷枪实弹的军人扣下了姬武的学生证。事后姬武想，这就好像是要去看一出话剧，进剧院时，他还被人验了门票。大楼是那种二十世纪的俄式建筑，栉风沐雨，却更显肃穆。在四楼的一间办公室里，姬武见到了逗号的母亲。她是个像这栋楼一样保养得很好的妇人，与失魂落魄的逗号相比，她更像是逗号的姐姐。办公室里装着空调，落地窗又是茶色玻璃，因而整个房间与屋外的初夏恍若隔世。逗号的母亲坐在一张真皮沙发里，她用几乎是厌恶的目光斜睨着两个年轻人。

逗号压抑地说，我有事求你。

噢？你会来求我？

是的，我求你，只有你能帮我了。

妇人严厉地说，这一点你早该认识到。

逗号咬着嘴唇，反复说，我求你，帮帮我。

姬武发现逗号即使情绪紊乱，但说话时依然尽量紧闭着嘴唇，因此，她说出的话就像是在哼哼。姬武想逗号是怕自己一开口，就在这个妇人面前亮出她那骇人的裂舌吧？

什么事，说吧。妇人缓和下口气，但立刻又语调冰冷起来，你快一些讲，不要让你父亲撞到你。

姬武猜想逗号的父亲也是这栋大楼里的人物。

你去打个招呼，我有一个朋友被关起来了⋯⋯

妇人打断逗号说，你走吧！你居然让我去为一个流氓说情。

不是的，他不是，逗号双肩战栗着，绝望地哼哼。她发出的腔调不像是吞吞吐吐，含混着，倒像是激烈的驳斥。逗号说，他是个正派人，绝对是一个好人，他是个大学生⋯⋯

妇人断喝一声，你好好说话！呜噜些什么！

姬武正在想是否该自己出面作证了，听到逗号终于清清楚楚地放言说道，我有了他的孩子！

妇人怔了怔，随后激动地呻吟了一声，好人？你会认识什么好人？你的舌头怎么了？天！你真让我恶心！

姬武跨上一步说，您看，逗号毕竟是您女儿。

逗号？我没有一个叫逗号的女儿，我⋯⋯

妇人鄙夷的腔调戛然而止，眼睛里不可遏止地浮上一片恐惧。

——嘭，一声沉闷的声音。

姬武转回头去，看到逗号只一瞬间就消失了。与此同时，姬武确凿地看到有一只黑色的蝙蝠从窗外扑翅而过。强烈的阳光从玻璃窗撞碎的地方一泻而入，房间的地面上像是被上帝突然加盖了一枚明媚的图章。

妇人抢了两步，探头从那个洞开的窟窿向下张望了一眼，突然转身面向着姬武，伸出一根手指，颤抖地临空虚点着这个年轻人。

姬武没有想到逗号母亲的手会伸得这样长。回到学校的当天，一位副校长就找姬武谈了话，警告姬武要检点自己的行为，有领导来调查过他的情况，希望他本分一些。

好在这些似乎并没有给姬武带来更大的麻烦。姬武如愿留在了省城，进了专业的画院。起关键作用的是那枚盛夏的果实，它挺合乎评委们的口味，在美展中获了奖，于是姬武的就业前景一下子便光明起来。罗小沛对这件事绝口不提，仿佛根本不知道。但姬武想罗小沛对一切是心知肚明的。罗小沛没有把事情挑明，并不说明她对姬武不怀芥蒂。姬武明显地感到，罗小沛面对他时有了一种调侃的态度，就连他们亲热时，罗小沛的眼神也时时流露着一份令人玩味的笑意。于是两个年轻人就常常在亲热时互相心有灵犀地笑着。可这又能怎样呢？年轻的姬武并不是那么需要一个姑娘的尊重，毕竟，在年轻的时候，大家只是彼此途径的风景。

姬武只是在和罗小沛分手时才感到了一些忧愁。罗小沛的家在一个更小的县城，毕业了，她得回去，就像被省城清理出去了一样。姬武去火车站送罗小沛，一个坐在车厢里，一个站在月台上。起初两个人还在笑，隔着车窗玻璃，玩味地笑，心有灵犀地笑。他们之间并无约定，谁都知道，此番别后，一切就是终了。但笑着笑着，两个年轻人就是泪流满面了。

师敏丽也要回家了。走之前，姬武约她一同去看虞搏。他们坐了半个小时的车来到关押虞搏的那个看守所。虞搏的状态比姬武预计的要好，并不是姬武以为的那样会剃着一个青惨惨的光头，而是短短的长着寸把长的头发，反而显得很精干。虞搏的身体似乎也强壮了一些，只是脸色有些苍白。看到他们，虞搏笑了。

姬武和师敏丽陪着虞搏笑，接着又讲了讲各自的现况。师敏丽毫无疑问是要去做一名中学美术教师了。虞搏的案子还没有判，前景似乎比较乐观，因为虞搏的父母已经来过几趟了。不过姬武还是有些替虞搏担心。这些日子全国发生了好几起肇事逃逸的案子，肇事者不是官二代就是富二代，其中有一个撞了人，害怕对方不死，干脆下车连续捅了人家好几刀，网络上传疯了，舆情激愤，要求严惩这些让人匪夷所思的年轻人。在这种形式下，好像对虞搏不太有利。

后来三个年轻人共同回忆起每年专业报考时的情景：相当一部分考生由家长陪同着从外地赶来应考，为此聚集在学校门口的家长们熙熙攘攘，他们的脸上写着希望与焦虑，他们的背包里带着食品，饮料，雨伞，画具，望子成龙的心情令人感动。而这些，三个年轻人也都曾经历过。

姬武对虞搏说，姬和虞，咱们的姓，都是古姓。

虞搏笑嘻嘻地听着。

师敏丽终于说出了蠢话。她嗫嚅着说，逗号，她挺好的，她……

姬武不敢去看虞搏。一只黑色的蝙蝠在姬武眼中一掠而逝。这只蝙蝠年轻的内心藏着什么？它可以穿越黑夜与白昼，却过不去一场稍纵即逝的青春。

是的，我知道，她挺好的，虞搏出其不意地说，前几天她还来看过我。

姬武像听到某种咒语般地呆住。师敏丽把头别过去，眼泪甩在了姬武的手背上。

师敏丽说，虞搏我要有本事我会把你从这救走的我会把你救走的。

碎瓷

1

记者有他们按门铃的方式吗？汤瑾诗想，那天的门铃声就是"记者式"的，似乎蛮有分寸，实际是蛮不讲理。当时汤瑾诗正在试一条新裙子。裙子整体是墨绿色，饰着蓝色的暗纹，挂起来非常好看，穿在身上，汤瑾诗自己向下打量，也觉得比较合体，但对着穿衣镜一照，却发现有种难以立刻分析出的别扭。怎么会这样？汤瑾诗后悔没有试穿就把这条裙子买了回来。可它挂在商场里的确是很好看的，怎么说呢，汤瑾诗沮丧地想，是自己把一条好看的裙子给穿难看了。有了这样的念头，汤瑾诗不免情绪黯然，开始考虑推掉当晚的饭局了。门铃声响起来。汤瑾诗凑在猫眼上向外望，看到一张陌生的脸。对方却在门外叫出了她的名字："请问汤瑾诗女士在家吗？"作为一个事件的开场白，这句话就有些戏剧性在里面，用了"请"，还用了比较严肃的"女士"。后来汤瑾诗觉得这句话也是有着一股"记者味"的，拿腔拿调，带着股职业特权垫底儿的傲慢，还有以某种程度的侵犯为原则的阴险劲儿。

汤瑾诗打开一道门缝狐疑地看对方。寸头，文化衫，在汤瑾诗眼里这不过是个毛头小年轻。

"您好，我们是电视台的记者，想就您的个人情感问题进行一些采访——"小年轻尽量不动声色地说。

汤瑾诗来不及揣摩这个要求。对方话音未落，汤瑾诗的眼前就闪出了一台摄像机和一张女人愤怒的脸。这两样东西都很吓人，像劈面而来的两只拳头。完全是条件反射，汤瑾诗迅速关上了门。汤瑾诗的心咚咚地跳，外面的动静也不小，但汤瑾诗只听到自己的心跳声。好半天，汤瑾诗才缓过神，于是，像被熨斗熨展了狰狞的褶皱，像攥紧的拳头松展开，那张女人愤怒的脸在汤瑾诗的脑子里还原成艾小娥的模样。汤瑾诗有些明白了，结合着艾小娥在门外的咆哮，她渐渐搞懂了自己眼下的处境。

"开门！把全小乙交出来！"

"汤瑾诗你要给我个交代！"

"不要脸！不要脸！不要脸！"

艾小娥的呐喊声一浪高过一浪，同时开始撞击铁门，大约是用上了脚，咣咣的，排山倒海一样。汤瑾诗的脑子被踢乱了，心被踢颤了，因为搞清了缘由，就更加紧张。失措间，汤瑾诗首先想到了周瑶石。这也是下意识在作祟。面临危险的汤瑾诗，需要被援助的汤瑾诗，下意识里第一个想到的，就是强有力的周瑶石。

汤瑾诗用手机打过去，周瑶石劈头一句："到哪儿了？"

汤瑾诗被问得一愣，想一下，才嘘着气说："周局，我不能去了……"

"什么意思？"周瑶石沉下声，"大家等半天了，不是说换件衣服就来吗？——咦？你家在搞装修？"

"不是装修，哪里是装修哟……"汤瑾诗开始说明自己眼下的形势，当然，有些语无伦次，"我被记者堵在家里啦，他们要拍我，我很怕，周局你要救我……"

讲了大约有三分钟，电话那边的周瑶石居然听明白了。这就是聪明人，能够迅速把握复杂事物的要领。

"那女人是在踢你的门吧？"周瑶石问，好像还有些饶有兴趣。

他一问，门外的动静就铺天盖地而来，让汤瑾诗觉得自己是处在风口浪尖。

周瑶石又问："那个男人在你家里？"

"没有，绝对没有，这是一场误会啊！"汤瑾诗申冤般地叫起来。

"那你就开门让他们看嘛。"

"周局你都听到了，那女人在发疯哟，她会打我的，她打我怎么办？他们一帮人啊，我一个单身女人，我为什么要给他们开门啊……"汤瑾诗觉得自己要哭了，委屈得无以复加。

周瑶石像安排工作一样地安排道："那好，你不要开门，如果闹得太厉害，你给老赵打电话，让她过去一下。"

老赵是局里的工会主席，汤瑾诗正在想要不要把老赵搬来，手机紧跟着响起来。是门外的记者打进来的，因为只有一门之隔，汤瑾诗的耳朵里就出现了重声的效果。一里一外，两个声音同时说："汤女士，我们是都市频道《情感踪迹》栏目的，艾女士委托我们来做这期节目，希望您能配合。"汤瑾诗觉得这句话是一连串费解的概念，譬如，她需要想一下，才能把"艾女士"和艾小娥画上等号。

与此同时，另一个声音旁白似地说："她为什么不敢开门？她不敢开门肯定在里面嘛！"

这一下，汤瑾诗不用想，就知道是"艾女士"在说话。

汤瑾诗大声说："仝小乙不在我这里！他根本不在我家！"

对方说："我们拍到他从你家出来过。"

汤瑾诗一阵天旋地转，旋转之后，反而清醒了，由此倒也镇定了。

"这能说明什么呢？我们是朋友，"汤瑾诗笃定地补充道，"我们是从小就认识的朋友。"

"既然这样，我们能当面谈谈吗？"

"现在这种状况，不能！"汤瑾诗断然拒绝。

镇定下来的汤瑾诗就恢复到了文化局办公室主任的角色里，她有些后悔刚刚向周瑶石求助了，庆幸没有盲目地把老赵弄来。汤瑾诗向门外的记者开出了条件：要谈可以，她乐于澄清事实，但是首先，"艾女士"不要在场，她不愿冒和情绪失控的"艾女士"见面的风险；其次，她不愿面对镜头。愤怒的艾小娥和冰冷的摄像机，汤瑾诗现在拒绝的就是这两样东西——"这个自由我还有吧？"

"你没有勾引别人丈夫的自由！"艾小娥在外面铿锵有力地回答，同时又是一声响亮的踢门声。

汤瑾诗闭上眼睛，索性静静地聆听起艾小娥在门外制造出的狂暴之声，那种力度，让汤瑾诗难以和娇小的艾小娥联系在一起。手机并没有挂断，记者兀自在饶舌。许久，汤瑾诗回一句："你们没有权力这样，请你们离开。"连她自己，也觉得有气无力，于是，过犹不及地补充说："我和仝小乙是朋友，我像他姐姐一样，我们是从小的朋友啊……"

说话间汤瑾诗睁开了眼睛。她靠在门厅的玄关上，对面就是穿衣镜，睁眼便看到镜子里的自己。镜子里的汤瑾诗因为了那条新裙子，也有了种难以立刻分析出的别扭，这让她在一瞬间恍惚起来。

三十四岁的汤瑾诗是在离婚后的第二年坐上了文化局办公室主任的位置。办公室主任是个什么性质的岗位呢？有个最简单的考量标准——没有一斤以上的酒量，就不是这个岗位上合格的人选。就任前汤瑾诗算了一下，自己前三十多年喝的酒总共加起来，怕也装不满一瓶。这就让汤瑾诗有了自知之明，她觉得自己不能胜任。

局长周瑶石却不这么认为。

"喝不了酒怕什么？酒量是可以锻炼的，就像感情是可以培养的一样。再说，你一个女人，别人总不好硬灌你，这恰恰是个资本，在场面上反而有优势。"周瑶石手一挥，"我决定了，你就做！"

在文化局，周瑶石决定了的，就得做。况且，周瑶石还把酒量和感情做了类比——都是可以循序渐进，逐步提高的。

话是这么说，可汤瑾诗想，周瑶石对自己所做的一切，却没有遵循这个规律。周瑶石对待汤瑾诗，就像他的领导作风一样，不由分说，雷厉风行。局里每年组织一次旅游，那次是去云南，在丽江落脚的当晚，周瑶石就敲开了汤瑾诗的房间。周瑶石喝酒了，但他并不以此为借口。周瑶石一把将汤瑾诗拉进怀里时，还重申："我没醉，我知道我在干什么。"很磊落吧？那态度，就像一个负责任的大国，就让汤瑾诗有了好感，有了逆来顺受的心理依据。但还是觉得突然，因为没有什么铺垫。之前周瑶石没给过汤瑾诗丝毫的暗示，在局里，也完全是上下级那种正常的关系，在汤瑾诗看来，周瑶石对自己还有些漠视。然而在这个丽江之夜，周瑶石说来就来，来了就把她扔到了床上。那性质，完全是从天而降，是一蹴而就，没有锻炼，没有培养，没有循序渐进和逐步提高，不啻一口气给汤瑾诗灌进了一瓶烈酒。好在那时汤瑾诗刚刚离了婚，身心都有基础承受这瓶烈酒。

其后，汤瑾诗和周瑶石密切起来。他们是走了反方向的路，先有了结果，再去补充过程，有些补课的意思。周瑶石是强势男人，即使补课，也弄成温习的样子，好像一切早已熟稔，不过是温故而知新。时间一长，让汤瑾诗也糊涂起来，觉得自己天经地义就该和周瑶石绑在一起。有人恭维周瑶石，说他是这座小城最成功的男人。怎么说呢？做官，周瑶石做到了局级干部；为文，周瑶石每年一部长篇小说，还兼了市作协的主席；最后还有一条厉害的，周瑶石以自己老婆的名义开着市里最大的酒楼，生意常年不衰，可谓日进斗金。当别人还在追求两条腿走路的平衡时，周瑶石已经是用三条腿走路了，而且，三条腿都很硬，这就让他在人生的道路上四平八稳，进退裕如。和周瑶石密切过一段日子，汤瑾诗的心思难免会有些循序渐进，就是说，感情被培养出来了。但汤瑾诗不算是个糊涂女人，周瑶石的家庭和事业一样牢不可破，汤瑾诗想，这样的男人，你不应当对他企图什么，有幸的话，顶多轮上被他企图一下。这个结论一度挫伤了汤瑾诗，让汤瑾诗发现，和周瑶石的关系已经损害到了她的自信心。以前的汤瑾诗，不能说豪情满怀，却也是感觉良好的，不如此，她也不会随手就丢弃掉一段不错的婚姻。

原来周瑶石说得一点没错，汤瑾诗的酒量的确和感情一样可以锻炼和培养，汤瑾诗在场面上也的确有性别的优势。一来二去，汤瑾诗就是个合格的办公室主任了。汤瑾诗不急不躁，不吵不闹，由着周瑶石来锻炼培养，于是既锻炼培养出了感情，也锻炼培养成了办公室主任。

如果说做办公室主任除了喝酒，再没别的优越性，那么汤瑾诗也不会心甘情愿地接受改造，好比如果不是周瑶石，换了其他的男人，汤瑾诗也不会这么低首下心，像块石头似的把自己交出去任由打磨。当然不是这样——做了主任不久，汤瑾诗的酒量改观还不大，就已经买了辆三十多万的雷克萨斯。

汤瑾诗喜欢车。在车里汤瑾诗是另一个人，这个空间给她驾驭感，心理方向是"前进"的，觉得命运像道路一样，还是高速公路，禁止掉头，总是往前延伸，并且隐约地可以被把握。

开车的时候汤瑾诗觉得做一个单身女人也不错。下了车，汤瑾诗还是打算给自己找个丈夫。周瑶石非但不能企图，由此还克服了汤瑾诗性格上自恋的一面，让她成了一个能认清形势、摆正位置的女人。而且，当初离婚的时候，汤瑾诗就已经把物色下一任丈夫提到了自己的既定日程上。这说明，婚姻并没有给汤瑾诗造成什么阴影。事实上也是这样。前夫是个基本上没大毛病的男人，导致婚姻失败的责任，更多是在汤瑾诗自己。离婚前的汤瑾诗，缺乏锻炼和培养，感觉良好，自恃颇高，不免就有些漂亮女人的通病，认不清形势和摆不正位置。

汤瑾诗物色丈夫，不是采用那种广种薄收的办法，她没有那么迫切。而且，身边有周瑶石这样的标尺，汤瑾诗心里就好像有了一个漏洞巨大的箩筛，随便一筛，大量不符尺寸的男人就被筛掉了。汤瑾诗接触过几个后，跟康至确定了关系。康至的条件比不上周瑶石，但也相差无几，海归，律师，还兼着大学的客座教授，说不上三条腿，两条腿起码是站得稳的，所以被筛子遴选出来了。

周瑶石并不妨碍汤瑾诗规划自己的生活。很好玩的，康至就是周瑶石介绍给汤瑾诗的。周瑶石跟康至家是世交，有些错综复杂的关系在里面。做康至的女朋友，周瑶石之于汤瑾诗，就是一个"叔叔"的身份。汤瑾诗那时候以为，面对周瑶石这样的男人，只要你摆得正自己的位置，随时调整好"周局"与"叔叔"这两种不同的形势，他就不会妨碍你。非但不会妨碍，而且，还会时时伸出援手。譬如，周瑶石许诺，下一步，副局长的位置就是汤瑾诗的。汤瑾诗本来是个不思进步的女人，在仕途上几无追求，但周瑶石是个推动力，一步一步，就把汤瑾诗鞭策出了积极向上的面貌。

一切看起来按部就班，就是梦幻般的现实和现实般的梦幻，归根结底，当然还是现实。汤瑾诗离婚后的生活并没有脱轨，反而有些蒸蒸日上的趋势，一个新的婚姻，一个条件上乘的丈夫，一条意外铺就的仕途，不出意外的话，似乎都指日可待。

可是意外却出现了。

这个意外就是仝小乙。

局里和电视台合作搞晚会，主题是"抵制黄赌毒，提倡健康文明的文化活动"。在"赌"这一块，电视台推荐了个奇人。此人号称"骰子王"，破过吉尼斯世界纪录，一摇之下，能够随心所欲地让几十粒骰子完成五花八门的组合。如果能请来此人倡导禁赌，效果一定会事半功倍。但既然是奇人，当然便有奇人的派头。"骰子王"很难请，据说本地电视台三番五次邀请他上节目都被拒绝了，只有一次例外，让中央电视台拍过。周瑶石让汤瑾诗落实一下，说好了不是硬任务，能请来最好，请不来再想其他办法。汤瑾诗心里却已经多少有了把握。汤瑾诗想，应该不会错，世界上难道会有两个仝小乙？这个奇人就叫仝小乙。

仝小乙是三路电车的司机。汤瑾诗没有找公交公司，直接去了三路电车的终点站。等过去几趟车后，仝小乙就出现在汤瑾诗面前了。仝小乙从车上跳下来，举着个硕大的搪瓷缸子，一边豪饮一边往调度室走。正是盛夏，仝小乙穿着二指背心，背心向上卷起来，胸罩一样横在胸前，露出的小腹深陷下去，像饿了三天的肚子。果然是同一个人。汤瑾诗觉得时隔多年，仝小乙居然基本上没什么变化，连放大了一号都谈不上，只是拉长了一截，而且，拉长了的也只是身子，脸的大小还是当年的规模。

"小乙！"汤瑾诗叫，同时按下喇叭。

仝小乙置若罔闻，自顾往前走。汤瑾诗只有把头伸出车窗，大声叫他。仝小乙朝汤瑾诗的方向望，只看了一眼，就欢呼着奔了过来。

后来仝小乙说，这么多年了，汤瑾诗也没怎么变，尽管她只从车里露出了一颗头，尽管这颗头上还遮着副太阳镜，但还是被他一眼就认了出来。"哎呀，我想啊，你就是到了八十岁，我也能一眼就认出你！"

仝小乙这么说夸张吗？倒也未必，至少，汤瑾诗自己就觉得仝小乙还是从前的样子。这种感受当然是主观的，没有人三十多岁了还是七八岁时候的样子。这种感受的依据是情感，有了情感，岁月对人的改造便显得微不足道了。

小的时候，汤瑾诗和仝小乙是邻居。有段时间，双方的家长都忙，把他们托在一个姓金的妇女家里。每天放学，汤瑾诗和仝小乙就结伴去"金阿姨"家吃饭，然后一起做作业，等到天黑，被父母各自接回家去。仝小乙从小就单薄，七八岁的儿童大多肚皮浑圆，仝小乙的肚皮却总是前胸贴着后背，俨然一个非洲孤儿，当然不是饿的，是天生就长成那样。汤瑾诗比仝小乙大两岁，长得也结实，就有些姐姐的样子，在外面护，在金阿姨家让。仝小乙也把汤瑾诗当成一个依赖。汤瑾诗和仝小乙结伴生活了几年，后来汤瑾诗家搬走了，这种日子才宣告结束。至此两人便断了消息。

汤瑾诗不敢肯定，自己真的到了八十岁还能被仝小乙认出，但现在自己三十四岁了，仝小乙至少能够毫不迟疑地就将自己辨认出来，这种确认，让人有种辛酸的感动。汤瑾诗当然清楚岁月都在自己身上做了哪些手脚，有些部位，对于一个三十四岁的女人而言，岁月甚至是下了狠手的，说是败坏殆尽也不为过。但在仝小乙毫不迟疑的确认之下，这些损害被一笔勾销了，让汤瑾诗倏忽回到了完好无损的女童时代。

两人的重逢毫无障碍，二十多年的时光仿佛根本不存在，一接上头，就像回到了当年结伴上金阿姨家吃饭的时候。汤瑾诗说明了来意，仝小乙自然是满口答应。仝小乙说话还是和小时候一样，是一种感慨万千的风格："我要感谢这样的宣传！抵制黄赌毒，不抵制，我们也不会重逢的！哎呀，嘿！好……"他不住地喟叹，几乎要感谢"黄赌毒"。汤瑾诗倒不觉得仝小乙荒唐。在汤瑾诗眼里，仝小乙就是个"弟弟"。既然是弟弟，夸张些，激动些，东拉西扯地喜不自禁些，也无伤大雅。

仝小乙还要上班，按他的意思，当时就要跟汤瑾诗走，结果被汤瑾诗阻止了，劝他不要影响工作。两个人约好晚上在"浮水印"见。

"浮水印"是家咖啡厅。汤瑾诗先到的，坐了大约有一刻钟，仝小乙来了。仝小乙的出现不但令汤瑾诗大吃一惊，咖啡厅里所有的人都被他搞得瞠目结舌。仝小乙穿着一件黑色的风衣，戴着黑色的礼帽，系着白色的围巾，拎着一口旧皮箱。有脑子比较快的人看出了苗头，叫一声："许文强！"不错，仝小乙就是按照电视剧里那个著名的人物打扮的。仝小乙旁若无人，款款地走到汤瑾诗面前坐下。

汤瑾诗不免有些尴尬，底声问他："发疯哦，你搞什么名堂？"

仝小乙手一摊："我表演的时候是这样的，这是我的演出服。"

汤瑾诗说："没让你在这儿演出啊，你听不到吗，别人都在笑。"

仝小乙严肃地四周看看，不高兴了："我是要表演给你看，不穿成这样，哎呀，你知道吗？我就摇不了骰子。让他们笑，大惊小怪！你看好了，一会儿他们鼓掌都来不及！"

仝小乙把自己的旧皮箱放在桌面上，郑重其事地打开，里面摆着一排塑料罐子，每只罐子里都塞满了花花绿绿的骰子。骰子和平常见到的不太一样，有底色，花花绿绿，每一粒都珠圆玉润，很精致的样子。仝小乙捏起一粒："拉斯维加斯弄来的！"他的行头和举止成了咖啡厅的焦点，大家都眼巴巴地看他。仝小乙拿出只罐子，抓出把拉斯维加斯弄来的骰子，看架势，就是要表演了。但却又停下来，眉头皱成一块疙瘩。怎么了呢？大家拭目以待。"不行呀，"仝小乙捻起桌布的一角，"要玻璃，桌布不够光滑，要玻璃，不要桌布！"这就好像抖了个包袱，汤瑾诗的好奇心被吊起来了，问服务生有没有"玻璃"桌面的位子？

于是就换了张桌子。"玻璃"桌面的，仝小乙用手指来回摩擦，吁口气，眉头开了，看来是满意了。在桌面上间隔均匀地摆上一排骰子，仝小乙人站着，白色的围巾甩在肩后，右手开始摇晃罐子，左一下，右一下，幅度逐渐加大，速度逐渐加快，突然，下手了——罐子向桌面的骰子扫去，一粒骰子消失了，再扫回来，又消失一粒，风卷残云一样，一排骰子片刻间被仝小乙收在了罐子里。已经有围观者了，有人发出喝彩。但还没完。仝小乙手中的罐子摇得飞快，哗啦哗啦，哗哗哗，哗——，行云流水间，电光火石般地突然收手，啪的一声，扣在桌面上，然后，缓缓亮开。怎么样呢？十多粒骰子笔直地磊在一起，当然没多高，但居然有着高耸入云般的气势！掌声响起来了。怎么说呢？像仝小乙说的：掌声很踊跃，很积极，就像怕来不及似的。

汤瑾诗笑了。汤瑾诗看出来了，仝小乙的舞台感很强，他这手绝活，只有配合舞台气氛才能淋漓尽致地展示，风衣，围巾，一个都不能少，当然还有那顶帽子，此刻仝小乙就摘下它，贴在腹部，微微躬身向观众们致意呢。

掌声激发了仝小乙的热情，他又接连表演了几手，哪一手都堪称神奇，哪一手都很过硬。仝小乙也越来越从容了，就是说，进入角色了，他那身不伦不类的打扮，也跟着恰如其分起来。现在仝小乙是一个风度翩翩的主角。手中的罐子落下后，仝小乙会有一个短暂的静止，凝神倾听，听什么呢？听的是某种神秘之声，然后，他会松下一口气，轻声说句："行了！"再亮开罐子，果然就行了——拉斯维加斯的骰子们像是被上帝严格砌成的一样，摆出了预定的造型。

"浮水印"里气氛热烈，像是在给仝小乙开专场晚会。汤瑾诗眼看这里已经不是能安静说话的地方，招呼仝小乙离开。两人是踏着掌声离开的"浮水印"，很隆重。和仝小乙并肩走着，他那副行头，更让汤瑾诗有种如在戏中的感觉。

上了汤瑾诗的车，仝小乙点着根烟。汤瑾诗的车上是严禁吸烟的，这一点，连周瑶石也不例外。但汤瑾诗忍了忍，并没有阻止仝小乙。就是说，仝小乙一开始，在汤瑾诗这里就是个"例外"。而汤瑾诗，在仝小乙那里也是个"例外"。"我从来不在这种地方表演的，"仝小乙强调说，"你知道吗？我今天为了你才破例的！"

汤瑾诗笑了笑，问他怎么练就的这么一手绝活。仝小乙说："玩呗，哎呀我就是爱玩，只要是我爱玩的，我就是不要命了，也要把它玩好！你是不知道，我玩坏的骰子就有几麻袋，怎么玩坏的呀？就是摇碎啦，奇怪吧？能把骰子摇碎，我这个人真是了不起！我自己都很佩服……"仝小乙坐在副驾驶的位子上吞云吐雾，汤瑾诗眼睛的余光里就是一个"许文强"的影子。

拉着个"许文强"，汤瑾诗就不好招摇过市了，最后干脆停在一个僻静的地方，坐在车里和仝小乙说话。

两人各自说了说自己的状况。仝小乙的经历比较单纯：中学毕业后参军，复员后进公交公司开电车，结婚几年了，没孩子，最大的亮点就是成了"骰子王"，正经被吉尼斯世界纪录确认了的，上报纸，上电视，好像家常便饭一样。"我上的是中央台，市里的我才不去，我不想让他们随便拍我。"仝小乙郑重地说。汤瑾诗的经历也貌似单纯，要不就是她有意忽略了一些难以言传的环节：大学毕业进文化局，结婚，离婚。

"离婚了呀？"仝小乙果然感慨万千起来，"怎么要离婚呀？多可怜啊！"

汤瑾诗笑着附和："是啊，可怜吧？"

话音未落，仝小乙的手就伸了过来，握在她的右手上。仝小乙的手指很长，很瘦，像几根铁丝，在汤瑾诗手上不软不硬地缠了一圈。汤瑾诗由着他缠着，知道这是仝小乙在对自己表示慰问，汤瑾诗也能很自然地接受，结果是，一接受，就真的生出了一些"可怜"的感觉，脸上的笑在黑暗中不知不觉凝固了。

这时全小乙另一只手也伸过来了，攥成拳头，举在汤瑾诗眼前，展开："你的还在吧？我想啊，你的一定不在啦。"

车里没有开灯，就着街边的路灯，汤瑾诗看到全小乙的掌心里有一片幽暗的光。

那是一片碎瓷。汤瑾诗隐约记起来了：小时候，有一次汤瑾诗不慎打碎了金阿姨家的一只瓷碗，这不算太严重的过失，但在两个小孩眼里，却是不小的乱子。全小乙建议把碎片扔进炉子里，赶在金阿姨发现之前毁尸灭迹。金阿姨家烧炭块，时值严冬，炉火正旺。两人把碎片投入火中，不知道什么原理，火焰骤然一亮，腾起蛇一般的舞蹈，似乎那些瓷片真的燃烧了起来。第二天，全小乙在金阿姨家门前的炉灰里发现，那些碎瓷完好无损，只是被熏得乌黑。两个小孩对这些碎瓷感到惊奇，它们经历了摔打和烈焰，淬火后质地居然完好如初。汤瑾诗和全小乙将它们从灰烬中挑拣出来，仔细地冲洗干净，一人选了一片形状好看的收藏起来。他们发誓说，要各自永远保存自己的瓷片。这也是孩子气的做法，庄严地给自己虚拟出可贵的情感和神秘的信物，以此滋生一些天真的寄托。

时隔多年，全小乙变戏法似的又把他的宝贝变了出来，如他所言，三十四岁的汤瑾诗当然变不出这样的把戏了。

2

艾小娥持之以恒地砸门，砸出了多重声部合唱般的节奏，时而低回，时而昂扬。汤瑾诗的恍惚因此不可能长久，愤怒的"艾女士"不给她这样的权利。汤瑾诗定了定神，拨通了全小乙的电话。全小乙好像手里正攥着手机，迫不及待地等着接听一样，铃声只响了一下，声音就传过来了："哎呀——"

汤瑾诗打断他："你家艾小娥带了电视台的人在我这里闹。"

电话那头的全小乙显然是愣住了，发出些气泡似的"呃呃"声："电视台？不会吧？哎呀怎么能这样搞？艾小娥有毛病了吗？"

汤瑾诗火了："你不要问我！你把你老婆弄走！"说完就挂断了手机。汤瑾诗很懊恼。太草率了，自己真的是太草率了，小到一条裙子，大到一个男人，都大而化之的，裙子不合适顶多是别扭，男人不合适，就是灾难啊！

门外传来手机铃声。艾小娥在接电话。然后一切戛然而止。他们撤走了。真的撤走了吗？汤瑾诗不敢确定，趴在窗子上望，看到他们出了楼洞，上一辆有着电视台标志的面包车。钻进车门的一刹那，艾小娥突然抬头，目光箭一般射了上来。汤瑾诗惊慌地闪到了窗帘后面，但还是鸟儿般的感觉到一股凉意。

汤瑾诗想以前怎么就没有发现艾小娥的目光会像箭一样的射人呢？初次见到艾小娥时，汤瑾诗觉得艾小娥和全小乙蛮般配，艾小娥全小乙的，三十多岁的女人了，还像个没长开的初中生，个子大约也就一米五的样子，完全没有胸，看人的时候眼神软软的。汤瑾诗心里想，这个艾小娥怕是有些先天不足，体质有问题。可全小乙却说艾小娥结实着呢，"她呀，可厉害呢！"全小乙说的时候笑嘻嘻的。这样一个单薄的小女人，怎么个"厉害"法？汤瑾诗按照经验来会意，然后暗骂自己无聊。艾小娥也是公交车司机。有一次，汤瑾诗在路上看到艾小娥，她们的车恰好都停在红灯前，汤瑾诗一抬头，看到身边那辆公交车上的艾小娥。艾小娥坐在驾驶员的位置上，那么大的一辆公交车，那么小的一个女司机，两相比照，就是个"无人驾驶"的效果。汤瑾诗被这种反差弄得心里怪难受的。那时候汤瑾诗觉得艾小娥是个惹人心疼的小女人，孰料，"她呀，可厉害呢！"

按照热力学第二定律：事情总是"越变越糟"。汤瑾诗现在就验证着这条定律。

天色黑下来。汤瑾诗不开灯，躺在沙发里思前想后。晚饭说好是要出去吃的，局里招待客人，本来汤瑾诗现在是要以办公室主任的身份出现在饭局上的，可是现在只能饿着肚子躺在黑暗里。周瑶石的电话又打进来过一次："怎么样？"汤瑾诗不想多说什么，只说是没事了，人已经走了。汤瑾诗听出来了，周瑶石有些不快，这提醒她，周瑶石似乎在暗示她做出些解释。这种暗示，让汤瑾诗恨恨的，感觉周瑶石是在雪上加霜，是逼债的黄世仁。汤瑾诗现在只想一个人安静地把事情理理清楚，她向周瑶石请假，说要休息几天。周瑶石一声没吭，挂了手机。

整个晚上汤瑾诗都没怎么睡实。

汤瑾诗想明天要教训全小乙一下，让全小乙认识到问题的严重性——

他已经极大地扰乱了自己的生活，必须悬崖勒马。可是一想到在这种时候和仝小乙见面，说不定会成为把柄，汤瑾诗的心就乱成了一团。电视台的记者说拍到过仝小乙从汤瑾诗家出来，汤瑾诗回忆了一下，仝小乙最后一次来自己这里，是五天前的事，就是说，至少，她已经被电视台的摄像机监视了五天！"监视"这个词一跳出来，汤瑾诗立刻就缩住了身子，好像显微镜下的细菌一样。人是经不起被监视的，一被监视，再清白的人都会被弄出马脚。汤瑾诗飞快地检点了一下自己五天来的生活，所幸，似乎没有格外的破绽，至多是去过一次康至的律师楼，康至是自己名正言顺的男朋友，即使两人去宾馆开房间，也无可厚非。但心里已经是战战兢兢的了。以前汤瑾诗没有审视过自己的生活，这天夜里，在这种局势下审视一番，汤瑾诗发现自己的生活原来如此不可告人：周瑶石、康至、仝小乙，本来条分缕析、各有侧重的几个男人，却都搅在了一起，简直就是一团乱麻。

汤瑾诗想不通，怎么本来好像蛮顺畅的日子，一经分析，性质就变了呢？这样的日子是不堪承受被"监视"之重的。现在必须理清头绪了。仝小乙不用说，必须快刀斩乱麻，他显然是个祸害。其次是周瑶石。周瑶石在电话中透露出的不快，让汤瑾诗有所觉悟，这世界上根本不存在对女人没有妨碍的男人，既然仝小乙这样长不大的男人都能制造出麻烦，周瑶石一旦发作，该是什么威力？最后是康至。仔细一分析，这个男人也应该从生活里摘出去，他是周瑶石介绍的，做了自己的丈夫，终究会埋下隐患……

七算八算，汤瑾诗自我检讨的结果是：自己的生活竟是危机四伏着的。更加糟糕的是，汤瑾诗发现，如果把生活中的男人全部清理掉，那么生活就不成其为生活了，它会难以为继，一下子垮掉，变得一无是处。仝小乙先不去说，汤瑾诗想，自己的生活在周瑶石这里已经打上了死结，这个结一旦解开，稀里哗啦，生活就有散架的可能性。怎么说呢？汤瑾诗的生活和周瑶石绑在一起的太多了，简直就是生活本身，甚至连康至这个男朋友，都是这条绳上的。

刚刚尝试着炒股的汤瑾诗想，就像在股市一样，自己被套牢了。

就这样，本来是仝小乙惹出的事端，不知不觉，汤瑾诗紧张的神经却绷在了周瑶石身上。当然，周瑶石是汤瑾诗生活中的主要症结，但是也说明，汤瑾诗在这个晚上依然是没怎么把仝小乙放在心里。

汤瑾诗在清晨迷迷糊糊地睡过去，她感觉自己只是闭了下眼就被电话吵醒了。其实这时候已经不早了。

电话是周瑶石打来的："你马上来局里，有事要和你谈。"

汤瑾诗还在睡意当中，电话铃本身已经吓到了她，周瑶石严厉的口气更是让她半天回不过神。汤瑾诗躺在床上，浑身汗涔涔的，有种虚脱的无力之感。后来汤瑾诗几乎是挣扎着爬了起来，去卫生间冲澡时，一眼看到镜子里面的自己，汤瑾诗立刻再次受到了惊吓。一夜之间，岁月就把这个三十四岁的女人还原成了她应当被损害到的那个程度，平日的保养，维护，统统无效了。这种损害是根子上的，完全符合热力学第二定律：镜子里的汤瑾诗，潦草，凌乱，就是种"越变越糟"的颓唐之势。更令人触目惊心的是，汤瑾诗发现自己的小腹竟然微微突出了！汤瑾诗恍然大悟，原来这就是令那条裙子别扭的根源啊——自己的身体走形了，以前的尺寸已经难以妥帖地掩藏这个身体了。汤瑾诗捧着小腹怔怔松地站在水中。小腹那里所发生的变化，不过就是多了圈微乎其微的肉，但在一个女人心里，却是沧海桑田般的翻天覆地。

汤瑾诗赶到局里时已经是中午了。文化局不是考勤严格的单位，上班时间大楼里都没多少人气，这个时候，更是空空如也。周瑶石等在办公室里，汤瑾诗一进去，就感觉到气氛很不好。

周瑶石一言不发地盯着汤瑾诗。在汤瑾诗的经验里，周瑶石还从来没有过这种态度。汤瑾诗经验里的周瑶石，要么直截了当，要么不屑一顾，从来不这么引而不发地盯着人看。汤瑾诗以为周瑶石在为昨天的事生气。在路上汤瑾诗已经基本想好了怎么对周瑶石解释。在这件事上，汤瑾诗并不认为周瑶石有多大的理由恼火，她觉得，周瑶石此时的态度有些过于夸张。

但事实却比汤瑾诗以为的要严峻得多。

今天一大早，艾小娥就带着电视台的人来了文化局。他们不是要找汤瑾诗，而是要求采访"一把手"。局里的干部阻拦，理由很充分：这都什么年代了，个人隐私，根本不需要单位领导表态。但艾小娥闹得很凶。艾小娥半张脸肿着，她说是昨天晚上被自己丈夫打的。艾小娥仰着半张肿脸，哭着说，逼急了她就从文化局的楼上跳下去！"一把手"周瑶石并不吃这一套，坚决不见，也不指派任何人去安抚，干脆就命令保安把他们轰了出去。

"你知道吗？电视台的记者扬言要给文化局曝光，"周瑶石顿一下，"当然，我不会在乎他们搞这种名堂——我之所以不接待他们，也是为了你。你想一想，这个时候配合他们，不就是助长他们了吗？"

汤瑾诗呆若木鸡。汤瑾诗的内心没有多少波澜，脸上也只是一派茫然。汤瑾诗不觉得这一切都是真的。

这件事在局里弄到了人尽皆知，周瑶石分析，肯定会有人幸灾乐祸。汤瑾诗作为副局长的人选，并不是那么令人服气，这是"隐患"，今天出了这种事，就是"明火"了。其他的事，有周瑶石顶着，但"这种事"，周瑶石说："你必须自己善后。"

汤瑾诗的眼泪一下子滚了出来。周瑶石的"这句话"比"这种事"更有杀伤力。

周瑶石好像就是在等汤瑾诗的眼泪。汤瑾诗木然地哭，他就欣赏般地看着。看了一阵，才说："不过，我会安排，以组织名义去和电视台接洽，帮你澄清事实，并且抗议他们的做法——毕竟，你是文化局的干部，毕竟，他们扰乱了文化局的工作秩序。"

汤瑾诗依然在哭，但没有哭泣时的那种心理反应。毋宁说是在哭给周瑶石看。

"好了，不要哭了。"周瑶石敲敲办公桌，"说说吧，你和那个开电车的——嗯，摇骰子的——究竟怎么回事？"

那么，汤瑾诗和那个"摇骰子的"究竟是怎么回事呢？汤瑾诗自己也很难说得清楚。

仝小乙为汤瑾诗上了次市里的电视，在文化局主办的晚会上大显身手，寓教于乐，以"骰子王"的身份倡导禁赌。晚会很成功，周瑶石很满意。"我是破例了，真的是破例了。"仝小乙强调这一切都是为了汤瑾诗。汤瑾诗相信仝小乙说得不假，但觉得仝小乙为她这样破一破例，也没什么大不了——她不是也破例让仝小乙在自己车上吸烟了吗？怎么说呢？两个人都有种天经地义的架势，把为彼此"破例"当作一种优待，像私下收受了某种特权。

汤瑾诗把仝小乙带到自己母亲面前。奇怪的是，母亲却根本认不出当年的这个小邻居，汤瑾诗说了半天，母亲依然"哦哦哦"。汤瑾诗想不通，怎么在自己眼里几乎是一成不变的仝小乙，到了母亲眼里，就成了"哦哦哦"？这里面是有点蹊跷啊。汤瑾诗想，莫非，有一种线索，只对她和仝小乙有效，是他们相互辨认的依据，别人根本无从捕捉。仝小乙也把汤瑾诗带到自己家里。遗憾的是，仝小乙的父母都已经去世了，没法让汤瑾诗鉴定一下时光对自己的改造程度。但汤瑾诗见到了艾小娥。艾小娥已经知道了汤瑾诗和仝小乙的关系，一见面，就腼腆地叫汤瑾诗"姐"。汤瑾诗被叫出了做姐姐的感觉，再次见面，就买了几件衣服给艾小娥。仝小乙的日子并不轻松，他那个公交司机之家，物质生活极大的不丰富，这是一目了然的事。但这个艾小娥，却有些不亢不卑。汤瑾诗送东西给艾小娥，艾小娥倒也不推辞，可一转眼，就让仝小乙送了双鞋来。汤瑾诗看着那双鞋，有些莫名其妙。汤瑾诗潜意识里是有些优越感的，觉得自己居高临下，应当也做一个"负责任的大国"。结果，这个艾小娥却注重国与国之间的平等，弄成了礼尚往来。

汤瑾诗对仝小乙说："你家艾小娥怎么这么客气呀？"

仝小乙说："这不是客气，这是艾小娥懂礼貌！"

汤瑾诗说："跟我讲什么礼貌呀？"

仝小乙说："那也是你先跟艾小娥讲礼貌！"

事情过去了，汤瑾诗也没怎么放在心里。有一次，汤瑾诗在商场里看到那种鞋，一问，价格居然和自己送出的几件衣服基本等值。这个发现让汤瑾诗怔住了，心想，这肯定不是巧合吧，没有这么巧的事，显然，艾小娥是做了细致的工作，才还回来的这双鞋。先不说这些衣服鞋子之间复杂的数字换算，仅就双方支付出的数额来说，艾小娥就承受了一次不平等的压力——这双鞋对于一个女公交车司机来讲，实在太贵了。汤瑾诗觉得平白给艾小娥添了麻烦，同时，对艾小娥也有了些微妙的看法。此后的交往，汤瑾诗就比较注意了，不再送什么礼物，反而是艾小娥，用毛线织了手机套之类的东西送给汤瑾诗。女人和女人之间，时常就有些这样的小斗争，其中的玄奥，有时候也很惊心动魄。汤瑾诗觉得这很可笑，艾小娥这个小女人有些小题大做，紧张得都让人心疼了。

和艾小娥的缜密比起来，仝小乙完全就算得上是一个浑浑噩噩的人。这个仝小乙把自己所有的精力都放在玩上了，他太爱玩了，而且玩得纯粹，玩得不遗余力。在这种精神之下，仝小乙把自己玩成了"骰子王"，下的那番功夫，让汤瑾诗不由得都要生出敬仰来。汤瑾诗在仝小乙家亲眼看到了那几麻袋被摇碎了的骰子，四分五裂的它们见证了一个"骰子王"是怎样炼成的。可是这个仝小乙玩出名堂后，却不学以致用。各种机会接踵而至，请他长期表演的，年薪一开口就是六位数。仝小乙却不为所动，继续在盛夏里卷起二指背心做他的电车司机。汤瑾诗问仝小乙："你傻呀？就这么爱开电车？多挣些钱，也让艾小娥享享福。"仝小乙被问得张口结舌，他自己也说不出个所以然，瞪着眼睛说："我就是爱玩喽！——我没想过去挣钱——为什么要让艾小娥享享福呀？——哎呀，——艾小娥现在是在受罪吗？——我看艾小娥很幸福嘛！"仝小乙自问自答，让汤瑾诗有些怀疑自己的幸福观，是啊，凭什么要认为人家是在受罪呢？

仝小乙的体格小于成年男人的平均值，艾小娥更是个袖珍女人，看着这两个比别人小一圈的夫妻，汤瑾诗觉得他们像一对生不逢时的精灵，有些古怪的可爱，也有些古怪的可笑。

总之，仝小乙和艾小娥的生活态度，在汤瑾诗的经验之外。

汤瑾诗的生活经验来自于以下现实：

对于周瑶石，汤瑾诗在认清形势、摆正位置之余，也不免常常心生怨艾。毕竟，"认清"和"摆正"这两种姿态对人都是有些强迫性的，针对的是人顽固的本性——依着人的本性，天生都是"认不清"和"摆不正"的，所以就有个被矫正的痛苦在里面。而且，她和周瑶石的关系在局里几乎就是欲盖弥彰的，汤瑾诗时刻都要顶着同事们闪烁其词的眼光。这种压力虽然无形，但像空气一样无处不在。就是说，汤瑾诗时刻活在被污染的空气里。

男朋友康至，这个把周瑶石叫"叔叔"的律师，有个让汤瑾诗难以启齿的嗜好。说起来不可思议，他们没有在床上做过爱。律师康至对自己的办公室情有独钟，每次约会，无论在哪里，最后一个提议总是："去我办公室吧。"康至那间不大的办公室让汤瑾诗有些望而却步，在那里，康至往往

是即兴式的，一改平时的温文尔雅，变得有些粗鲁，甚至粗暴，在汤瑾诗了无防范的情况下，突然行动，三下五除二，直奔主题。汤瑾诗从周瑶石那里得知，康至是携前妻一同出国留学的，结果，前妻跟她的导师搞在了一起。汤瑾诗联系起来想，认为康至热衷于在办公室里突袭自己，一定是对这件往事的报复性模仿。汤瑾诗分析，康至在类似办公室这样的场景中受到过刺激，怎么说呢？康至是把他当年远在异国受到的伤害，穿越时空，投射在自己身上了。这个结论让汤瑾诗很头痛，完全计较吧，好像也没有必要，可是，完全不计较，好像也说不过去。就算汤瑾诗心里不计较，但她的身体却要自发地计较，每次康至靠过来，汤瑾诗的身体就会隐隐约约弥漫出一股肃杀之气，也不知道康至是否能感觉到，反正，汤瑾诗是很为自己身体的擅自作主感到惊讶。汤瑾诗尝试着把康至向正常的方式引导，尽量在一些合理的空间亲近康至。可是，出了办公室，这个律师简直就是个谦谦君子，即使是在自己家里，也从不把汤瑾诗邀请到床上去。忍无可忍的时候汤瑾诗问他："结婚后呢？难道我们也要住在你的办公室里？"康至回答一句："这不是还没有结婚吗？"他机智的反问把汤瑾诗的质疑挡回去了，他并不正面回答，那意思是多解的，你可以理解为"结婚后会另当别论"，也可以理解为"还没结婚讨论这个问题纯属多余"。除了这个特殊的嗜好，康至堪称完美，但不解决康至的这个嗜好，汤瑾诗的心里就长期罩着块乌云了，面对康至时，身体长期地弥漫出肃杀之气。

汤瑾诗动过和康至结束的念头，不是很坚决，所以没有在康至面前表露。汤瑾诗对周瑶石含混地暗示了一下。康至是周瑶石介绍的人，由周瑶石来给自己安排男朋友，本来就是笔糊涂账，是汤瑾诗的温暖处又是汤瑾诗的伤心处，汤瑾诗内心的乌云和身体的肃杀可能与此也有些关系。汤瑾诗把了断的念头暗示给周瑶石，还怀有一些幽昧的动机，那就是看看周瑶石会如何反应。汤瑾诗不自觉地想试探一下人性叵测的那一面。周瑶石的反应很激烈。在汤瑾诗，这既有些出乎意料，又有些在情理之中。周瑶石说："你不要胡思乱想！康至哪里不好？我给你介绍的人，怎么会有错！"周瑶石并不罗列康至好在哪里，似乎这是不证自明的，因为是"我给你介绍的人"。周瑶石只需要强调他在这里面的分量就足够了。汤瑾诗饶有兴趣地看着周瑶石慷慨激昂，好像一个置身事外的人，玩味着里面曲折的内涵。

很多时候，汤瑾诗都有这样的游离之感，仿佛一个旁观者，在打量那个叫汤瑾诗的女人如何在尘世中周旋辗转，调整着自己的形势与位置；而那个叫汤瑾诗的女人自己，含糊其词，生活有个大致不坏的轮廓就行了。

做办公室主任，汤瑾诗的酒量纵然与日俱增，但终究也免不了会有喝醉的时候。喝醉了并没有多难受，难受的是，第二天那种生不如死的滋味：沮丧、厌恶、追悔莫及，甚至是痛苦无告。这种时候，汤瑾诗往往就认不清形势、摆不正位置了，成为一个怨气冲天的女人，向着冥冥中那个管事的高声抗议。这是身心共谋的结果，身体被摧残了，就上升到心理上，看来像是物理性质的，实际上，还是和精神有关吧？但是汤瑾诗宁可把这些感受归咎于酒精本身。汤瑾诗不是糊涂女人，不醉的时候，不爱去算糊涂账。

焦虑的时候汤瑾诗会设法舒缓一下自己的情绪，譬如，漫无目的地开着车跑一跑。偶尔还会跑得很远。有一次，汤瑾诗驶上了高速公路。高速公路给汤瑾诗的感觉是：你可以一往无前地跑下去，你不需要目标，平铺直叙的道路会引导你前进。结果汤瑾诗就这么一直向前跑。夜里实在困了，找了个加油站停下，人就睡在了车里。第二天醒来才发现，自己已经到了另一座城市的地界。晨曦初升，汤瑾诗看着车外万千变幻着的复苏景象，一瞬间整个人都有种雾化了的弥散之感……

这些，构成了汤瑾诗三十四岁时的生活，升华一下，也就是一个三十四岁女人的人生经验。

仝小乙像个栩栩如生的影子，又像个凭空捏造出来的亲人。重逢后，汤瑾诗偶尔去仝小乙家里转转，有时候也约他们夫妻一同吃顿饭。和他们在一起的时候，汤瑾诗很放松，饭也吃得真像是饭了，不再是酒桌上那种超出饮食本身的吃法。他们吃得多纯粹啊，要查账单，要打折扣，不打折扣也可以，饮料总是要送一瓶吧？这是汤瑾诗离婚前的吃法，如今重温的意义在于，它是种平衡和制约，类似给一辆奔波的车适当地做做保养。

这个时候仝小乙正在玩新的东西，他又迷恋上打乒乓球了。仝小乙依然是贯彻着他那种"就是不要命了，也要把它玩好"的作风。仝小乙先去体育馆找人打球，等到把认识的业余对手都打赢了之后，他就开始惦记上专业对手了。市里有体工队，也有正规的乒乓球运动员，但人家根本不和

仝小乙打。仝小乙抽空就直奔体工队驻地，蹲在人家训练馆外面不走，一个目的：找人和他打一局。人家嫌他烦，开了门让他进去，派一个只有十一二岁的孩子跟他打。谁知道，这个门一开，就放进来个魔鬼。仝小乙连那个孩子都打不过，可这恰恰就是麻烦的根源，他今天打不过了，明天就更要来，那架势，就是非要打过了才罢休。人家赶他走，他也不申辩，夹了拍子继续蹲在门口等，等到人家训练结束了，他堵在门口请求："打一局吧，就一局！"运动员们都练累了，谁也没心情满足他的要求，他就尾随着人家跑到宿舍里死磨硬缠。这就影响到人家的正常训练了，找了保卫科的人对付仝小乙。保卫科一出面，仝小乙不免就吃了几次苦头。但是仝小乙矢志不渝，千方百计找到一个体委的关系，帮忙疏通了一番，最后终于如愿以偿，每天可以和专业运动员打上一局。

仝小乙的目标是：就这么一局一局地打下去，直到打出个"非专业性的"全国冠军。汤瑾诗当玩笑听，心想有这样的赛事吗？即使有，全国冠军，也太夸张了吧？可想一想那几麻袋摇碎的骰子，又觉得这个仝小乙就是个当代愚公，的确不能以常理来估量。汤瑾诗觉得自己蛮羡慕仝小乙的。别人都在呕心沥血地认形势、摆位置，仝小乙却在呕心沥血地玩。

如果不受干扰，坚忍不拔的仝小乙没准真的会拿到一个"非专业性"的全国冠军。结果是汤瑾诗干扰了他，他的这个冠军之梦只能半途而废了。

那天汤瑾诗代表文化局招待几个外地来的客人，照例是喝了些酒，但绝对算不上多。这个饭局有些例行公事的意思，规格也不高，所以周瑶石都不用出席。汤瑾诗的负担并不是很重，客客气气的足矣。平时喝了酒，汤瑾诗是不开车的，但那天喝得实在是少，汤瑾诗几乎没有感到酒力，所以结束后依然开了车回家。时间还早，正是夜生活刚刚开始的时候，街上车水马龙，反而比白天还要显得热闹。也许恰恰是喝得不多，才把汤瑾诗正好调剂到一种似是而非的状态里。汤瑾诗看着车外活色生香的景致，无端地就有些怅然若失。这种情绪一出现，好像将血液里本来微不足道的酒精发酵了一样，将汤瑾诗的头挑唆得居然有些眩晕。汤瑾诗努力振作精神，却发现，酒精一旦和怅然若失勾兑在一起，就有种弹簧般的韧劲，你进一下，它退一下，你一松懈，它就又反弹回来了。

汤瑾诗把车停在路边，不假思索地拨通了仝小乙的电话。电话接通后，汤瑾诗用一种自己都觉得奇怪的声调说："小乙，我喝醉啦，你过来，帮我把车开回去。"仝小乙问清了地点，说他马上就到。汤瑾诗疑惑地坐在车上，心想自己怎么这样跟仝小乙说话啊，嗲兮兮的，像一只求助的母猫。汤瑾诗想得自己都笑起来，在心里对自己说："你这个女人是在勾引仝小乙。"

怎么会这样呢，是醉了吧？醉了吗？就当是醉了吧。汤瑾诗觉得这种状态蛮好。作为一个女人，汤瑾诗在男人面前像一只母猫的机会太少了。跟周瑶石不可以，汤瑾诗下意识地耻于在周瑶石面前彻底地摇起尾巴，即使真摇起来了，说不定反而会弄巧成拙，周瑶石眼睛里摇来摇去的尾巴太多了；跟康至也不可以，汤瑾诗和康至的关系，近乎一种数学公式，双方是能够加以推理的，各方面换算下来，汤瑾诗已经没有"扮猫"的必要和余地。而且，即使汤瑾诗真的像一只母猫那样，目前康至十有八九还是会把她弄到办公室里去。但是微醺的汤瑾诗，现在有这种需要：像个母猫那样地撒撒娇，诉诉委屈。仝小乙可不就是个最合适的对象吗？

仝小乙火急火燎地来了。他打了辆车，停在汤瑾诗的车前。眼看着仝小乙跑过来，汤瑾诗的身体又一次擅自作主了，恶作剧似的，居然立刻有了醉意，一头埋在方向盘上，压得喇叭长鸣不已。仝小乙拉开车门，嘴里不停地"哎呀"，"哎呀哎呀哎呀，怎么醉成这样呀！太危险啦！哎呀哎呀哎呀——"被他这么一"哎呀"，汤瑾诗是不醉都不行了，由着他把自己拖出来，在车前绕一圈，塞进副驾驶的位置上去。汤瑾诗憋着笑，就是个闹一闹的意思。一个三十四岁的女人反驳岁月的最好方式就是：像个小女孩似的闹一闹。

仝小乙哪里知道汤瑾诗是在反驳岁月？他把汤瑾诗送到家，上楼都是半背半驮着的。汤瑾诗开始是做戏，但演着演着，怎么说呢？汤瑾诗入戏了：头真的很晕，身体真的很软，诉说欲也真的很强烈，完全就是喝醉了的状态。仝小乙忙前忙后，倒水，湿毛巾，汤瑾诗横在沙发里喋喋不休。都说些什么呢？汤瑾诗依次说起了：前夫、大学生活、父亲的去世、母亲的独居，她才进文化局时和群艺馆的人学过的书法——柳体！最后，周瑶石和康至也面目含混地出现了，其间又夹杂着对自己的宽慰，什么"无外如此"啦，"身不由己"啦，全是些既像狡辩又像忏悔的词。汤瑾诗自己也不明白这是怎么了，好像身体里有另一个人在替自己说话，说的又是另一个自己的话，说来说去，就把自己说到虚无的最深处里面去了。就这样，汤瑾诗真的醉了。汤瑾诗把自己说醉了。直到汤瑾诗感到灼热难耐，猛地回到现实中，才看到了仝小乙赤裸的肩膀孟浪地俯在自己头顶。是的，孟浪，这就是汤瑾诗内心的第一感受。

至今汤瑾诗也弄不清两人是怎么"孟浪"起来的，是谁先"孟浪"的。汤瑾诗意识到的时候，非但仝小乙已经"孟浪"地脱光了衣服，汤瑾诗自己身上也已经是"孟浪"地没有多少遮掩了。汤瑾诗有一瞬间地恼火，生气了，但她发现自己的手正"孟浪"地揽在仝小乙的背上，就立刻消了气，真的是"无外如此"和"身不由己"了。

仝小乙很棒啊。周瑶石快五十岁的人了，和他比起来，仝小乙简直是个将军。这里也不是办公室，这里是汤瑾诗自己的家啊，汤瑾诗的身体一点也不肃杀，还很欣欣向荣。

汤瑾诗和那个"摇骰子的"就是这么回事，无外如此，身不由己，既莫名其妙，又顺理成章，结果假戏真做了，实在不好说得清楚。

所以汤瑾诗对周瑶石说："我们只是从小的邻居，二十多年没见了。"

汤瑾诗这么说，并不觉得是在撒谎，她和仝小乙的关系就应该是这么一个问心无愧的事实。周瑶石点点头，好像并没有深究的兴趣。

周瑶石说："我要提醒你，现在是什么时候。"

汤瑾诗想了想，才明白周瑶石话里的意思——周瑶石有望升迁，去市委做宣传部长，他要在离开文化局之前，落实汤瑾诗副局长的位置。现在就是这么个时候。

周瑶石说："这个时候惹出这样的乱子，你简直是荒唐！"

汤瑾诗哑口无言，态度端正地觉得自己的确是荒唐——不管是不是这个时候，惹出这样的乱子，都是荒唐！

周瑶石说："好了，先去'格桑花'吃饭，被你的事闹了一上午，肚子早被闹饿了。"

"格桑花"是文化局自己的宾馆，常年替周瑶石留着一套房间。

汤瑾诗突然想起什么，紧张地说："我被监视了，电视台在跟踪我。"

"监视？太荒唐了！电视台怎么能这么搞？这样不侵犯人权吗？"周瑶石愣住了，随即改了主意，"那你先回吧，在家里等消息，不要乱来！"

不要乱来——汤瑾诗坐进自己车里时，还在想周瑶石最后这句既像叮嘱又像警告的话。同样的话，几天前汤瑾诗也对仝小乙说过。仝小乙说他想好了，要和艾小娥离婚。汤瑾诗对仝小乙说："你不要乱来！"汤瑾诗想了想，自己当时这么说，好像既不是叮嘱也不是警告，充其量，算是种规劝吧？因为，自己压根没有意识到仝小乙会制造出麻烦——仝小乙一直都是很听话的。对于仝小乙，汤瑾诗始终大大咧咧，仝小乙已经百折不挠了，她依然很麻痹大意。在汤瑾诗眼里，这个仝小乙就像他打扮成的那个样子，是电视剧里的角色，即使山重水复地"孟浪"，也不会柳暗花明地兑现到生活里。

现在，仝小乙开始像摇骰子一样地摇撼起汤瑾诗的生活了，汤瑾诗的生活会被摇成一地的碎骰子吗？

汤瑾诗想得揪心。

车开到自己小区门前时，汤瑾诗一眼看到了蹲在路边的仝小乙。仝小乙蹲在那里，可能是蹲累了，双手还垫在膝弯处，一副不知好歹的样子。这个时候看到仝小乙，汤瑾诗不啻是看到了魔鬼，她一打方向盘，掉头就走。

仝小乙看到她的车了，迎上来，但车子掉头而去却让他大为意外。仝小乙愣了几秒钟，拔腿便追，梗着脖子，以百米冲刺的速度差点就扑上了车尾。汤瑾诗从倒车镜里看到不自量力的仝小乙，他那种无法接受现实的徒劳样子，不禁让汤瑾诗心头一酸。但是汤瑾诗立刻狠下心，"不要乱来！"她在心里大声警告自己。现在自己小区门前是什么？是瓜田李下！电视台的摄像机就埋伏在附近吗？那么就让他们拍吧！这个镜头足以说明问题了吧？

仝小乙追得执着。汤瑾诗心里反而有种要惩罚什么和反击什么的快感。汤瑾诗觉得此刻没有追逐者，她和仝小乙是在共同被某种迫害追逐着，是一起在奔逃。

当初和仝小乙弄在一起，汤瑾诗没有感到格外的不妥。仝小乙在汤瑾诗眼里，不是现实意义上的男人。就是说，汤瑾诗不需要对仝小乙进行现实意义上的计算与衡量。当然，汤瑾诗也不会格外感到满意，毕竟，这个

"摇骰子的"充其量只能说是无害，并不能谈上如何有益。一切发生就发生了，似乎没什么大不了。所以，接下去汤瑾诗并不主动接触全小乙。是全小乙，好像突然得到了许可和召唤，猛烈地燃烧起来。

全小乙放弃了他在乒乓球上的抱负，转而以同样的执着迷恋上了汤瑾诗。

全小乙把这一切赋予神秘的色彩，他再三把玩那枚碎瓷，对汤瑾诗由衷地喟叹："难道不是吗？这块瓷一定通灵的，你想一想啊，它被你摔，被火烧，可是依然还是一块瓷——这就像我们一样，什么也改变不了我们注定在一起这样的事实，注定了，注定了的……"这是什么逻辑？也许是全小乙拙于修辞，反正是很不令人信服。但全小乙信，他以一种"注定了"的虔诚，归顺在命运的安排里了。

全小乙欢欣鼓舞地来找汤瑾诗，如果汤瑾诗不在家，他就蹲在小区门口死等，好像那时蹲在体工队的训练馆外面一样。一开始，汤瑾诗是不鼓励也不排斥的态度，全小乙来了，她也接纳，听听全小乙神神道道的啰唆，也是一种调剂。那枚碎瓷的边缘已经被全小乙摩挲得光滑无比了，已经让人看不出残骸的样子，反而真像个有些来头的东西，汤瑾诗有时候捏在手里玩，心里居然也会有些通冥之类的联想。

全小乙像对待这枚碎瓷一样的对待汤瑾诗，恭顺，臣服，五体投地。他喜欢趴在汤瑾诗怀里吟哦一般地赞美："噢，这才叫胸啊，你自己摸一下，多软啊，你看这肚子，像个水袋一样，枕在上面就是最高级的枕头啊，哪里像艾小娥，长了个男人一样的肚子，硬邦邦的，肌肉像专门练过一样的哟，女人就是要有这样的软肚子，女人就应该像一团棉花啊……"

这就是被歌颂。在汤瑾诗的心里，这还是在被岁月歌颂。

谁这么歌颂过汤瑾诗呢？以前没有，前夫恰恰是由于木讷才被汤瑾诗所厌恶的，汤瑾诗不能容忍自己"棉花一样"的身体被熟视无睹；目前也没有，周瑶石不会，会也没有这么由衷。康至呢？这个男朋友除了会在办公室突袭她，其他时候总保持着一段距离，这段距离就是公式之间那道不可逾越的"="号，鸿沟一样的。汤瑾诗被全小乙歌颂得洋溢出棉花一样的软意。要知道，和所有女人一样，汤瑾诗也是很在意自己体形的。汤瑾诗是那种比较圆润的女人，对此，汤瑾诗有时候不太能确定出好坏，她觉得自己略嫌丰满了些，尤其是腰腹，没有那种纤细女人的好看。如今，这种疑虑在仝小乙的歌颂声中烟消云散，汤瑾诗当然是乐于消受的。

仝小乙整个人都像他说话的方式一样，弥漫着感慨万千和一唱三叹，尽管有些比喻并不曼妙，譬如"水袋""枕头"之流，但这样才显得朴素诚恳啊，让人有一种含英咀华的好心情。在现实中认形势，摆位置，是一件很辛苦的事情，然而和仝小乙在一起，汤瑾诗随便就可以飘飘然。

汤瑾诗反对仝小乙拿她和艾小娥做比较，虽然她从中体会出得意，但下意识还是觉得有些不妥。汤瑾诗问仝小乙："你这样，会不会觉得对不起艾小娥？"她这样问，实际上已经是把责任全部推给了仝小乙，是"你这样"，和她好像没什么关系。

这是最让仝小乙犯难的一个问题，他听不出汤瑾诗话里的阴谋，片面地感到自己责任攸关，只有唉声叹气，很迷惘的样子。

汤瑾诗对此也不深究，她心里也只是隐隐约约有个感触，并没有上升到很严峻的高度，而且这个感触更多的是来自于一股"不屑于"——汤瑾诗从心底里是"不屑于"和艾小娥做比较的。

结果，仝小乙已经冒出危险的苗头了，汤瑾诗依然只是沉浸在被歌颂的满足里，并没有引起足够的警惕。

汤瑾诗只是觉得仝小乙有些烦人了。有一次，仝小乙等不到汤瑾诗，打电话问她在哪里。汤瑾诗正在陪人唱歌，随口说了自己所处的位置。结果汤瑾诗从歌厅出来发动车子时，被蹲在地下停车场暗处的仝小乙吓得半死。当时已经很晚了，仝小乙突然冒出来，蝙蝠侠一样地贴在她的车窗上。汤瑾诗惊叫一声，引得同车的几个人都跟着哇哇叫。看清楚了是仝小乙，汤瑾诗简直是怒不可遏，一边跟车里的人解释，一边下了车，用驱赶的态度低声呵斥仝小乙。仝小乙还想分辩，不料被汤瑾诗动作隐秘地猛踢了两脚。汤瑾诗的动作不敢太大，因为众目睽睽，所以只有在力度上加些分量，脚尖踢在仝小乙硬邦邦的小腿骨上，自己都是一阵钻心的痛。仝小乙服从了，一瘸一拐地回到暗处去。作为惩罚，汤瑾诗就此命令仝小乙以后不许给她打电话。意思其实已经很明确了，那就是：你永远给我待在暗处！

仝小乙很听话，诚恳地保证："你不要我打我一定是不打的，为了保险，我现在就把你的号码删除掉——我怕我万一管不住自己，又打给你啦。"

这个办法很有效，仝小乙真的管住自己了。他不给汤瑾诗打电话，改为顽固地在汤瑾诗家楼下守候，后来几乎发展成规律了，只要汤瑾诗回家，就可以在楼下看到废寝忘食的仝小乙。也不知道汤瑾诗彻夜不归的时候，这个仝小乙是怎么打发自己的。

这就干扰到汤瑾诗的生活了。虽然周瑶石一般不会光临汤瑾诗家，康至似乎也没有这方面的兴趣，但这种可能性还是存在的，怎么说，这两个男人都有理由这么做。真有一回，周瑶石说："去你那儿！"当时汤瑾诗慌得都要背过气了，干脆连句像样的解释都没有，直接把车开到了"格桑花"。好在周瑶石喝醉了，根本弄不清东南西北。

汤瑾诗严令仝小乙不许擅自到她这儿来。这回，仝小乙不听话了，无辜地说："我也没办法呀，我总不能把自己的腿也删除掉吧？腿在，我就管不住自己啦，腿就自己跑到你这儿来啦。"

这本来也该算作是一个很高级的赞美，但汤瑾诗却认为仝小乙这是在油嘴滑舌了。

汤瑾诗对仝小乙的兴趣骤然递减。征兆是，她不允许仝小乙在自己车上吸烟了，"破例"的口子扎了起来。仝小乙来了，汤瑾诗心情不好，就绝不会通融。不妙的是，面对仝小乙，汤瑾诗心情好的时候也是在递减。这就苦了仝小乙。汤瑾诗不给面子，仝小乙是一点办法也没有的。仝小乙只有摩挲着那枚碎瓷，感慨万千地向汤瑾诗追忆童年时光：哪一次一起捡了只野猫啦，哪一次结伴去公园，结果双双失足落水啦……

仝小乙说："我小时候就爱你，我可以对天发誓！"

这些鸡毛蒜皮的话汤瑾诗听得多了，已经兴趣全无。童年很可贵吗？可贵在哪里呢？纯真吗？汤瑾诗以一个三十四岁女人的道德感批判：再纯真，你现在背着艾小娥乱搞，也不纯真了！至于"对天发誓"之类的，汤瑾诗觉得简直就是荒谬，自嘲地想，如果"对天发誓"有用，那她一定去试试，看看能不能让周瑶石变得可以被企图——她在周瑶石那里能摆正自己的位置，这个仝小乙在她这里为什么却摆不正？

仝小乙很颠顶。仝小乙一往情深。仝小乙以那枚碎瓷为精神寄托。仝小乙把汤瑾诗的态度归咎在艾小娥身上了。"哎呀，我知道你是怕对不起艾小娥，我很理解你，因为我也怕对不起她。在这一点上，我们是一致的。可是，怎么办呢？"仝小乙痛苦地说："你们两个我谁也不想对不起呀！"

汤瑾诗觉得这个仝小乙太大言不惭了，好像自己在纠缠他，他处在一个两难的境地一样。汤瑾诗说："你不要发神经，艾小娥挺好的。"

仝小乙说："对对对，艾小娥真的是很好的！你都不知道，艾小娥有多好！——你知道我车上那个搪瓷缸子里装的是什么吗？——夏天是绿豆汤，冬天是什么呢？——是鸡汤！——全都是艾小娥亲手弄的啊！"

汤瑾诗说："那你就好好去喝艾小娥的鸡汤。"

"哎——"仝小乙长叹一声："你真善良啊，始终在替艾小娥着想。"

汤瑾诗跟他没话可说。汤瑾诗发现了，这个"摇骰子的"仝小乙太简单了。这种简单初看是可爱，看久了就是可耻，是严重地认不清形势，摆不正位置！仝小乙对她的态度也变了味道，连唯唯诺诺都谈不上，简直就是自以为是地死皮赖脸。

汤瑾诗正式驱逐仝小乙："我们的事到此为止，你清醒一点！"

仝小乙陷入在空前的煎熬中。摇骰子，打乒乓球，只要他发了狠，局面就很笃定——对着自己使劲就行了。爱汤瑾诗，却是个需要回应和配合的事，汤瑾诗要置身事外，他的一腔热血就没了着落。仝小乙觉得妨碍着他和汤瑾诗的，只有艾小娥。终于，仝小乙跑到汤瑾诗家来，以一副悲壮的神态向汤瑾诗汇报："我要和艾小娥离婚，我全告诉她啦，我求她成全我们！"

仝小乙经过了怎样艰苦卓绝的斗争汤瑾诗并不知道，汤瑾诗只是看到仝小乙整个人像脱了形一样，本来精瘦的样子，现在有些骷髅的架势。汤瑾诗讨厌仝小乙骷髅的架势。汤瑾诗也不想听仝小乙神经兮兮的话。仝小乙千辛万苦得来的决定，换回汤瑾诗的一句："你不要乱来！"这句话本来有些规劝的意思，但汤瑾诗说出来就成了颐指气使。

仝小乙还在一厢情愿地判断着汤瑾诗："你真善良，可是没办法，我们继续瞒着艾小娥，才是不道德的！"

汤瑾诗听着生气，变了脸，干脆就赶仝小乙走了。仝小乙还钻在他自己的牛角尖里，又不敢拂逆汤瑾诗，只好悻悻地离开。仝小乙离开的背影，像具移动的骨架标本，即使隔着衣服，都好像能让人看出一根一根的肋骨。汤瑾诗心里也有些发软，但也只是那种爱莫能助的软。汤瑾诗觉得这个仝小乙实在是没长大。就是这一次，电视台拍下了仝小乙从汤瑾诗家出来的画面。

3

周瑶石说到做到，以组织名义派人去电视台交涉。结果似乎不坏，电视台方面称，节目一定要做，但承诺只讲委托人夫妻间的矛盾，不会涉及汤瑾诗的名字和形象，并且，保证不出现和文化局有关的任何画面。汤瑾诗在家里得到消息，心里松了口气。周瑶石传达完毕后说，现在没问题了，他在"格桑花"等汤瑾诗。

汤瑾诗开始收拾自己。令汤瑾诗意外的是，短短两天，自己小腹多余出的那块肉，居然令人振奋地没有了。现在，汤瑾诗穿上了那条一度显得别扭的新裙子。对着镜子，汤瑾诗把自己收拾成了一个礼物，而这个礼物，是要呈送出去的。挑选鞋子的时候，汤瑾诗联想起艾小娥送还给自己的那双鞋。汤瑾诗想，道理都是相同的，礼尚往来，连艾小娥这样的公交车司机都懂得，自己有什么理由不遵循呢？

到了"格桑花"，没想到康至也在，和周瑶石一起坐在包厢里。康至在看报纸，汤瑾诗犹豫了一下，还是坐在了他身边。

周瑶石坐在对面，一边吩咐上菜，一边严肃地对汤瑾诗说："小汤你要吸取教训。"

汤瑾诗有些难堪，没料到周瑶石并不对康至隐瞒这件事。康至事不关己地看他的报纸，好像他们完全是在谈公事。

周瑶石说："以后和社会上的人不要走得太近，不过是个小时候的邻居嘛，这么多年不打交道了，你知道他什么底细？尤其是异性关系，一定要注意，这不是，惹出麻烦了吧？你知道你是清白的，可是别人会诽谤，现在这种人很多的，庸俗，低级。你问问康至，他是做律师的，这方面的例子很多吧？"

康至放下报纸，沉思了一下说："是很多，捕风捉影，最后就闹到打官司的地步。"

菜上来后，周瑶石问："你们打算什么时候结婚？"

汤瑾诗看看康至。康至正在专心啃一块羊排，等了一阵才明白汤瑾诗是在让他来回答。

康至说："什么时候都可以啊，大家都是成年人，婚姻自由嘛。"

汤瑾诗料到了康至会这么说。这就是律师康至的风格，答非所问，却又没什么漏洞。

周瑶石说："那就抓紧一些，你母亲总问我你们的进展。"

康至不置可否地点点头。汤瑾诗已经比较适应康至的这种态度了，并没有多少不满的情绪。怎么说呢？康至大差不差，关键还是周瑶石"钦定"的，她就要顺应这个形势。前段时间汤瑾诗怀孕了，她可以肯定，这是在康至办公室弄出的结晶（因为康至是即兴式的，所以无从预防），结果汤瑾诗自己去医院解决了，然后在家不事声张地躺了三天。

吃完饭，康至要走，说明天有个案子开庭，他必须回去准备一下。康至问汤瑾诗："跟我去办公室？"周瑶石怡然自得地剔着牙。汤瑾诗熟练地说："这两天没去局里，我有些事要跟周局汇报一下。"康至无可无不可地耸下肩，自己走了。有时候汤瑾诗觉得，康至在周瑶石面前，有股大智若愚的味道，好像水面下藏着股暗流，这让汤瑾诗既兴奋好奇，又焦虑不安。

后来在周瑶石专门的房间里，汤瑾诗告诉周瑶石，康至一直就是这么个避实就虚的样子，好像随时能和她结婚，但又从来不着手落实，让人猜不透，"神秘莫测"得很。汤瑾诗是在有意强调康至的"神秘莫测"，周瑶石却没有充分领会："康至在国外待得太久，学了些外国人的做派，就是比较尊重别人的自由，他没有反对，其实就是在等你决定。"

汤瑾诗幽幽地说："我总不好逼他结婚吧？"

周瑶石大约听出些别的情调，意味深长地搂搂汤瑾诗的肩膀，换了话题："你这次的事情很复杂。我刚得到消息，这次竞争宣传部位置的，除了我，另一个就是广电局的曲局长。现在这个时候，我们竞争，就是文化局和广电局竞争，偏偏你又出了事，偏偏还犯在他们的电视台手里！"

汤瑾诗瞪大眼睛，一脸的无助。周瑶石要的就是这个效果吧，搂在汤瑾诗肩上的手加了些力气，就像上帝之手，给人以抚慰，让汤瑾诗觉得，这样的一双手是没有什么摆不平的。

结果周瑶石这次却失手了。汤瑾诗遵照周瑶石的安排在家休息，消息是康至传来的。康至在电话里有种抑制不住的兴奋劲儿："看电视看电视，都市频道！"

汤瑾诗打开电视就看到了自己。

电视在播放《情感踪迹》栏目的预告片：一个是神奇的"骰子王"，一个是前途似锦的女干部，他们因何陷入在情感的旋涡之中……伴随着这些字样，汤瑾诗隔着一道门缝出现在画面中。门缝中汤瑾诗的那张脸，像一个任意被截取的活体标本，它以递进的方式连续定格，不断叠加着放大，最后充斥在整个屏幕上。于是，那张脸上的疑惑被放大成了惊恐万状，难能可贵的镇定却成了外强中干。

汤瑾诗看痴了，觉得自己跳离了自己，然后又一下一下反扑过来。画面中的脸每递进一次，汤瑾诗都不由自主将脸躲闪一下。

接着艾小娥出现了。艾小娥对着镜头说："她为什么不敢开门？她不敢开门肯定在里面嘛！"艾小娥在掩面哭泣，手放下来，就是一张遍布着伤痕的脸。然后是仝小乙。仝小乙穿着黑色的风衣，戴着黑色的礼帽，系着白色的围巾。仝小乙在表演，骰子摇得哗啦啦。仝小乙从汤瑾诗家的楼洞出来了，一摇三晃，单薄得像一片纸。然后又是汤瑾诗。汤瑾诗在上自己的车。镜头也在一摇三晃。汤瑾诗的车也在一摇三晃。

这时候，汤瑾诗才发起抖来。

手机一直在响。然后是家里的座机。汤瑾诗举起电话，才发觉又是手机在叫了。

"这是阴谋！完全是阴谋！我竟然一点消息都没有，不是康至打电话，我还被蒙在鼓里！"汤瑾诗抖着，手机里周瑶石的愤怒被抖出了惊惶的味道。

周瑶石说："你要镇静！"

汤瑾诗鬼使神差地回了一句："嗯，你也要镇静。"

周瑶石咳一声，说："我很镇静！明天我亲自去电视台，你也必须去，是要正面较量一下了。"

"正面较量"这个强悍的词组灌进汤瑾诗耳朵里，让汤瑾诗不自觉地凛然起来。凛然起来的汤瑾诗瞬忽意识到，原来这个世界上也有周瑶石措手不及的地方。这个发现竟然让汤瑾诗有些激动。激动什么呢？汤瑾诗自己也说不清楚。汤瑾诗只是觉得自己因此都有些不可思议地振作了。从来就

碎瓷 203

没有什么救世主啊，也不靠神仙皇帝，汤瑾诗要自救！汤瑾诗几乎要哼出意气风发的歌来了。汤瑾诗翻出了电视台一个编导的手机号码。这个编导算是个熟人，搞过文化局组织的晚会——就是那次全小乙配合的"抵制黄赌毒"。手机通了。汤瑾诗镇静得连自己都感到欣慰：必要地寒暄，巧妙地切入正题，婉转地拜托，最后是恰当地暗示。汤瑾诗像是在例行公事，那样子，完全就是个经过锻炼和培养后的合格的办公室主任。

编导也是明白人，很坦率："停播？汤主任，真的很遗憾，这个忙我可帮不上。现在节目竞争太厉害了，要跟黄金剧拼，要跟同类节目拼，要和收视率拼，简直是血肉横飞，每个栏目都是自己养活自己，我怎么能让人家撤节目？——如果是我的节目，没问题，你汤主任一句话，我就是不吃这碗饭了也给你坚决撤下来！实在是鞭长莫及，鞭长莫及啊！"

汤瑾诗礼貌地说："好的，不好意思，为难你了。以后多联系，我们合作的机会应该不少。"汤瑾诗想起来了，刚才电视中全小乙表演的镜头，应该就是出自这位编导之手，而那次合作，自己是亲手把两万块钱塞在这个编导包里的。

合上手机后，汤瑾诗还保持住了一阵泰然自若的风度。随即，像建筑物定向爆破时那样，有一个短暂地、很内敛地轰鸣，然后骤然坍塌。这个时候的汤瑾诗，才真正地被这个事件击中了。

看来还是有必要重温一下热力学第二定律，它可表述为：在任何闭合系统中无序度总是随时间而增加。换言之，就是——事情总是越变越糟。

第二天汤瑾诗和周瑶石一同去了电视台。同行的还有局里的工会主席老赵。一切宛如一场正常的公务。汤瑾诗的脸上看不出什么破绽，她太平静了，让老赵都有些不安了。老赵是个快退休的女人，一贯慈眉善目。坐在车上，老赵一路把汤瑾诗的手捂在自己掌心里，时不时还拍一拍。这拍一拍，是安慰，是声援，还是沉痛的叹息？让老赵想不到的是，汤瑾诗后来一把抽回了自己的手，唰地一下，那态度，居然是忍无可忍的意思。

电视台称得上戒备森严。门卫不由分说地拦住他们一行人，直到周瑶石打了电话，从楼里迎出一位台长。台长很热情，对周瑶石连呼"失礼"。周瑶石打着哈哈："我是专门来烧香的。"台长说："周局就是来烧楼的我们也热烈欢迎!"就这么嘻嘻哈哈地上了楼。周瑶石被让进了台长的办公室,老赵陪着汤瑾诗见到了《情感踪迹》的制片人。

对方是一个和汤瑾诗年龄相仿的女人。两个人的目光碰在一起,彼此都有些吃惊。她们双双发现,对方衬衫上别着的那枚钻石胸针,和自己的居然款式相同,就像某个秘密组织特殊的徽章一样。汤瑾诗对这次会面不抱什么幻想了。汤瑾诗觉得自己碰到了一个同类。而同类,往往就是天敌。

果然也是这样。女制片人的态度说是傲慢都不为过,她面对着汤瑾诗时,下巴始终是微微翘着的。汤瑾诗不甘示弱,同样报以自己的下巴。汤瑾诗在心里做了很富想象力的假设:说不定,这个女人正是那个什么"曲局长"的女人,她是在代表她的男人"正面较量"……这么一想,汤瑾诗的心里就是一痛——自己呢?能像人家这样,代表周瑶石"正面较量"吗?汤瑾诗的魂跑掉了,结果始终是老赵在交涉。老赵夹在两个下巴之间,把交涉弄成了是非。

老赵眉开眼笑地说:"同志,你们的节目我经常看的,你自己也做主持人吧?我认得你!你们的节目是怎么做的呢?好看!我以前认为都是胡编乱造,原来还都是真有其人啊。"

女制片人说:"是的,戏剧性和真实性,是我们节目的宗旨。"

人家的话很专业。和人家比起来,老赵就像个家庭妇女了。

老赵说:"你们的素材都是从哪儿来的?"

女制片人说:"我们从打电话寻求帮助的人里面选择采访对象,有时候记者也会主动去找,看需要吧。"

老赵说:"那你们这期节目是怎么弄的?"

女制片人说:"是委托人自己找来的,之前我们的记者和她有个沟通,觉得她基本还是可信的,而且,她也有表达的意愿,这些都符合我们的要求。"

老赵变得有些严肃了:"你们凭什么觉得她可信呢?如果那个女人利用你们扭曲事实,你们不就上当受骗了吗?"

女制片人说:"我们有自己的专业经验,怎么说呢?长期从业,我们的判断能力是可以培养和锻炼出来的。"

汤瑾诗哼一声,下巴翘得更高了——培养和锻炼,陈词滥调!

老赵也不以为然："我是说万一，万一有人成心利用你们呢？"

女制片人说："这样的事情我们也遇到过，有人为了其他目的找我们，但我们也会跟着拍，结果，到最后在节目中把他不正当的目的暴露出来。"

老赵抢着说："欲擒故纵！"

女制片人说："对，可以这么说。我们会因势利导。"

老赵异想天开地说："那么这次节目，你们会不会也是在因势利导啊？最后还我们汤主任一个清白？"

女制片人笑了："这个你到时候看节目就知道了。"

老赵也跟着笑，但一看汤瑾诗的脸色，立刻意识到自己的立场有些问题。"不过，我还是觉得你们有漏洞，毕竟是靠经验，可有时候经验害死人啊，这方面的教训太多了！"老赵大约觉得还不够犀利，转而开始贬低："据我了解，现在的记者年纪都很轻的，工作也不踏实，有时候乱下结论。"

女制片人说："这种个别现象也许有，但如果你是在说我们，请拿出证据。"

老赵说："是啊，要说证据，大家是不是都应该拿出来啊？你们拍我们汤主任，有证据吗？"

女制片人说："我们相信自己的镜头，让镜头说话。我们只负责真实地呈现。"

这时候汤瑾诗开口了："请问，你们采访全小乙了吗？他怎么说？"

汤瑾诗突然意识到，正本清源，全小乙才是个关键。

女制片人说："我们当然希望他能够表态，但很遗憾，就像你一样，他拒绝采访——当然，这是你们的自由。"

汤瑾诗激动了，觉得已经被对方下了判决，和全小乙成了"你们"。汤瑾诗质问："既然是夫妻矛盾，你们怎么能听信一面之词？"

女制片人说："我们不简单听信任何一方，一切交给观众，观众会有判断的。"

"我抗议你们这样做！"汤瑾诗失控了，"你们是在侵犯我的生活！你们必须停止！"

"没法停止了，片子已经剪好，进入播出流程了，我们有我们的规矩——"女制片人很从容，像一场战斗一样，不忘撷其要害，给汤瑾诗最后一击，"如果不是你们局长亲自来，你们连电视台的楼都上不了。"

汤瑾诗和老赵从楼上下来，周瑶石已经站在楼下了，那位台长依然陪在身边，两个人谈笑风生。告别的时候，这位台长还主动和汤瑾诗握了握手。

一上车，周瑶石的脸色就凝重下来："没有余地了，只有通过法律渠道追究他们的责任了！"

老赵附和说："对，告他们，要他们赔偿名誉损失！"说着，又不自觉地去拽汤瑾诗的手，手伸出一半，又收回去了。

汤瑾诗是一脸欲哭无泪的凄然，但两道眉毛却是向上刺的，像牛角，随时要挑人。

现在这件事已经不是汤瑾诗的事了，或者说，不完全是汤瑾诗的事了。现在这件事成了周瑶石的事。"阴谋！"周瑶石用这个词定义这件事，而这个"阴谋"是针对他的，是广电局曲局长和他的一场政治角力。这虽然只是个揣测出来的局面，但周瑶石不惮于以最坏的恶意来推测对手，他必须反击，借此机会争取为自己加上一分。

周瑶石说："用法律的手段打赢这一战！"

汤瑾诗沉默着，心里出现一种事不关己的冷漠，似乎是撞到了一件好事，自己不应当来和周瑶石抢。周瑶石向康至咨询，打赢官司的胜算有多少？康至毫不迟疑地答复：十拿九稳。周瑶石让康至来"格桑花"商量，康至却"神秘莫测"地说，这是正规业务，他们应该来他的办公室谈，听上去是一种很严谨的专业态度，很让人感到放心。

坐在自己办公室里的康至，形象很好看，斯文儒雅，气宇轩昂，这也是当初打动汤瑾诗的一个原因。康至居然录下了预告片的内容，"这很重要，必须录下来，正式播出的时候，更要录下来。"显然他已经是未雨绸缪了，有些跃跃欲试。周瑶石和康至讨论得很细致，很热烈，把不长的一段录像翻来覆去地看，既像是研究又像是观摩：快进，慢放，暂停！这件工作还是放在律师康至的办公室比较合适，如此才相得益彰，有一种理性的法律精神在里面。

眼前的一切弥散出一股燠杂的气息，让汤瑾诗觉得，她只是一个陪衬，或者是一个必要的由头。这两个男人凌驾于她之上，根本无视她的存在。他们并不追究她是否真的和全小乙有染，似乎这是个不言而喻的问题，至少，也该是个心照不宣的问题，他们只需要预设出汤瑾诗的清白，并以此启动法律的武器。这就是汤瑾诗目前的形势和位置。汤瑾诗不知道自己是不是应该有些侥幸的窃喜？

汤瑾诗安静地坐在自己的形势和位置里，反而从焦虑不安中摆脱了出来，她只是有种深深的倦怠，倦怠到都有些乏味的地步了，牛角一样的眉毛垂了下来。一切都由他们来决定，汤瑾诗需要做的只是以原告的名义签署正规的法律文件。那份委托书的格式让汤瑾诗觉得有些滑稽，姓名，年龄，性别，诸如此类，依次填下来，汤瑾诗就把自己填出了陌生感，似乎自己真的是一个需要被重新描述的人，而事实上，就在这间摆着大部头法律典籍的办公室里，她曾经怀上过一个孩子。

真的要起诉吗？这是周瑶石的事，这不是汤瑾诗的事。周瑶石的态度斩钉截铁。第一被告是电视台，第二被告是艾小娥。汤瑾诗内心一颤，回到现实中："艾小娥也要告吗？"康至同样斩钉截铁："必须要告——这是个法理问题，她是重要的一环。"他们都在斩钉截铁，汤瑾诗完全是被动的，好像露一下头，一把铁锤就敲下来。何况，汤瑾诗既不是钉也不是铁。

三个人弄到很晚，然后一同出去吃饭。从办公室出来，站在电梯里时，夹在两个男人中间的汤瑾诗突然大叫了一声：啊——

啊！这完全是从肚子里自己跑出来的声音，像一首饱含激情的赞美诗的先声，连汤瑾诗本人都吓了一跳。三个人面面相觑。汤瑾诗尴尬地笑了。

4

作为汤瑾诗的律师，康至主动联系那位女制片人，但对方始终没有接听他的电话。"只有法庭上见了。"康至如释重负地说，似乎这反而是他愿意看到的局面。

《情感踪迹》两天后正式播出。汤瑾诗要提前把母亲接到自己家住。汤瑾诗怕母亲看到这期节目。除此而外，汤瑾诗似乎再没有其他顾虑了。事情发展到如今这个地步，汤瑾诗已经是一个任其摆布的态度了。起初汤瑾诗觉得很无辜,所以愤然。但是,当她把艾小娥列为被告时,就不觉得自己非常无辜了。汤瑾诗转为一种伤感的内疚。这种内疚是对于艾小娥的,也是对于自己的。汤瑾诗感到艾小娥和她都受到了不公正的待遇,是被侮辱和被损害的人。这种情绪很抽象,类似于把世界划分成两部分,一部分是主动的,一部分是被动的,而汤瑾诗和艾小娥,都属于被动者。这样的划分,让汤瑾诗的内疚有别于检讨,反而让她生出一股对于自己的怜悯,有些自怨自艾,有些无可耐何的惆怅。汤瑾诗一点也不觉得自己比艾小娥幸运,每个人有每个人的形势与位置,她目前的形势和位置,一点也不比一个弃妇强。汤瑾诗对自己说:"你是个可悲的女人!"

汤瑾诗的母亲不算很老,但自从汤瑾诗的父亲去世后,性情就具备了老年人的一些特征,顽固,愤懑,颠三倒四,喜欢像一个孩子般地虚张声势。母亲看不惯汤瑾诗的生活态度,并且乐于直言不讳,最严厉的指责是说汤瑾诗"好吃懒做,不切实际"。母亲此言是针对汤瑾诗离婚说的,母亲认为汤瑾诗好端端地把自己变成个离了婚的女人,正是这样的坏思想在作祟。母亲的总结并没有切中要害,但"坏思想"汤瑾诗自认的确是有一些的。老一辈人的生活何其单纯,相对于母亲的单纯,汤瑾诗觉得自己的生活复杂到了都有些令人发指的地步。既然如此,母亲简单粗暴的批评,就是不必要、也没办法回应的,大家根本就是两个世界的人,形势和位置不同,因此切合的实际当然是不同的。汤瑾诗适当地回避母亲,只是偶尔去看望一下,不要彼此折磨就好。

汤瑾诗去接母亲,让母亲和自己住几天。母亲不理解,一开始是拒绝:"我为什么要和你住几天?我又不是没有家,我又不需要你养活。"

汤瑾诗哀求道:"是我需要你好吧?我一个人很孤独,你陪陪我好吧,妈妈?"

汤瑾诗拉着母亲往回走。车开到半路,突然迎面一辆公交车逆行径直撞了过来。汤瑾诗吓傻了,猛踩刹车。公交车近在咫尺才侧转方向,紧贴着汤瑾诗的车身风驰电掣地呼啸而过。汤瑾诗都听到了公交车上的一片惊呼。汤瑾诗把车刹在路边,半天说不出一句话。公交车擦肩而过的一瞬间,汤瑾诗看到了居高临下的艾小娥。那个瞬间居然显得无比漫长,漫长到汤瑾诗都能够看清楚艾小娥脸上那种笑盈盈的表情,这种表情最吓人,就是一副视死如归的表情。直到母亲下了车扬长而去，汤瑾诗才回过神。母亲说死也不坐汤瑾诗的车了："吓都被你吓死啦，我不如自己走，累死也比吓死好！"汤瑾诗好说歹说才把母亲劝回车里，一路上顾不得胡思乱想，慢吞吞地开着车，沿着路边谨小慎微地走。

回到家汤瑾诗心里的余悸才泛上来，不寒而栗。汤瑾诗利令智昏地想，和艾小娥沟通一下……二十万差不多吧？这是汤瑾诗目前能拿出的数……给艾小娥二十万，这件事就能一劳永逸地解决掉吧？但一转念：这种沟通的性质像行贿，万一再被艾小娥曝光出来，自己的罪名就完全被坐实了。而且，即使艾小娥接受，周瑶石和康至也不会同意，他们现在热情洋溢地需要一场官司，她私下里和艾小娥做交易，就是背叛他们。

汤瑾诗是真的深受刺激了，如果说之前她还有些恍恍惚惚，那么今天艾小娥开着公交车把她一下子挤到悬崖边了。汤瑾诗恐惧，悲伤，深感孤立无援的滋味。本来和汤瑾诗都是"被动者"的艾小娥，现在以一个疯狂杀手的姿态，与汤瑾诗划清了界线，于是，整个事件只有汤瑾诗一个人在受难了。

晚饭母亲要在家里吃。汤瑾诗平时是不做饭的，所以家里有米无盐。为了避免母亲指责自己"好吃懒做"，汤瑾诗只有下楼去采购。小区里就有超市，汤瑾诗大包小包地买了来，楼上到一半，就听到了仝小乙和母亲的对话。

母亲说："汤瑾诗不在家。你是谁呀？"

仝小乙说："是我呀，哎呀，阿姨是我呀。"

母亲说："我不认识你的。"

仝小乙说："你怎么会不认识我？你这不是说瞎话吗？你让我在这等一下，汤瑾诗回来了你就认识我啦。"

母亲发怒了："我说了不认识你就是不认识你，走走走！"

然后是一声响亮的关门声，接着是仝小乙踢踢踏踏的脚步声。汤瑾诗赶忙撤出楼洞，躲在一棵梧桐树后面。仝小乙蔫头耷脑地出来了。以前的仝小乙，虽然谈不上体面，但也自有一股精干利落的样子，如今，他已经完全是一副落魄相了，灰头土脸，萎靡不振。人的表情也是有一身衣服的，有的人很光鲜，有的人，就很褴褛。仝小乙表情的衣服现在就褴褛毕现，让人能一下子看到可怜的灵魂。汤瑾诗在树后目不转睛地窥视着面目全非的仝小乙，心中出现一种同病相怜的情绪。直到仝小乙消失在视线里，汤瑾诗才郁郁地上了楼。

母亲得意地对汤瑾诗说："刚刚有个人敲门，我一看就是个坏人，他还说认识你，我才不信他呢，我把他赶走了。"

汤瑾诗放下东西，走到窗口向下望，就看到了那个"坏人"正蹲在小区门前的路沿上。

汤瑾诗一声不响地进厨房做饭，菜刀加倍地剁出抑扬有致的节奏。母亲兴冲冲地跑到厨房里来，手里拿着本东西，指在上面对汤瑾诗说："这个明星我认识，是我们家的邻居，你那时候太小，恐怕已经不记得了。"这本东西是仝小乙以前留下的，全是些关于他的剪报，被他收集在一起，很隆重地装订成册。汤瑾诗顺着母亲的指头看，那上面的仝小乙的确很陌生，似乎是个虚拟出来的舞台角色。

吃过饭汤瑾诗陪母亲一起看电视。电视早已经被汤瑾诗动了手脚，遥控器藏起来了，频道只固定在几个中央台上。

母亲对此很惊讶："你的电视太落后了，连湖南卫视都看不到，为什么宁可买辆车也不买台好一些的电视呢？车再好，也是摆在外面让别人看，电视可是摆在家里让自己看的啊。你这就是虚荣。"

汤瑾诗很烦躁，顶撞道："这根本就是两回事，你东拉西扯的干什么呀？想训我，你先找找合适的理由！"

母亲不说话了。过了一阵，汤瑾诗开始为自己的态度后悔，一回头，却看到母亲坐在沙发里打起了盹。汤瑾诗的眼泪一下子就滚了出来，泪眼婆娑地望着母亲发呆。汤瑾诗和母亲长得还是很像的，此刻，汤瑾诗仿佛看到了自己年老时候的样子，臃肿，垮塌，不可收拾地堆在沙发里假寐，嘴角挂着亮晶晶的涎水。汤瑾诗灰心丧气地想，母亲这样思想很好的人，最终都难逃一派狼藉的局面，那么，自己这种有着"坏思想"的人，还能够有什么指望？绝望啊，汤瑾诗想，真是绝望！

就不要再温习科学定律了，现在的汤瑾诗已经领会到科学的精神了，两个字：绝望。

当天的节目汤瑾诗没有看。但节目造成的后果立刻波及汤瑾诗。当晚就有几个平时不近不远的朋友打来电话，谁也不提节目的事，虚与委蛇，哼哼哈哈的，最后无一例外地让汤瑾诗"保重"自己。这种关怀当然是荒谬的，既然科学定律摆在那里，"保重"之说就是反动的，有螳臂挡车之嫌。让汤瑾诗略感意外的是，前夫居然也来电话了。前夫毕竟是前夫，开口就说："我在电视里看到你了，你要坚强些。"汤瑾诗有些感动，不禁想起这个男人的诸般好处。既然"更糟"是个趋势，那么回望反而是好的，这似乎是个可以被推导出来的结论。

第二天，汤瑾诗去地下车库开车，那个保安直直地盯着她看，然后突然醒悟过来似的，换上一张兴高采烈的表情。汤瑾诗目不斜视地把车从他眼前开过去，那车速，就是一种凛然的车速。汤瑾诗知道，从现在起，自己就必须习惯这种兴高采烈的表情了，全世界都将换上一副兴高采烈的表情，而她，将凛然地"正面较量"之。

汤瑾诗到康至办公室时，周瑶石已经到了。康至把窗帘拉上，开始播放昨晚的节目录像。汤瑾诗很平静，因为这里的气氛太像一场会议了。节目没有太多超出预告片的内容，更多的是艾小娥的哭诉，那个身兼主持人的女制片人很会"因势利导"，虽然没有明确的结论，但所有问题的设计都带着鲜明的倾向性。节目在最后给观众留下一个问题：

"骰子王"为什么移情别恋？是看上女干部的财富了吗？显然，这个答案不能令人信服——"骰子王"身怀绝技，并不缺乏兑现成财富的条件。也许，更深处的原因，只有当事人才能明白；也许，在这个情感大范围贬值的时代，连他们自己都说不清楚是如何踏上了这条崎岖的情路……

汤瑾诗觉得节目总结得蛮好，"如何踏上了这条崎岖的情路"，自己的确是说不清楚。

在这一刻，一个重要的事实发生了，那就是，节目触动了汤瑾诗——"骰子王"为什么移情别恋？汤瑾诗想到全小乙种种魂不守舍的样子，的确是有些"爱"的嫌疑。然而"爱"这个字一旦闪现，就让汤瑾诗有种隐隐作痛的迷惑。要知道，这之前汤瑾诗压根没有把"爱"和全小乙联系起来想过。在汤瑾诗眼里，"爱"这根线太粗了，简直就是绳索，根本穿不过全小乙这个小小的针眼。

康至总结道："现在，我们可以开始诉讼程序了。我将委托专业机构对本次节目的收视率进行调查，我们希望它越高越好，那样，我们的诉讼请求反而会更有力。"

周瑶石微微点头："对，这符合辩证法。"

然后他们一起看着汤瑾诗，真的像是会议一样，需要每个人都表表态。而汤瑾诗，也真的像是在会议上走神的人一样，抱歉地向大家笑了笑。

周瑶石体贴地说："小汤的压力是太大了，不过还是要调整好自己的情绪——我看，这件事告一段落后，你们就抓紧把婚事办了。"

照例，接下来要一起吃顿饭。

汤瑾诗觉得自己有些头重脚轻，像在单位请假一样地对周瑶石说："周局，我母亲在我那儿，我要回去给她做饭，先走一步好吗？"

汤瑾诗出来的时候有种重见天日的感觉。她并没有回家，而是驱车驶向了郊外。开出城三十多公里，有一片很大的水塘，汤瑾诗以前来过，记得这里很安静，运气好的时候，还能看到些水鸟。

今天的运气显然不太好，汤瑾诗到了的时候，不但没有看到水鸟的影子，天空也突然阴沉下来。

汤瑾诗拉下拴手，把座椅放倒，躺在车里。

过了一会儿，太阳从云里钻出来，将一条明亮的光柱直直地射进车窗，正好戳在汤瑾诗的脸上。汤瑾诗闭着眼睛，眼皮上跳动着细碎的光斑，像被人调皮地逗弄着。

这时候汤瑾诗想起了童年的一些往事：哪一次和仝小乙捡了只野猫啦，哪一次和仝小乙结伴去公园，结果双双失足落水啦，也是诸如此类。这些事本来在汤瑾诗的记忆里并不如何深刻，不是仝小乙重三复四地说，汤瑾诗基本上是记不起的。但是现在，汤瑾诗自己想起来了，而且比仝小乙讲的更详细。譬如，那只野猫一直养在汤瑾诗家，后来它却再次出走了，而且是一去不复返；那次落水的后果是，他们两个人不得不把裤子脱下来，迎风招展，力图快些晾干……

汤瑾诗躺在车里回忆这些事，体会出了仝小乙热衷于回忆的妙处。原来，回忆比展望要可靠得多，如同沐浴在一首诗里，被赞美和奖赏，能够让人和煦，给人一种自洽的安宁。

汤瑾诗在回忆中迷迷糊糊地睡着了。后来手机铃声吵醒了汤瑾诗。是康至打来的，说他刚从汤瑾诗家出来，问汤瑾诗在哪儿。汤瑾诗随口说明了自己的位置，然后继续闭上眼睛睡觉。

我们的汤瑾诗疲惫了。此刻，她不想动任何脑子，好像灵魂出窍了一样。

等汤瑾诗再睁开眼睛时，就看到了康至。康至坐在汤瑾诗车里，自己的车停在旁边。猛然间车里多出个人，汤瑾诗当然被吓了一跳，等看清楚是康至时，就有些尤在梦中的感觉。然而梦到康至，是一件多么奇怪的事啊？

汤瑾诗没头没脑地笑起来，用一种梦的语调问康至：“你怎么来了？”

康至不回答她，眼睛望着车外的水塘说：“嗯，是块好地方。”

汤瑾诗就不再问下去了，恍惚地望向水面，有些虚无。

一刻后，康至开口说：“你告诉我，你和那个全小乙是清白的吗？”

汤瑾诗依然望着窗外。这个问题让汤瑾诗很激动，心里像被烫了一下，霎时充满了千回百转的忧愁。汤瑾诗暗暗地想，终于有人对这个问题表现出兴趣了，就是说，自己的清白与否，并不是无足轻重和可以被忽略不计的了。

汤瑾诗说：“不。”

说出这声“不”的时候，汤瑾诗的眼泪再也忍不住了。

“为什么？怎么会和这种人搞在一起？”

“和他在一起，我觉得，嗯——”汤瑾诗像是在呓语，她竭力在寻找一个恰当的形容，而找出的这个理由，又仿佛脱口而出，她说：“自己是在被赞美。”

康至的头转过来，看着汤瑾诗：“嗯，谢谢你对我说出实话。这很重要。”

“很重要？”汤瑾诗觉得自己的心在抖了。终于，自己的清白成了“很重要”的事！汤瑾诗多么希望这个男人严厉地把她拷问下去，哪怕，一直把她拷问到需要忏悔，那么她就要像个叛徒似的变节，哭喊着请求被原谅，甚至，她会毫无保留地连周瑶石也合盘供认出来，然后，发誓忠贞不渝，洗心革面，把生活树立成光明磊落的样子。

"是的，很重要。如果对方在法庭上拿出不利于你的证据，我们会很被动。在我看来，最有可能对你形成不利的因素，就是这个仝小乙。他是个潜在的危险。所以，我想知道你们究竟是什么关系。"

汤瑾诗做一个叛徒的渴望被粉碎了，桥塌路断，说是心如死灰都不为过。原来，康至所说的"重要"，依然是他的职业标准。

"那么，现在我危险吗？"汤瑾诗揶揄地问。

"这取决于仝小乙，如果他站在你的立场上，那么，你就是安全的——你想一想，有没有什么证据在对方手里，比如，信件，短信？"

汤瑾诗认真想了想，结果是：没有。汤瑾诗有些遗憾，有些失落。自己和仝小乙这算是什么？连个"证据"都没留下来，即使有那些身体的"孟浪"，有那些"被赞美"的况味，也都是没有"证据"的，是无效的。汤瑾诗别出心裁地想，自己手里倒是有康至的"证据"，前段日子堕胎的各种单据全部被她很好地保存着呢。

康至等不到她的答案，就做出了相反的判断："你最好设法接触一下仝小乙。劝他不要节外生枝。你告诉他，事情弄到今天这一步，只能用法律手段来调整了，让法律把他妻子制造出的混乱平息掉，这样，对你们两个人都是保护，你们都需要法律用判决书来给你们平反。这就是法律的意义，虽然它很难在事先建设什么，但它可以在事后进行修复。至于对于他妻子的追究，我们会控制在一定范围内的，只要法庭做出判决，私下里，我们可以不要求她执行。"

汤瑾诗觉得自己坐在课堂上。康至呢，是在讲一堂生动的课。去芜存菁，要点是以下关键词：节外生枝，调整，平息，保护，平反，建设，修复，控制，判决，私下里。后来康至俯下身子吻她的时候，身体弥漫出肃杀之气的汤瑾诗看到，有一只水鸟像预示着好运气般地，落在了平静的水面上。

康至的身体压过来，从汤瑾诗的角度看，这只好运鸟似乎就站在康至的肩膀上。

5

现在，汤瑾诗有了充分的理由去和仝小乙见一面。

表面上，汤瑾诗是按照康至的意思，去劝劝仝小乙"不要节外生枝"，实际上呢，汤瑾诗也有见一见仝小乙的愿望。这个愿望是在她望着康至肩膀上那只幸运鸟时蒙生出来的。

汤瑾诗有一个问题要在仝小乙那里得到说明，那就是："骰子王"为什么移情别恋？在这个情感大范围贬值的时代……如何踏上了这条崎岖的情路？这是《情感踪迹》提出的问题，也是汤瑾诗的问题。

汤瑾诗打电话给仝小乙，仝小乙在电话里像濒临绝境的困兽一样发出呻吟："你再不见我就可能永远见不到我了，哎呀，我快死掉了……"

汤瑾诗和仝小乙如约来到了"浮水印"。服务生认出了他们，兴高采烈地为他们服务。

两人坐在窗边的位置上，秋天的阳光大面积地照在他们身上。阳光太好了，好到把空间都放大了的地步。阳光里的一切都明晃晃的，显得无比空旷，更映照出人的卑微。

仝小乙形容枯槁，一双手放在桌面上绞来绞去，十根铁丝一般的手指眼看就要缠绕得不可开交了。

汤瑾诗心里有些柔软的怜悯，她说："你不该动手打艾小娥。"

仝小乙一脸的苦不堪言："我没有打她呀，哎呀，她自己用头去撞墙，嗵嗵嗵，我挡都挡不住，我把她拖到床上，她一翻身，就去撞床板……"

汤瑾诗的心缩住，艾小娥那张笑盈盈的脸飘向她。

汤瑾诗说："你把事情弄糟了。"

仝小乙把头埋进怀里说："我想好了，还是要和艾小娥离婚，我是对不起她的，我爱上你了，就不该再和她做夫妻了，那样的话，我就是不讲道理的人了……即使我们还在一起，也会一辈子都踏实不下，我会一辈子都不敢正眼看她的，我都不敢想，还喝她的鸡汤……"

汤瑾诗惆怅地看着他："你爱我什么呢？"

仝小乙说："不知道哇……我也说不清楚，我就是很想你，以前我很喜欢和艾小娥睡觉，可是后来，我和艾小娥睡觉的时候想的就是你……我把艾小娥的身子想成你的，可是一摸，又发现不是，哎呀，不一样哇……"

泪水涌上了汤瑾诗的眼睛。她再一次感到了被赞美的滋味，但这个回答太不能令汤瑾诗满意了，什么"身子"呀"睡觉"呀，还是个"孟浪"的架势，完全没有达到汤瑾诗内心的指标，和她隐秘的渴望背道而驰。爱情依然还是条绳索，仝小乙的针眼依然还是太小。此刻的汤瑾诗，形势有些模糊，位置，也有些错乱，她一反常态地有着一种"穿针引线"式的细腻，像凝视一枚针眼般的全神贯注——居然在甄别爱情了。

汤瑾诗把脸转向窗外，张大眼睛，仿佛是在晾晒里面的泪水。

仝小乙鼓足勇气问："你爱我不爱呀？"

汤瑾诗转过头，正视着他，认真地回答："不爱。"

仝小乙似乎并不意外，头重新埋下去。

汤瑾诗说："我向法院起诉艾小娥了。"

仝小乙吃惊地抬起头，迷惘地看着她。

此刻汤瑾诗心里是种恶毒的凶狠，有种要践踏什么的放肆和嚣张。这种穷凶极恶是没有来由的，起码，不完全是针对着仝小乙的。汤瑾诗是对着包括自己在内的虚无发泄："我的生活被你们全搞乱了！只有这样，用法律的手段才能修复！我还要工作，我还要生活，不能顶着这个罪名！"

"可是，你告艾小娥什么呀？艾小娥并没有冤枉你呀？我们两个人铜铜铁铁的事——"仝小乙匪夷所思地说。

这下，汤瑾诗的恶毒和凶狠就是有针对性的了，她的脸都青了，觉得这个仝小乙简直愚蠢到了混账的地步："她没有冤枉我吗？她有什么证据？什么铜铜铁铁的事！——难道，你会去法庭上为你老婆说话吗？"

仝小乙仓皇地摇头："不会不会，我不会的。"

汤瑾诗不说话了，调整着自己的呼吸。

仝小乙突然悲伤地哀求："你能不能不去告艾小娥呀？这有些欺负人呀，我们明明对不起她了，你还要去告她，艾小娥要是输了官司，她会去死啊！"

汤瑾诗以一副"正面较量"的凝重摇摇头。

仝小乙的肩膀塌下去，微微地在抖索。这个"骰子王"不能够理解汤瑾诗的世界，在别人眼里，他的绝技堪称神秘，但他知道，那里面是有道理的，他的手每一下微妙地摇晃，都是在体现这种道理的精神，都是实事求是，都是铜铜铁铁的，所以，拉斯维加斯的骰子们才能规规矩矩地排列起来。因此，世界应该是讲道理的，是能够也应该去赞美的。可是现在，汤瑾诗不讲道理。

仝小乙绝望地说："我有两个问题：你不爱我，为什么要和我睡觉？我们睡觉了，你为什么还敢告艾小娥？"

汤瑾诗定定地看着他，是一种放肆完了、嚣张过了的曲终人散之感。

仝小乙说："这两个问题我搞不明白，死都不会甘心的。"

汤瑾诗懒洋洋地说："那你去死死看好了。"

仝小乙摇摇晃晃地站起来。他的右手一直攥成个拳头拄在桌面上。仝小乙深情地看着汤瑾诗。汤瑾诗觉得这种深情很讨厌，转过头不去看他。仝小乙在汤瑾诗眼睛的余光中离开了。汤瑾诗的眼睛一直看着窗外。窗外是一个宽阔的丁字路口，汤瑾诗看到仝小乙从人行道上走下来，攥着拳头，若有所失地停在路边，有些拔剑四顾的模样。信号灯恰好在这时候变了，仝小乙面前的车开始启动。本来，仝小乙应该向后退，重新回到人行道上，但是他却突然向前跑起来。刹那间，他被一辆小车弹了回来。随着仝小乙腾空的一刻，一块光斑从他手中抛出，划着弧线落在了窗边。汤瑾诗只是茫然地看着这一幕。

"出事啦！出事啦！撞人啦！"几个服务生叫着往外跑。

汤瑾诗像被钉在沙发里一样，纹丝不动地张大着眼睛。由于车辆是刚刚启动，仝小乙应该被撞得不厉害，他还能从地上爬起来就是证明——他一爬起来就到处乱找，好像丢了比命更要紧的东西。围观者涌来，很快就把仝小乙包围在里面了。

汤瑾诗的目光聚焦在自己眼前。她看清楚了，仝小乙手中抛出的那块光斑，原来是那枚碎瓷。它就落在汤瑾诗的眼皮下，隔着玻璃，在阳光下七彩流转，熠熠生辉。汤瑾诗盯着它，漠然地想起，小时候自己和仝小乙把那些瓷片拣出来时，其实是基于这样一种怀有某种赞美之情的朦胧的寄托：说不定有一天我们也会被一双大手从严酷的败坏中安然无恙地挑拣出来。

中国言实出版社全民阅读精品文库

"当代中国最具实力中青年作家作品选"系列图书

1. 《一路划拳》　　孙春平　著　2016 年 1 月出版

2. 《香树街》　　宗利华　著　2016 年 1 月出版

3. 《金角庄园》　　海　桀　著　2016 年 1 月出版

4. 《眼缘》　　郑局廷　著　2016 年 1 月出版

5. 《江南梅雨天》　张廷竹　著　2016 年 1 月出版

6. 《午夜蝴蝶》　　胡学文　著　2016 年 1 月出版

7. 《股东》　　丁　力　著　2016 年 3 月出版

8. 《在时间那边》　荆永鸣　著　2016 年 3 月出版

9. 《金山寺》　　尤凤伟　著　2016 年 3 月出版

10. 《人罪》　　　　　　王十月 著　2016 年 3 月出版　　9 787517 117278 >

（该书入选出版界图书馆界"全民阅读好书推荐书目（2015—2016）"）

11. 《桃花落》　　　　　温亚军 著　2016 年 4 月出版　　9 787517 118428 >

（该书入选出版界图书馆界"全民阅读好书榜 50 种（2015—2016）"）

12. 《莫塔》　　　　　　吕 魁 著　2016 年 6 月出版　　9 787517 118688 >

13. 《营救麦克黄》　　　石一枫 著　2016 年 6 月出版　　9 787517 118725 >

14. 《界碑》　　　　　　西 元 著　2016 年 6 月出版　　9 787517 118664 >

15. 《八道门》　　　　　周李立 著　2016 年 6 月出版　　9 787517 118640 >

16. 《时间飞鸟》　　　　邱华栋 著　2016 年 6 月出版　　9 787517 118695 >

（该书入选出版界图书馆界"全民阅读好书推荐书目（2015—2016）"）

17. 《戏法》　　　　　　杨洪军 著　2016 年 7 月出版　　9 787517 118732 >

18. 《弑父》　　　　　　曾维浩 著　2016 年 7 月出版　　9 787517 119180 >

19. 《种春风》 余一鸣 著 2016 年 10 月出版

20. 《同一条河流》 阿 宁 著 2016 年 10 月出版

21. 《金枝夫人》 弋 舟 著 2016 年 10 月出版

22. 《绣鸳鸯》 马金莲 著 2016 年 10 月出版

23. 《红领巾》 东 紫 著 2016 年 10 月出版

24. 《吼夜》 季栋梁 著 2016 年 10 月出版

25. 《你没事吧》 杨少衡 著 2016 年 10 月出版

26. 《隐声街》 薛 舒 著 2016 年 10 月出版

27. 《黑夜给了我明亮的眼睛》女 真 著 2016 年 10 月出版